燕歌行
卷16
乾坤倒轉
酒徒
著
大結局

目錄

CONTENTS

第一章

人心善變

這世上最善變的莫過於人心。
妥歡帖木兒父子沒有自相殘殺之前，
一些失去特權的士紳土豪總覺得大元朝還有捲土重來的希望，
在妥歡帖木兒與愛猷識理達臘刀兵相向之後，
這些隱藏於淮揚各地者，就突然換了另外一副面孔。

結合了阿拉伯三角帆船與中國福船雙方優點的新式淮戰艦，在海上走得很快，離開福州才十餘日光景，已經進入了長江口，揚州港遙遙在望。

比戰艦更快的，則是用來傳遞消息和發佈命令的飛星船，平均每日夜能跑到二百五十里以上，提前四天就將大總管關於北伐的各項準備安排，傳達到了坐鎮揚州的蘇明哲、逯魯曾等人之手。

蘇、逯二人接到命令後，立刻召集三院與各局留守於揚州的正副主事，將任務以最快速度傳達下去，淮揚大總管府治下各級衙門，淮安軍中各大軍團，淮揚商號下各大商行等與大總管府密切相關的機構，立即高速運轉起來。

時隔半年，各府城兵科衙門口再一次排起了長隊，上回沒趕上報名參加輔兵選拔的當地百姓，還有下半年剛剛從黃河以北逃難過來的青壯流民，個個挺胸拔背，將胳膊上的腱子肉鼓起老高，唯恐沒等參加測試就被提前刷了下去，失去接受訓練成為戰兵，然後直接獲取十五畝良田的機會。

的確，十五畝地不算多，位置也大都在徐州、睢陽一帶，甚至遠在長江以南的新闢疆土，但是手裡有了這十五畝，就意味著很多人從居無定所的苦力漢，一躍變成了有宅有田的良家子，只要今後僥倖不死在戰場上，哪怕缺胳膊少腿，退役後下半生仍可衣食無憂。

與普通百姓一樣興奮的，是各級學校裡的學子。除了講武堂之外，以前府學的學子想要出仕，要麼參加科舉，要麼最近兩年在學校裡的各次測試成績都是名列前茅，否則就只能從縣城各曹的小吏幹起，慢慢地一級級往上熬。

現在，好機會找上門來了，按照學政施大人的最新諭示，無論是大學、府學、技校還是商校，凡符合下列四個條件者，皆可以到大總管府應募。一旦被錄用，便會成為大總管府的直屬文職，來年開春後隨著羅本大人一道北上，從淮安軍手中接管新光復之地。

四個條件都很簡單，第一，年齡要高於十七歲，除大學之外，其他學校皆讀到了最後一年。第二，身體健康，無眼睛、耳朵或者四肢上的殘疾。第三，識字超過兩千，能算百以內加減乘除，並且能通讀並解釋淮揚目前的各項律法。第四，有志於振興華夏，縱百死而不旋踵。

至於學子的出身、籍貫、父母所從事行業、家族中是否有人曾與大總管府為敵等，則一概不在大總管府的考慮範圍之內。反倒在告示底部鄭重標明，各級衙門和校方不得因為學生出身而阻礙其報名，否則必追究到底。

這一條看似畫蛇添足，卻令很多年輕人心裡燃起了熊熊烈火。畢竟除了極少數志向高潔的隱士之外，很多學子都是因為長輩曾經站在大總管府的對立面，導致這輩子失去了出仕的希望，現在猛然間發現大總管府居然「饑不擇食」了，當然要牢牢地把握住機會。

在他們的影響下，揚州、淮安、高郵和集慶等地的一些舊院落裡，暗暗形成了**除了青壯和適齡學子外，第三股興奮的潮流**。

「淮安軍要北伐了！」

「大元朝的氣數真的盡了！皇上和皇后、太子三個，夫妻反目，父子相殘。自己非要往絕路上走，這老天爺豈不是真的給朱屠戶開了後門麼？」

「**真天子自有氣運在**，早知道天命在他，大夥……嗨！」

曾經為了名教正統而戰的士林翹楚們，曾經恨不得元軍將「紅巾賊」犁庭掃穴的地方土豪們，看著自家晚輩收拾起書本，興致勃勃地準備去大總管府應募的舉動，此刻眼裡的期許居然多過了憤懣和不甘。

改朝換代麼，常見的事，朱屠戶已經露出了真龍天子之氣了，難道大夥還能繼續跟他對著幹?!那樣的話，非但耽誤了自己，而且耽誤了晚輩們的前程。所以，**與其執著於過去的仇恨，不如放開眼界往前看**。

這世上，**最善變的莫過於人心**。妥歡帖木兒父子沒有自相殘殺之前，淮揚各地一些失去了特權的士紳大戶、鹽梟土豪以及落魄讀書人，總覺得大元朝還有捲土重來的希望，他們還有機會翻身。在妥歡帖木兒與愛猷識理達臘刀兵相向之後，這些隱藏於淮揚各地的心懷大元者，就突然換了另外一副面孔。

他們發現，大元朝是真的沒救了，他們「耿耿忠心」也不可能得到任何回報，於是乎，不少人對淮揚大總管府的態度就直接來了個一百八十度的大轉彎，竟主動回應各項政令，並號召晚輩積極參與，唯恐落在人後。

朱屠戶雖然出身卑賤，但頭上天子之氣已經非常明顯。這個時候不去順天應人，還要等到何時?!至於先前種種怨懟，也瞬間變成了過眼雲煙。

正所謂，**天下攘攘，皆為利往**，當一件事變得有利可圖時，哪怕存在很高的風險，也阻止不了人們爭先恐後側身其中。這股爭相投效之風，很快就刮遍了淮揚徐宿各地，轉眼又刮過了長江，把納入大總管府治下相對較晚的集慶、太平、鎮江、寧國等地也吹了個遍。

而江南各路的百姓偏偏不在此番徵召之列，所以北去的客船忽然間變得擁擠起來，許多在江南無法應募和應徵的少年人紛紛收拾行李登船，去追尋改變自己人生的唯一良機。

其中許多少年根本沒徵得家中長輩的准許，就偷偷離家，因此在船上根本沒有任何親朋故舊照應。還有許多是平生第一次出遠門，兩眼一抹黑，大夥甚至不知道從集慶到揚州，水路需要走多長時間？到了之後，也不知道下一步該怎麼辦？

「其實沒那麼麻煩，大總管他老人家向來講究規矩，距離他老人家越近的地方，規矩越清楚。只要大夥按照他老人家的規矩來，就沒有被拒之門外的道理！」從江灣港開往揚州城的一輛公共馬車上，常小二搖著一把綢布扇子，口若懸河。

冬天的氣溫已經很低了，江邊上濕氣又重，他卻絲毫不覺得揮扇子的動作多餘，相反，臉上每多吹一次冷風，他的精神就又提高一分，說話時的中氣也越發充足。

「去求學呢，當然最好的學校就是華夏大學和長江講武堂。但華夏大學得府學畢業才行，講武堂也要求至少能認識兩千個字，並且要能背誦《孫子兵法》，而投軍呢，就簡單多了，規矩就是力氣大，跑得快，膽子足，你要是會騎馬射箭，就更容易被錄取了。會騎馬可以當斥候，會射箭就可以直接去當火槍兵，連輔兵受訓和戰兵選拔這兩關都不用去過，直接分地吃糧拿軍餉！」常小二口沫橫飛地說道。

「哦——！」聽眾們紛紛點頭。

馬車上，幾個身材魁梧的少年，握緊拳頭，豪情滿懷。江南空氣潮濕，馬匹容易生病，所以會騎馬的人不多見，但會騎水牛的人卻是不少，想來同樣是往牲口背上跨，騎水牛和騎馬的差別也不會太大，反正揚州距離自己的家鄉遠，報名時就硬著頭皮說會騎，說不定也能蒙混過關。

「你們可別犯糊塗撒謊！」常小二彷彿能看透大夥兒的心思，搖了搖扇子，警告道：「大總管重規矩，所以最恨別人壞了他的規矩，而撒謊騙人，明顯就是不尊重規矩，弄不好非但當不上戰兵，甚至連當輔兵都沒人要。要我說啊，咱們這些人，最大的長處還在於讀書識字。雖然報考講武堂和大學肯定沒戲，但去當戰兵，能識字的也容易出頭啊！只要多用點心，當不上都頭，當個夥長總比那些睜眼瞎更容易吧！然後再一步步往上升，咱們能讀懂軍令，還能替長官出謀劃策，在軍中打熬上個三五年，當到營長總不至於太難。」

「那是，那是！」眾少年聞聽，又紛紛點頭。

「但是呢，話又說回來了，光能讀書識字也不行，咱得會察言觀色，知道長官喜歡什麼。同時呢，咱們得互相提攜，俗話說，一個籬笆三個樁，一個好漢三個幫，咱們能一起坐船，一起坐車，一起去投軍，這就是緣分。將來在軍中互相幫助，只要其中一個能出人頭地，剩下的就不愁沒有出身！」

「對，咱們互相幫忙！」眾少年被撩撥得心頭火熱，大聲回應。

「常哥，以後弟兄們就跟著你混了！」

「成，只要有我常某人一口飯吃，肯定少不了大夥的。我家就在揚州城內，跟兵科衙門隔著一條街，那個兵科的主事跟我們家還算鄰居，等回頭，我跟他說一聲，讓他把咱們兄弟全給招進去……」

正說得興奮之時，耳畔忽然傳來一聲斷喝：「小二子，你給我滾下來！」緊跟著，馬車的車廂猛地被人從外邊拉開，有個凶狠的老漢跳上來，一把擰住他的耳朵，「沒良心的小王八蛋，你又瞎折騰！讓你讀書你翹課，讓你做工你閒累得慌，好不容易給你找了個清閒的事，你卻好，不到半年就又逃了差！小王八蛋，等回家看我怎麼揭你的皮！」

「哎呀，別揪，再揪耳朵就掉了！爺爺，我可是您親孫子！」常小二遇到自家爺爺，如同老鼠見了貓。連用力掙扎一下都不敢，只能一邊叫嚷一邊跟著老漢走。

眾少年目光順著敞開的車廂門往外看，卻發現一輛裝飾質樸，但架子和車輪皆為精鋼打造的四輪馬車就停在馬路右側，常小二被老漢直接給推進了四輪馬車裡，隨即老漢縱身躍上車轅，猛地抖了兩下韁繩，身手俐落地駕著四輪馬車疾馳而去。

「小二哥家裡肯定不是一般人！」有名少年推斷道。

「可不是麼？他爺爺為了不讓他去當兵，居然親自趕著馬車來攔截他！」其他少年則滿臉羨慕地附和道。

四輪馬車在江南非常罕見，即便在淮揚，也是近幾年才慢慢興起的奢侈玩意兒，通常為淮揚大總管府高級官員，或者淮揚商號高級管事的標準座駕，普通百姓很少置辦得起，即便是大富之家，買了馬車之後，也捨不得整天在街上跑，僅僅在非常重要的場合才會拿出來充一下門面。

不過，很快少年們就發現自己判斷好像出了問題。沒等公共馬車重新啟程，玻璃窗外，至少有三、四輛跟先前常小二所乘坐的那輛規格差不多的四輪馬車疾馳而過。每一輛的車廂後，都釘著一塊四四方方的鐵牌子。牌子上用藍色火漆塗著一個漢字、一個拉丁文和一串大食數字，揚B952＊＊＊。

「是出租馬車吧？我聽家裡長輩說過，這邊最近興起了出租馬車，路邊招招手就能上去，不過坐車的價錢可貴了！」有人心思敏銳，迅速想起一個新鮮名詞。

「肯定是，你們剛才沒注意麼，每輛馬車的車頂都豎著一個黃色的三角形？」

「要真是大戶人家，該派個下人來趕車，怎麼也不會是他祖父親自出馬！」

「他要真是將門之後，早去讀講武堂了，怎麼會去集慶做夥計？」

少年們恍然大悟，再看向窗外的目光，少了幾分羨慕，不再指望常小二還能回來給大家尋門路。

「小王八蛋，當兵？你也不撒泡尿照照你自己的慫樣？就你這身板兒，上戰場第一天就得被人捅死！你爺爺我才過上幾天好日子，你就忍心讓我白髮人送你黑髮人？小王八蛋，趁早絕了你那念頭！」

半年沒見到自家孫子，常老四要說心裡不想，那絕對是瞎話，但無論心裡多疼愛，今天他都必須先立下威來。否則，一旦孫兒真的鐵了心去投軍，他恐怕每天夜裡都無法安心睡覺了。

「爺爺，您別生氣！我只是去報個名，未必選得上，即便選上了，也是先從輔兵開始做起，要再經歷好幾輪淘汰，才有資格分那十五畝地呢！」常小二知道爺爺正在氣頭上，將語調放緩，解釋道。

「你懂個屁！以前招兵把關嚴，那是因為沒有大戰，這馬上就要北伐了，誰還顧得上那麼仔細？只要報名，立刻就會錄用，然後直接就往戰場上送。」

「您聽誰說的瞎話啊？」

「什麼瞎話？你沒見連正在讀書的學生都被徵召進大總管府當文職了麼？連當官的都這麼缺，更何況當兵的？」

「嘶──！」常小二聞聽，立刻倒吸了口冷氣。

大總管府最近大肆徵募文官的舉措，的確給人一種饑不擇食的感覺，連對後備官吏都不再要求得那麼嚴格了，對普通士兵照理說會放得更鬆。

但是，他卻不甘心就這樣被祖父耽擱了自己出人頭地的機會，托著下巴，顧左右而言他，「爺爺，您怎麼趕起馬車來了？這車恐怕得二十貫出頭吧？是我哥拿錢幫您買的麼？您每天風吹日曬，多辛苦啊！哪如坐在家裡好好享享清福。」

「我天生就是勞碌命，一天不幹活就難受！」聽二孫子提起家中最出息的長孫常富貴，常老四臉上浮起幾分自豪的笑容。「是你哥買給我的，不過沒花二十貫，連車帶馬總共只花了兩貫，剩下的可以跟車行賒欠，賺了錢慢慢還。」

「賒欠？還有這種好事情？利息不會太高吧？您老千萬別上了當！」常小二聽得微微一愣。

「上當，你不瞅瞅，大總管腳下誰敢隨便給人下套子？那不是找死麼？」常老四一撇嘴，臉上的表情愈發得意，「況且你哥已經升襄理了，就是副掌櫃的，瀚源分號雖然不在大總管名下，可裡邊也有淮揚商號的股份在，同樣是淮揚商號入股的淮上車行，怎麼可能給自己人當上！」

「哦！」聽老人如此說，常小二心裡多少踏實了些。隨即，又皺著眉頭，裝做市儈地問：「那是幾點利息？哥也是，怎麼不直接買了，賒欠總是不好，賺了錢還要付利息！」

「二十貫呢，你以為你哥的錢是大風刮來的麼？是我沒讓他出全價，既然能賒欠，幹嘛出全價啊。這年頭，欠錢的才是大爺呢，況且利息只有二釐，一年也多不了幾貫錢。而眼下出租馬車生意好，你爺爺我每天就能賺上百文呢。用不了一年，就能把欠帳還清楚嘍！」

「才二釐啊，那淮上車行怎麼不自己雇人趕車，把便宜白白往外送呢，真是怪事！」一半是為了分祖父的心，一半是當真好奇，常小二歪著頭探詢。

「聽你哥說，是江南馬鞍山那邊的鐵廠正式開工了，每天可以出十幾爐鐵水，還說用了什麼平爐，可以直接把鐵水煉出鋼材來。」常老四眉飛色舞地透露。

「所以揚州這邊的鋼材馬上就用不完了，大總管他老人家多會做生意啊，乾脆就讓商號拿出利息來補貼老百姓買馬車，不光是出租馬車，私人馬車年後估計也能敞開來賣了，不用再排上好幾個月的隊！你小子要是爭氣，別再想著去當什麼兵，爺爺我就豁出去給你也買一輛，反正慢慢也能還得上，讓你每天出門都趕著車，那多威風！用不了幾天，就有大姑娘派了媒人主動登門來倒貼！」

家裡有個能支撐門戶的長孫，常老四可沒少聽這些淮揚大總管府和淮揚商號的「機密」，所以在街坊鄰居中，也算是個消息靈通人物，今天在自家小孫兒面前，更是知無不言，言無不盡。

誰料自家小孫兒想的卻跟祖父完全不一樣，低聲沉吟道：「那麼多鋼，豈不是能打很多鎧甲和兵器，怪不得人家都說，此番北伐大總管一定能直搗黃龍！」

淮揚大總管府之所以兵威冠絕天下，**所憑無非是甲堅炮利**。這一點，是很早以前就被「在野遺賢」們看破的「事實」！只是蒙元朝廷反應遲鈍，不肯接受遺賢們的建議奮起直追，才令淮揚大總管府「一招鮮吃遍天」罷了！

常小二交遊廣闊，出手大方，即便被家人送到了江南歷練，平素也沒少跟這類「遺賢」們推杯換盞，所以受民間輿論影響，心裡頭早就認定了「甲堅炮利」是淮揚的最大依仗。而無論造板甲還是造炮車，都離不開上等精鋼，此刻聽聞淮揚的鋼材多到用不完，甚至要倒貼利息錢誘惑百姓購買馬車的地步，焉能不更加看好大總管府的前景?!一時間，竟然忘了自己先前岔開話題的目的，順口又說到了北伐之事上，把個常老四氣得從車轅處抄起馬鞭，回頭就抽了過來。

「放屁！拿鋼堆就能把大都城給堆下來？這是誰放的狗屁？一將功成萬骨枯，你懂不懂？虧你還做過生意，連最簡單的帳都不會算？自古以來打仗，即便贏了也是殺敵三千自損八百，你就能保證你次次都不在那八百裡頭？啪——啪——！」

隔著木製的車廂和玻璃車窗，馬鞭根本傷不到常小二分毫，但是依舊把後者嚇得雙手抱起腦袋，撅著屁股往後車廂躲，嘴裡直嚷道：

「爺爺，您別生氣，我這不是說大總管府的好話嘛？您看您，當初我不懂事，瞎嚼大總管府的舌根子，您老人家跟我生氣，現在我痛改前非了，一心宣揚大總管府的長處，您老人家怎麼還跟我沒完呢！」

常老四氣得眼圈發紅，老胳膊老腿瑟瑟發抖，道：

「小王八蛋，我還不知道你？你從小拉屎都是我擦的，你一撅屁股，我就知道你想拉什麼！你什麼時候真的有過自己的見識？還不是淨跟著別人屁股後邊嚼剩甘蔗渣！當初那些人說大總管府的壞話，你就跟著鸚鵡學舌，就不知道自己看看，別人的阿爺當初是幹什麼的，你阿爺當初又是幹什麼的！如今別人發現風向變了，想渾水摸魚了，你就又跟著人身後頭抄網子！知道不，每逢改朝換代，死得最快的就是你這種缺心眼的，就知道聽別人瞎忽悠，結果別人進城當英雄立功受賞，你這樣的全都得死在城牆根底下！」

想到孫兒外出大半年竟毫無寸進，老爺子忍不住又是悲從中來。狠狠抽了車廂兩鞭子，放聲大哭道：「缺德哦，我常老四是缺大德了。好不容易才過上幾天安生日子，偏偏養了個缺心眼的孫子，眼看著就要白髮人送黑髮人……」

「行了！」常小二受不了自家爺爺在大馬路上哭喪，拉開車窗，探出半個腦袋來告饒道：「要收拾我，您回去再收拾，何必非鬧得人盡皆知？我的臉不值錢，您老可還有個大孫子呢，那可是剛升的商號裏理！」

這一招果然有效，提起自家大孫兒的臉面，常老四立刻就像被掐住了脖子般，「呃——！」地一聲，哭聲戛然而止。如果因為他的哭嚎聲引發了誤會，進而耽擱了自家大孫兒的前程，他常老四就是被雷劈死，都沒臉去見作古多年的老伴了。

「您老一直就拿我當小孩子看，從沒在乎過我的想法和感受，咱們回家，把這事跟哥說說。他要是順著您的意思，我二話不說，明天早晨就坐了船回集慶；要是他也覺得去當兵吃糧對我來說是個機會，您老也別硬攔著。說實話，腿長在我身上，兵科衙門招兵也沒說非要家中長輩點頭，您攔得了初一，還攔得了十五不成！」

這話可是說得一點兒都不糊塗，令常老四找不出反駁的藉口來，他把心一橫，道：「也罷，兒大不由爺，你現在大了，翅膀硬了，當然不拿我老頭子的話當耳旁風，但你哥比你有見識，這些年也沒少供你花銷，他的話，你總該聽上一聽！」

「那就這麼決定了。咱們高高興興回家，然後等哥回來！」常小二唯恐祖父反悔，立刻敲磚釘腳。

「哎！」常老四以一聲長嘆作為回應。

祖孫倆不再較勁，悶聲不響加快速度趕路，不一會兒，就回到了自家宅院中。

出乎二人意料，家中頂梁柱常富貴今天居然提前收了工，正抱著厚厚的一大本書在房裡苦讀，聽見院子裡的車輪聲，將書做了記號放下，然後迎了出來。

「爺爺，您今天怎麼回來得這麼早？生意不順利麼？要我說，大冷天您老就別出車了，反正咱家現在也不缺那幾貫錢！」

「那哪成啊，我還沒老得不能動彈呢！」見到長孫，常老四心情立刻舒暢了十倍，一邊從車轅處往下跳，一邊回道：「再說，這趕著車出去跑幾圈，我也能活動活動筋骨，總比整天悶在家裡頭強！」

說罷，一邊將挽馬的韁繩交到大孫兒手上，一邊去開車廂的門，「下來吧，小王八蛋，莫非還要我抱你不成！」

常小二縱身跳出車廂，隨即笑呵呵地給大哥行禮，「哥，您今天怎麼有空？我還以為得到晚上才能見到你呢！」

「有點兒事，所以早下工了。」常富貴訝異地道：「你怎麼不在集慶那邊好好做事，自己跑回來了？沒人欺負你吧？如果有人欺負你，也別忍著。跟我說，我去幫你出頭！」

「整個集慶分號誰不知道我是你親弟弟啊。甭說欺負，連分號掌櫃都對我客客氣氣！」常小二帶著幾分自豪道。

常富貴深怕弟弟狐假虎威，告誡道：「你也別做得太過分，該下的功夫得下，別沒事就別老想著回揚州，我像你這麼大的時候，正在鋪子裡做學徒……」

「哪能呢，放心，我不會給你丟人的。商號裡又沒啥體力活，陪個笑臉迎來送往，還不至於讓我臨陣脫逃！」常小二順著哥哥的話回道。

「那就好，我明天再找人跟胡掌櫃說一聲，看能不能早點讓你出徒當夥計，你也不小了，手頭總得有點能賺錢的營生！」常富貴卻不知道弟弟是有求於人才變得順從了，還以為是出門歷練了半年後長了本事，笑著道。

「不用，不用，還是按規矩來，否則即使出了徒，掌櫃和大夥計心裡也不會真的拿我當回事！」

常小二怎肯再去商號裡做小夥計浪費光陰？趕緊幫著哥哥伺候牲口入圈，上料，添水。

見到哥倆兄友弟恭，常老四老懷甚慰，心中對打消小孫子的癡心妄想又多了幾分把握，忙招呼孫兒們進屋休息。

屋裡，通著淮揚地區最近才流行開來的水爐子，褪下長衫和厚布大褂，沏上一壺濃茶，祖孫三個圍桌而坐，其樂融融。

轉眼一壺茶見了底，常老四清清嗓子，對大孫子富貴說道：「有一件事，我跟你弟弟今天說不到一塊兒，但我們都覺得你見的世面多，眼界寬……」娓娓道出原委。

誰料想，平素向來孝順的常富貴，竟一反常態地支持道：

「自然該去，現在正是為國出力的機會，老二憑什麼落在別人後面？如果誰都不去當兵，怎麼可能將韃子趕回漠北去！萬一讓他們得到喘息機會捲土重來，您老，爹和娘，還有咱們這個家，豈不是都要萬劫不復！去，當然要去，我親自送他去報名。報紙上說得好，若不是當年大多數宋人都只顧著自己的小家，我堯舜故土也不至於會有這七十餘年腥膻！」

常老四氣得一拍桌案，「你瞎說些什麼？你今天腦袋被風吹壞了不成？打仗哪有不死人的？萬一他有個三長兩短，我這白髮人，唉，我常老四缺德哦——！」

「萬一他有個三長兩短，還有爹和娘，還有大總管府會照顧您，照顧咱們這個家！您老也看到這些年大總管是怎麼對待那些戰死者家眷的，給他賣命，值！況且以他這身板，即便被錄取了，也當不上一線兵，頂多讓他當個隨軍文宣！」

「是啊，爹，老二天生就不是個安分守己的，還不如讓他放手去搏一搏，搏出來，算他命好；萬一沒搏出來，只要人不死，他也就徹底收了心！」

常壽不知道什麼時候也回來了，掀開門簾，替兒子說話。

三對一，常老四即便身為祖父，頓時也覺得氣短，無奈下只好道：「去吧，去吧，等他缺了胳膊少了腿，你們就知道什麼是不聽老人言了。」

「哪能呢，我機靈點就是！爺爺，您等著瞧吧！萬一我混出個名堂來，就帶著您去住大宅子，再娶個漂亮孫媳婦天天伺候您！」常小二沒想到父親和哥哥都站在自己這邊，喜出望外，立刻啞著嗓子撒起嬌來。

「滾！」常老四輕踹了孫兒一下，算把心中的火氣出了，看著長孫富貴，追問道：「隨軍文宣，那是幹什麼的？真的不用去掄刀子麼？」

「就是替其他士兵寫寫家書、傳達上頭政令的差事，一般每個戰兵連裡頭，都設有三五個這樣的文職，平時吃住都跟隨軍郎中一起，行軍時放在隊伍中央，打仗時放在隊伍最後！」常富貴回道。

「噢——！」常老四聞聽，心中的擔憂頓時少了許多。又問：「那你保證他能當上隨軍文宣？你什麼時候在軍隊裡也認識人啦？」

「那我可保證不了，他得自己去考！」常富貴搖頭，「先考上了，然後白天跟著其他輔兵一起受訓，晚上再去聽教官授課，待其他輔兵受訓結束，合格的轉成戰兵，他差不多也就學成了，再考一次試，然後跟著戰兵們一起去各軍團報到。」

「那他怎麼可能考得上？」常老四聞聽，一顆心又提到了嗓子眼。

「第一關好過，認識一千個常用字就能考上，連縣學一年級水準都不如，老二好歹當初也上到了兩年級。難的是受訓的同時還要聽課學習。不過，如果連這一關他都過不了，不正合了您老的意麼？如果他被刷下來，既當不成戰兵，也當不成文宣，除了回家娶媳婦之外，還能幹啥！」

「嗯！」常老四終於放心的點頭。轉過臉看看自家小孫子，又是好生猶豫，真不知道是盼望常小二能過了關好，還是被刷下來回家更妥當些。

常小二對自己卻是信心十足，見祖父眼裡充滿懷疑，立刻發誓道：「您放心，我這回一定要過關，否則我今後再也不跟您提去當兵的事，您讓我幹什麼就幹什麼，讓我娶誰就娶誰！」

「那咱們爺倆就說定了！」常老四伸出手，跟孫兒擊掌為誓。

說到這兒，老人家忽然心生警惕，轉向常富貴，不安地問道：「你怎麼對軍中的事情如此熟悉？你別……咱們爺倆可說明白了，你別想著也跟小二子一道去發瘋！」

「我不是發瘋，而是去盡一個男兒之責！」常富貴的臉上寫滿了激情，「我已經去大總管府報了名，從後天起，去第四軍總後勤處為大軍沿途籌集糧草，剛才就準備跟您說，結果沒等開口，先遇到了小弟的事。」

「你……」常老四的心瞬間沉到水中，「大總管府不是只徵召學生麼？你一個商號的夥計，怎麼有資格去應募？」

「我不但是商行的裏理，還是華夏復興社的社員。」常富貴自豪地說：「我們社成立於今年六月，總部就設在大總管府內，社員個個以追隨大總管復興華夏為己任，**北伐之事乃華夏復興的關鍵，我們怎麼可能袖手旁觀！**」

「華夏復興社？朱某還是終身盟主？」同一時間，朱重九在大總管府裡望著逯鯤、張松、羅本，還有一個名叫高啟的少年，滿臉愕然。

自己出征這短短幾個月，淮揚居然冒出一個「政黨」，雖然他們稱之為是一個以切磋詩詞和品評時政為目的的文社。

「請主公恕卑職失察之罪！」內務處主事張松澄清道：「卑職在數月之前，就發現逯大人與高教諭聯合了百十名學子，在報紙上跟各地腐儒針鋒相對，屬下起初以為他們在以文載道，並且他們的文章也的確打擊了各地腐儒的囂張氣焰，令朝野上下耳目一新，所以卑職就沒有讓內務處過多留意此事。直到前幾天主公凱旋而歸，華夏復興社組織人手到碼頭上恭迎。卑職才發現此社在短短數月規模竟變得如此龐大，然而該社涉及人數甚眾，以往各朝也無此先例，卑職亦不知該如何對待，故而今日約了社中幾位骨幹，來主公面前請求定奪！」

幾句話將華夏復興社的來龍去脈說了個清清楚楚，同時也將自己的責任撇了個乾乾淨淨。

華夏復興社最初的確是文社，並且一直在為大總管府的新政搖旗吶喊，內務處沒必要去找他們的麻煩。後來，發現文社已經變成一個彙聚了眾多官員、讀書人、商販和熱血少年的龐然大物，內務處也沒勇氣去找麻煩了。畢竟兩位副盟主分別是朱重九的老丈人和心腹愛將，無論其中任何人拍下一個巴掌來，都可以讓他張松吃不了兜著走。

「最初結社的目的的確只是想正本清源，恢復聖人遺訓原貌。」沒等朱重九接口，逯鯤趕緊上前跟女婿解釋。

雖然他是朱重九的丈人，但自古以來，歷朝歷代對外戚干政都非常厭惡，一下子弄出這麼大的派系來，他可不想引起朱重九的誤會，進而影響到雙兒在「後宮」中的地位。

「讓華夏復興社敞開大門，廣納英傑，乃是微臣的主意。」同樣面對朱重九，揚州知府羅本就從容得多。他瞭解朱重九的秉性，同時也相信只要自己所作所為是出於一番公心，即便不合主公的意思，頂多也就是將華夏復興社解散掉，絕對不會受到什麼太嚴厲處罰。

「微臣數月前親眼目睹主公遇刺，窮究其因，發現此乃外界輿論黑白顛倒，而我淮揚大總管府內部視聽也紛亂不堪所致！」羅本又道：「故而微臣以為，欲避免給宵小之徒可乘之機，光憑著軍情和內務二處嚴防死守，依舊會有許多疏漏，不如直動出手，自己結成一社，**上求古聖絕學之正解**，**下結士工農商之精英**，令腐儒宵小及其他心懷叵測之徒再也找不到下手之處，未戰就已經失了先機！」

這句話的確鞭辟入裡，用朱大鵬同一時代的說辭來解釋就是：朱重九在數月前之所以會遇刺，表面上是胡大海教子無方，徐達用人失誤所致，事實上，真正原因卻是由於外部受到天下腐儒的輿論攪局，而內部人心也出現了混亂的緣故。

而光憑軍情和內務兩處的細作嚴防死守，今後難免還會有同樣的疏漏出現，所以不如主動進攻，一邊跟腐儒們爭奪對傳統儒家精義的解釋權，搶佔輿論制高點；一邊在官方和民間結社，組成一個類似於以往「洛學」、「關學」那樣的學術與政治的混合體，依靠眾人的力量粉碎敵對各方的陰謀詭計。

然而，在場眾人對政黨的瞭解，又有誰能超過擁有兩世記憶的朱重九？明末的東林黨，口號提得無比正義，卻成為少數無恥之徒打擊異己，掠奪財富的工具，最後甚至摧毀了整個國家。所以，儘管朱重九為了壯大淮揚不擇任何手段，但唯獨不敢用的，就是將各類政黨體系引入到淮揚來。

卻不想今天逯鯤和羅本等人，卻將他極力回避的怪獸擺在他的面前。令他頓時進退兩難。

「華夏復興社共有成員兩千七百四十三人，草民帶來了名冊和社綱，請主公過目！」見朱重九臉色凝重，高啟硬著頭皮奉上一疊檔案。

「當初報紙上的《原禮》《原儒》等論，就是出於你手吧！」朱重九的眉頭挑了挑，伸手接過文檔，順口問道。

既然復興社的誕生與當初的輿論戰有關，場中肯定有人就是那幾篇最重要文章的執筆者——青丘子。據他瞭解，無論是逯鯤還是羅本，所寫的文章都是四平八穩，絕不會如《原禮》《原儒》中所表現得那樣酣暢淋漓，慷慨激烈。

那幾篇膾炙人口的文章中，充滿了年輕人特有的銳氣，所以，青丘子只能是看上去還不到弱冠之年的高啟，或者，青丘子並非一個人，而是以高啟為首的一群少年才俊。

果然，不出他所料。聽他提起《原禮》和《原儒》兩大名篇，高啟臉色立刻開始發紅，用極小的聲音回道：「不敢欺騙大總管，那兩篇陋作的確出於草民之手，不過也是逯大人先給提了綱領，草民才勉力為之，草民不敢一個人獨貪其功！」

「文章寫得很好，朱某拜讀過，對其中許多觀點極為讚賞！」朱重九鼓勵道：「今後這類文章不妨多寫一些，大總管府欲行新政，總得讓世人知道新政到底來自何方，又身為何物。」

「草民遵命！」高啟喜出望外，立刻躬身施禮。

「你現在只是教諭？」朱重九問。

「草民原來在集賢館攻讀，最近才去了大學做教習。」高啟小心地回答。

「做教習太屈才了。朱某身邊缺一名參軍，不知道你可願為之？」朱重九發出邀請。

眾人頓時一亮！誰不知道朱總管的參謀本部是最培養人才的地方！凡是當過參軍者，無論是哪一級，只要外放出來，差不多都能獨當一面，如羅本、陳基等，都做過一段時間參軍，轉眼之間就被委以重任。

「草民願為大總管粉身碎骨！」在眾人艷羨的目光中，高啟躬身施禮。

「就先做宣政參軍吧，主要職責是替朱某起草文書，宣揚我淮揚政令！」朱重九笑道：「品級與明律、中兵參軍相同，暫時歸樞密院總參謀部調遣。此番北征，你隨朱某同行，除了本職任務之外，還需要花費一點時間和精力，把華夏復興社的宗旨和今後發展方向明確下來。而不是像現在這樣，隨便寫一個粗淺的東西來給朱某過目。咱們要麼不做，既然做了，總得像個模樣！否則，非但我這盟主聽起來像個綠林強盜，你們也無法在世人面前揚眉吐氣！」

「是，卑職必不負大總管所託！」高啟再度下拜，肩膀微微顫動。

「不必多禮！」朱重九伸手虛扶了一下，笑著鼓勵，「這不是一件簡單的事情，所以咱們每一步都必須慎重。不過你也無需太緊張，反正咱們准揚所行之事，多是前人聞所未聞，所以也不差這一件！」

對於華夏復興社最終到底會成長為一個民族的脊梁，還是會迅速墮落，他心裡其實一點兒把握都沒有，但好歹他見到的東西，比羅本、高啟等人多一些，知道哪些問題一定要防患於未然，所以與其強行將華夏復興社解散，把組黨的機會讓給別人，還不如放在自己的眼皮底下試上一試，至少在他活著的時候，能避免華夏復興社踏入歧途。

第二章

群雄逐鹿

「這些話，不要讓第四個人知曉！」
李漢卿四下張望，聲音壓得更低。
「如果我估計沒錯，恐怕今年就是大元朝的最後一年了，
接下來就該是群雄逐鹿，先進了大都者，
未必得到天下。這亂世，恐怕要長著呢！」

想到這兒，朱重九轉向羅本，叮囑道：「此番北伐，你的任務絲毫不比徐達簡單，他只負責攻城掠地，但將城池打下來後，咱們淮揚大總管府能否站得住腳，能否讓將士們的血不白流，就要看你的了。如果還來得及，我希望你這個副盟主把華夏復興社的成員也帶上一部分，大夥既然以復興華夏為己任，該承擔風險的時候，總不能落在別人後面。」

羅本報告道：「啟稟主公，卑職已經叮囑過社中骨幹前往大總管府報名，但為了避免授人口實，所以在選拔之際，沒將他們是不是復興社成員的情況考慮在內。」

「嗯！」朱重九滿意地點點頭。

「啟稟主公，既然主公不介意華夏復興社的存在，卑職也想申請成為其中一員！」張松唯恐自己被排斥在這一明顯即將崛起的政治派系之外，小心地請求道。

「目前加入華夏復興社，有什麼規定沒有？」朱重九問。

羅本不好意思地回道：「只要有社員介紹，並且發誓永遠遵守社規，永遠忠於主公即可！」

「因為還沒得到主公的首肯，所以一切規定都是草創，因而簡陋了些。」遂鯤忙解釋道。

朱重九想了想，道：「既然要承擔起復興華夏的使命，招收社員時就該寧缺毋濫，之前招收的，我就不管了，從現在起，每個申請加入者，必須找到三名引薦人，並且要手寫申請書一份，表明自己加入的理由。社裡收到其申請後，必須由七個人以上商議後，一致認定可吸納其入社時，才能接受此人的申請。此外，我這個盟主不可能事必躬親，所以按事由大小設立不同層級的主事，層層上報，日常決策也不是各級主事一個人說了算，要召集同一級別的社員商議，最後少數服從多數……」

「主公真是奇思妙想！」

「主公所言，令微臣茅塞頓開！微臣佩服！」

「你們先別忙著佩服，須要你們具體完善的地方還多著呢。首先，引薦人不是白當的，為了防止胡亂引薦，咱們得把醜話說到前頭，日後被引薦者如果做出貪贓枉法，或者瀆職叛社之舉，引薦人必須承擔連帶責任！就從張松開始吧，朱某做他的第一個引薦人，其餘兩個他自己找，申請書也必須他親自寫，將來他要是出了問題，朱某自當給所有社員一個交代！」

「主公大恩，微臣當結草銜環以報！」張松又驚又喜，雙腿一軟便跪了下去。

「你看，就憑你亂行跪禮這一條，我就可以說你不合格！」朱重九將他從地上拉起來，打趣道。

「微臣是高興得一時竟然忘了！主公說不跪，微臣就不跪，以後微臣除了主公之外，天王老子都不跪！微臣保證，今後不犯任何錯誤，哪怕是無心之失，也絕不敢輕易犯下，讓大總管丟臉，微臣如果做不到，願遭天打雷劈！」

他是當年走投無路之時，才臨陣倒戈投降淮安軍的，因此在大總管府內沒有任何根基，所以這幾年來，張松做任何事情都是戰戰兢兢，如履薄冰。今天，朱重九居然願意主動做他的引薦人，無疑是向所有人表明態度，即他張松是大總管的心腹，大總管就是他的根基，若是誰不開眼想找他張松的麻煩，首先得過大總管那一關。

「行了，你不用發誓了，我相信你！」朱重九拍了張松一下，笑道：「原本我答應過你，有機會就讓你去管鑄錢，把內務處的差事交給別人，但眼下北伐在即，實在找不出合適的人來替代你，所以你還是繼續幹著吧。總之一句話，做內務處主事，就不要怕得罪人，否則，你討好了別人，等於得罪了朱某！」

「若是有負主公，微臣願意提頭來見！」張松發下了毒誓。

「很好，我記住你今天的話！」朱重九滿意地道：「你下去做事吧！北伐之後，大總管府所控制的區域會越來越廣，內務處的事情也會越來越多，你還有你手下的弟兄們，都要做好心理準備。」

「微臣遵命！」張松行了個禮，轉身離開。

「監察院也是一樣，此番北伐，所有人都必須打起十二分精神，就當作是一場趕考吧。不過主考官不是皇帝，而是所有北方百姓。考過了，咱們今後一統全國就能輕鬆些；萬一考不過，就得回來繼續老老實實用功，誰也甭指望天上能掉餡餅！」

「是！」涉及國事，逯鯤可不敢擺什麼岳父的架子，恭敬地行了禮回應。

「任務最重的，恐怕還是你這兒。」朱重九將目光轉向羅本。「治天下向來就不比打天下簡單，這幾年你做揚州知府應該對此深有體會，咱們淮安軍之所以能屢克強敵，與淮揚三地的各級官府施政得力息息相關，否則弟兄們根本不用打仗，光為了四下平叛就得活活累死。雖然北伐路上人才匱乏，但選拔官吏的時候，依舊不能過於隨意！」

「微臣明白！」羅本拱手說道。

「你明白就好！咱們所走的，是前人不曾走過的路，所以務必處處小心，成，則開創一個時代，敗，你我都會成為千古罪人！」

隨即，他又將目光轉向高啟：「復興社的社規、宗旨還有架構，我會在北伐途中慢慢跟你討論，最重要的，華夏復興社，永遠是華夏的復興社；**忘記了華夏兩個字，它就什麼都不是！**」

「是！」高啟聽得似懂非懂。

「你們都去忙吧，我還需要處理一些別的事！」朱重九揮揮手，命三人自行離開。

待幾人走遠，朱重九轉回書案後，重重跌坐在椅子上。

他想給自己倒杯熱茶來提提神，但手握在茶壺上，卻忽然失去了力氣，好半晌才將壺嘴傾斜了，卻又把茶碗碰到了地下，「嘩啦」一聲，摔了個粉碎。

「主公小心！」正在當值的近衛連長耿天壁聞聽，趕緊推門衝了進來。

「沒事，路上有點兒累了，一直沒緩過來！」朱重九笑了笑，「趕緊把地上的碎茶碗收拾了。然後弄一壺熱茶過來，別跟其他人提這事，沒必要讓大夥跟著擔心！」

「是！」耿天壁答應著，迅速撿起地上的碎片，然後快步走出，從外邊輕輕合攏屋門。

「這小子倒頗有乃父之風！」朱重九輕輕點頭。

耿天壁是耿再成之子，按照這個時代某種心照不宣的慣例，此人講武堂畢業之後，就直接到近衛旅中任職，一方面等於是耿再成向朱重九表明自己的忠心，另一方面，則是為耿天壁的將來鋪路。

每個人的眼界和行為都會受其所生活的時代影響，誰都無法例外，朱重九非但有一部分思維繼承於所處時代，還有一部分思維繼承於另外一個時空。這兩種思維不停地碰撞、融合，導致他無論看什麼事情，都與周圍的人有很大的不同。

就拿華夏復興社悄然誕生這件事來說吧，如果不曾擁有另一個時空朱大鵬的記憶，也許朱重九會非常歡欣鼓舞。即將進行的北伐，不但需要一支規模龐大的軍隊，並且需要能為這支軍隊解決後顧之憂的官吏隊伍，以及深入到各行各業的社會動員能力，華夏復興社的出現，恰巧補強了他所面臨的兩大短板。

但是，朱重九所看到的，卻不僅僅是益處，而是這裡邊所存在的巨大危險。

他隱隱有一種**預感，淮揚大總管府還有眼下正在快速發展成長中的一切，早晚都會脫離他的掌控**，而脫離他掌控的大總管府和新興力量究竟會走向何方，卻是他也無法預知！所以他今天才說了那麼多話，將自己弄得非常疲憊。

它也許會長出天使的潔白羽毛，也可能長出魔鬼的翅膀，無論是哪一種結果，**唯一不變的就是，它都會高高地飛起來，再也不受任何人的左右。**

「一輩子管不到兩輩子的事，後人自然有後人的智慧！」朱重九頹坐於桌案後良久，依舊無法理出半點頭緒。

正鬱悶間，耳畔傳來幾聲清脆的嬰兒啼哭，「哇哇，哇哇……」隨即門被輕輕推開，雙兒抱著一個白白胖胖的男孩走了進來。

「夫君，孩子想他阿爺了，你看他，眉眼長得有多像你！」

無論朱重九對北伐的成功存在多少疑慮，淮安軍在天氣轉暖後向大都方面用兵，已經成了板上釘釘的事。

據軍情處安插在大都及陽曲的細作發回來的密報，就在淮安軍的主力結束對泉州的討伐，開始梯次北返的同時，蒙元那邊的一些有識之士也相繼站了出來，勸諫妥歡帖木兒父子放棄自相殘殺，共同捍衛祖宗基業。

他們的努力頗見成效，首先打動了愛猷識理達臘所依仗的鐵杆支持者，平章政事察罕帖木兒，讓其主動將一支兵馬撤到飛虎嶺以西，暫時放棄了對大都路的威脅。

樞密院同知李思齊也不想將老本跟察罕帖木兒拼光，上書給妥歡帖木兒，勸其放棄對奇皇后和太子兩個人的追究，父子夫妻重歸於好。

那妥歡帖木兒原本就打算在自己死後將皇位傳給太子，心中亦放不下與奇皇后多年的患難夫妻之情，此刻接到李思齊的奏摺，頓時有了臺階下，滿腔殺氣迅速化成繞指柔情，下了一道明詔給愛猷識理達臘，認為父子間先前種種，不過是奸臣挑撥下發生的誤會，只要太子肯護送奇皇后返回大都，則父子之間可以盡釋前嫌。並且願意仿照唐高祖與秦王李世民的舊例，由太子奉旨監國，而自己避居宮內，從此頤養天年。

這一步退得夠大，讓太子愛猷識理達臘無法不動心，然而他麾下的另外一心腹重臣搠思監卻堅持認為，妥歡帖木兒此舉不過是一個慣用伎倆，當年他對付伯顏、脫脫等人時，也都是先給予足夠的好處，令對方麻痹大意，然後再突然出手。如今同樣的招數用於自家親生兒子頭上，他也絕對不會手軟。

一旦愛猷識理達臘母子上當，進入了當朝禁軍和李思齊的勢力範圍，結果必將是四下裡伏兵齊出，轉眼被擒獲為階下囚的悲慘結局。

愛猷識理達臘不敢相信平素昏庸糊塗的父親會有如此狡詐的一面，只好去向母親奇皇后問計。而奇皇后到了此刻，已經徹底亂了方寸。

「俗話說，最是無情帝王家，更何況是咱們母子對不起你父皇在先，無論他做什麼，都有充分的理由，為娘的怎麼可能猜得到?!」

愛猷識理達臘聞聽，興奮之情立刻就冷了下去，越琢磨，越覺得父親退讓得過於容易，反覆思量之後，乾脆打著為父親牽制阿魯輝帖木兒的旗號，留在了冀寧路，並且以監國太子的名義，向雲中、大同一帶派遣官員和軍隊，擺出準備長期割據太行山以西，跟父親分庭抗禮的姿態。

如此一來，父子在短時間內和好如初，顯然已經沒有任何希望了。

但雙方之間的內戰，卻在一群有心人的奔走下迅速宣告結束。中書行省沿著太行山及其北向餘脈一分為二，西側盡歸太子愛猷識理達臘，東側依舊暫時歸妥歡帖木兒這個大元皇帝；而陝西和甘肅兩大行省的蒙元文武，暫時也放棄對冀寧的攻打，集中起全部力量，準備應付開春後來自汴梁紅巾的挑戰。

蒙元內部的混亂與紛爭暫時告一段落，對淮揚來說當然不是什麼好消息，所以接到細作冒險送回來的情報之後，淮揚大總管府上下愈發加快北伐的準備。

誰也不敢保證，眼下修煉演蝶兒秘法已經修煉到如醉如癡地步的妥歡帖木兒，會不會哪天徹底決定放棄紅塵俗世，一心去尋求長生大道。那樣的話，蒙元的各方勢力就會因為妥歡帖木兒的退位而重新整合為一體，淮安軍北伐路上所面臨的風險和挑戰，也必然會成倍地增加。

整個冬天，大總管府及其所屬的各級衙門，都高速地運轉著，武器、彈藥、軍糧、甲冑，還有各種被研磨成粉末，搓成丸子，分裝成小包的藥材，沿著運河與道路成車成船的運往徐州。

講武堂、華夏大學，官員們抓著講義和粉筆，將自己所掌握的治理地方經驗，毫無保留地介紹給剛剛招募來的大總管府幕僚，以期他們能在短時間內掌握基本的為官要領，將北伐途中收復的各地，以最快速度變為大總管府治下的穩定領土。

幾個主要城市近郊的大校場上，人喊馬嘶聲更是不絕於耳。

隨著戰鬥經驗的增加和講武堂填鴨式培訓，眼下朱重九所宣導的精兵政策，已經深入到了整個淮安軍的骨頭裡，無論是開春後即將奔赴戰場的第一、第三、第四、第七軍團，還是奉命留守後方的第五軍團，都抓緊最後的時間，對麾下新兵老兵進行新一輪打磨。

甚至連剛剛經歷過一輪選拔的輔兵各部，也冒著刺骨的冷風繼續跑步出操，努力提高士兵們身體各項指標。

「常小二，出列。帶領你手下全體弟兄，前方一百大尺處矮牆，持械五次往返翻躍！」看著少年們火熱的眼神，輔一團總教頭周昌就好像看到當年的自己，揮舞了一下木頭做的假手，大聲喊道。

「是！」被臨時任命為輔兵都頭的常小二，衝到自己所在的隊伍最前方，舉起木頭做的假火槍大聲疾呼：「弟兄們，跟我上，臘月二十七還有一輪選拔，能不能過，就看這幾天的訓練了！」

機會對每個人都是平等的，特別是在戰場上，能不能活著立功，全憑各自的本事，經過數年的潛移默化，朱重九的一些平等觀念，已經慢慢滲透進了普通百姓的心裡，雖然眼下淮揚各地做不到真正的人人平等，但至少普通人的眼睛裡看到了更多的上升機會，並且知道自己付出了努力之後，通常都能獲得回報。

「老子要當大將軍，掛印封侯！」常小二低低的喊了聲，單臂支撐，從木頭搭建的矮牆上一躍而過，宛若鯉魚躍過了龍門。

「手端平，端穩點，沒吃早飯麼?!」

同一時間，大都城外的校場上，剛剛被起復的兵部侍郎李漢卿瞪著眼睛，面目猙獰。站在他面前的，是三千多名剛剛徵募來的勇士，一個個被罵得灰頭土臉。

早飯的確吃過了，並且每個人都給了滿滿的一大碗乾飯。但是，從早晨到現在，已經足足過去了兩個半時辰。這一天中的第二次用餐時間，卻遲遲未至，如今大夥的肚子早已前胸貼上了後脊梁，都餓到這種地步了，還讓人端穩木頭棍子反覆前刺，這不是耍傻子玩嘛！

肯應募到朝廷新組建的護國軍吃糧的，沒一個是傻子，相反，他們在大都城周圍的十里八鄉也都算是響噹噹的人物，平素交遊廣闊，拳頭上能站人，胳膊上能跑馬。只是，再粗的胳膊都擰不過大腿，朝廷忽然一道詔書頒下，命鄉間有勇力者入軍護國殺賊，地方官員就直接按照名氣開始拉人。

「您不是武藝高強麼？過來按個手印，這身新衣服就歸您了！穿著去衙門報到，三天後赴大都城替皇上效力！不去，那就是抗旨不遵，後果是什麼，您自己掂量掂量……」

能在民間橫著走的，通常都知道自己惹得起誰，惹不起誰，反覆掂量過後，除了極少一部分人連夜出走，逃往南方外，大多數都收拾起平素敲詐勒索來的錢財，遣散了門下徒子徒孫，老老實實地去衙門應募了。這一走，就從此蕭郎是路人。

護國軍，全稱叫做「忠義護國軍」，是妥歡帖木兒與兒子反目之後，特地著令兵部建立的一支新軍。

該軍隊棄用了以往必備的弓弩和長矛，取而代之的是軍器局重金打造出來的火槍和火炮，每支槍管和炮管都是用青銅所鑄，價格高得嚇人；但每一桿火槍和火炮的品質都經過六指郭恕的親手檢測，不會再像原來那樣動不動就炸膛，殺死自己人的效果比殺死敵軍還好。

說來也怪，花費這麼大的代價打造的純火器部隊，今年大元的國庫居然沒有見底。這裡頭首功還得歸在跑路的前宰相哈麻頭上，若不是他在任期間放棄了消滅淮揚的企圖，果斷休生養息，並且模仿淮揚那邊，在桑乾河兩岸大開工廠作坊，大力興辦牧場養綿羊，大元朝的國庫肯定收不上那麼多的稅銀來。

至於第二號功勞，就得感謝那些跟著皇太子愛猷識理達臘一道謀逆的亂臣賊子們了，正是因為下狠手抄了他們這些人的家產，朝廷才有了更多的盈餘。能不計成本地將妥歡帖木兒心動已久的純火器軍隊落在實處。

至於這支軍隊的主將，自然也不能再選擇禿魯帖木兒和定柱這些老朽。前者是哈麻的妹夫，雖然早就暗中開始大義滅親，可哈麻至今還未死，誰知道他們之間會不會藕斷絲連？後者則是相權在握，如果再有了兵權的話，很可能會變成第二個伯顏、脫脫或者哈麻。

妥歡帖木兒可不敢保證自己兩年後還有力氣再幹掉一個丞相，所以再三權衡之後，妥歡帖木兒痛下決心，把忠義護國軍的指揮權交給了剛從民間找回來的哈剌章手裡。

那哈剌章乃是前前丞相脫脫的長子，在其父「蒙冤亡故」之後，與其弟三寶奴很是受了一番苦難，甚至一度照父親的貼身書僮李漢卿的主意，長時間假死埋名，直到哈麻罷相，脫脫平反昭雪，兄弟倆才又返回大都，叩謝皇恩。

昭雪自然得有所補償，於是哈剌章從罪人之子搖身一變成了大元中國公，平章政事，兵部尚書；其弟三寶奴也封了個齊郡公，治書御史。

哈剌章與三寶奴感激涕零，多次入宮叩謝皇恩，妥歡帖木兒見他二人心誠，加之手上的確沒有太好的人選可用，乾脆直接授予軍權，盼哈剌章繼承乃父未竟之業，早日蕩平淮揚。

兄弟二人這口冷灶再度點起了火，李漢卿、龔伯遂、沙喇班三個曾經陪著脫脫走完人生最後一程的難兄難弟，當然也不能被遺忘，於是乎，時隔兩年多，兵部侍郎李漢卿、河南江北行省參知龔伯遂、探馬赤軍萬戶沙喇班，全都官復原職。

鑒於眼下大元朝的實際情況和三人的能力，妥歡帖木兒又特地讓定柱下了一道命令，著李漢卿、龔伯遂和沙喇班都進入忠義護國軍，輔佐哈剌章與三寶奴兄弟訓練士卒，排演陣列，準備為國殺賊立功。

有道是，新官上任三把火，儘管哈剌章本人是個公子哥，連他父親脫脫的十分之一本領都沒學會，反而李漢卿、龔伯遂和沙喇班三個因為常年追隨於脫脫鞍前馬後，得了幾分真傳，眼看著哈剌章、三寶奴兩兄弟不知所措，三人商量後，乾脆直接替主帥代勞，接管了所有軍中事務，從日常訓練、軍紀維護、人員升遷獎懲，到糧草補給、武器配發儲備，全都動手包辦。

如此一來，哈剌章和三寶奴兩兄弟算是輕鬆了，底下那些被強徵入伍的「義士」們，可就倒了大楣。李漢卿堅信慈不掌兵，於是乎，整個冬天，城外的校場中，每日都是一片鬼哭狼嚎。

但光是嚴加操練，未必就能打造出一支無敵雄師。脫脫死後這些日子，李漢卿四處遊歷，化妝成道士，在近距離觀察過淮安軍，經歷一番總結後，他得出結論：**一支軍隊想百戰百勝，除了訓練嚴格，賞罰分明，武器犀利之外，還需要讓隊伍中的絕大多數人都相信他們所做的事情是正義的，相信他們的主帥正領著大夥替天行道。**

而他李漢卿眼裡的正義，與朱屠戶等人絕不相同，**朱屠戶眼裡的正義是「驅逐韃虜」，他李漢卿眼裡的正義，卻是「剿滅叛匪流寇，還天下太平！」**

讓人相信他們站在正義一方的辦法就是，將朱屠戶等人沒造反之前的「安寧富足」，與朱屠戶等人造反後的「混亂貧困」反覆比較，讓忠義護國軍上下每一個人都相信，他們之所以日子越過越差，之所以被強徵入伍，不是因為大元朝廷政令失當，而是朱屠戶造了反，導致朝廷不得不拿出大部分金錢和精力來對付叛賊，沒有能力再維護地方。總言之，**朱屠戶和他的淮安軍，是一切罪惡的根源**。

「是誰讓大夥有地不能種！是誰讓大夥有家不能回？」呼嘯的北風中，李漢卿舉起鐵皮喇叭，精神喊話。每一句話都在喇叭口處被凍成了白霧，飄飄蕩蕩，經久不散。

「朱屠戶，朱屠戶！」哈剌章帶著若干家丁站在隊伍最前排，帶頭振臂高呼。

「朱屠戶，朱屠戶！」護國軍將士們互相看了看，不得不高聲跟隨。朱屠戶遠在淮揚，形象非常虛幻。但他們如果喊得聲音不夠大，就得繼續站在校場上受凍，卻是近在咫尺的現實。

「是誰搶走了大夥的錢？是誰逼得朝廷將賦稅一加再加？」不知不覺間，李漢卿被他自己精心炮製的謊言感動了，熱淚盈眶。

「朱屠戶，朱屠戶！」悲憤的吶喊聲響徹雲霄。大俠小俠們端起木製的假火槍奮力前刺，彷彿呼嘯的北風中藏著他們不共戴天的仇人。

「嗯！」聽著四下傳來的咆哮聲，李漢卿紅著眼睛點點頭。

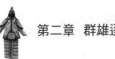

軍心可用，照這樣下去，三個月內，他就能訓練出一群眼裡只有仇恨的死士。

「二叔，今天差不多了吧！」三寶奴淌著鼻涕湊上前問，厚厚的皮裘下，單薄的身子板不停地哆嗦。

雖然近兩年經受了磨難，但是他本質上依舊是個養尊處優的公子哥，無法忍受寒冬臘月刺骨的寒風，更無法忍受長時間不吃不喝所帶來的無力感。

「你是這支隊伍的主人，你說了算！」李漢卿愛憐地看了他一眼，「你去宣布今天的訓練就到這兒，第二餐每人發二兩熟肉，一碗老酒。」

「是！」三寶奴如蒙大赦，轉身衝向正在訓練的隊伍。須臾之後，校場上就騰起了震耳欲聾的歡呼聲，終於又捱到了吃飯時間，並且能嘗一次肉味的士卒們，簡直將三寶奴當成了在世神仙，圍著他不停地打躬作揖，馬屁之詞滾滾如潮。

「我，我……」三寶奴哪裡經歷過這種陣仗，手和腳都沒地方放。

看三寶奴在人群中手足無措的模樣，李漢卿臉上的表情迅速變得冰冷。真的是虎父犬子，脫脫生前的判斷一點兒都沒錯，他的兩個兒子，沒有一個能抵得上他本人十分之一，好在李漢卿也沒打算將哈剌章和三寶奴輔佐成第二個脫脫。

對他來說，能讓這兩兄弟保全性命，並且再度獲得大元朝的榮華富貴，就算是報答了脫脫的相待之恩。接下來，他要做的事情完全是為了自己，而哈剌章和三寶奴在這個階段，**恰恰是可以被利用的兩把工具而已，一把用來連結朝廷，一把用來交好其他蒙古貴胄**。

曾經做過兵部侍郎的李漢卿，知道在大元朝，漢人永遠不可能得到信任，而哈剌章和三寶奴是純正的蒙古人，又前丞相脫脫的血脈，將他們擺在明處，可以最大可能地為忠義護國軍爭取各方的支持，但這支軍隊的真正控制權，李漢卿絕對不會交給兩兄弟裡的任何一個。

這是他找朱屠戶報仇的依仗，也是他在亂世中獲取一席之地的根本，絕不能再讓任何人來糟蹋，哪怕是脫脫活過來也是一樣。

經歷了一番沉浮的李漢卿，**此刻比任何時候都更懂得珍惜手中的權力，更懂得指望別人不如指望自己的這一人生真諦**。

「恭喜漢卿兄，終於又打造出一支強軍！」正當他盤算著如何將隊伍中每一個靈魂都打上自家烙印的時候，參知政事龔伯遂走了過來。

他也是個有見識的人，知道真正的精銳之師與烏合之眾的區別，眼前這支護國軍雖然剛剛具備雛形，但從內到外已經與大都城內其他各路人馬完全不同，只要朝廷不給李漢卿添亂，相信用不了多久，護國軍就會變成大元朝的擎天巨柱，把禁軍和李思齊等人手中的鄉巴佬一股腦地踩在腳下。

「伯公過獎了！」雖然心裡的算盤不能跟龔伯遂說，但能得到對方的誇讚，李漢卿依舊十分開心，謙虛地說：「比起老丞相當年的親衛營來還差得遠呢！要想真的拉出去作戰，至少得練到明年夏初。唉，就是不知道咱們有沒有那麼長的時間！」

「時間應該還算充足！」原探馬赤軍萬戶，現在領了樞密院同知的虛銜，卻被朝廷打發來跟李漢卿一道訓練護國軍的沙喇班，擦了把臉上的熱汗，插嘴道：「朱屠戶人馬得先從江浙行省撤出來，然後還得補充兵員、彈藥和其他輜重，再加上出征前的各項準備，至少得明年開春之後才可能北上，而朝廷即便再沒人可用，也不會讓只有三千人的護國軍去打頭陣。」

「龔某也是如此認為！」龔伯遂回頭望了一眼已經沒多少人的大校場，壓低了聲音道：「但三千人還是太少了，據外邊傳來的消息，那朱屠戶可是把他麾下幾支主力都撤回了江北，留在南邊的，只有一個胡大海。」

具體細節可以瞞住對手，但上萬兵馬的調動，就算蒙元這邊的細作反應再遲鈍，也不可能不注意到。以目前朝廷獲得的消息，朱屠戶誓師北伐已經是板上釘釘的事情，否則，他不可能將幾大主力都陸續調回淮揚，而該是乘著大勝之威接著席捲江西。

可以預見，一旦朱屠戶做好了準備，等待北元這邊的，必然是雷霆一擊，屆時，誰手中軍隊更多，誰自保的能力就更強，反之，此番榮華富貴恐怕很快就又得成為過眼雲煙，所以龔伯遂不止一次提醒李漢卿要盡可能地擴充隊伍，但李漢卿總是笑著搖頭。

「兵貴精而不在多，況且，經歷了這麼多事，你以為皇宮裡那位，真的會放心讓哈剌章獨領一支強軍麼？」李漢卿解釋道：「當年脫脫大人跟他是總角之交，他還要痛下殺手，更何況如今換成了細算下來跟他還有殺父之仇的哈剌章？他之所以重新啟用咱們幾個，不過是為了**收攏驅逐哈麻之後的人心，給內外一個交代罷了**，心思跟當年宋孝宗給岳飛平反差不多，身後之名可以給，但兵馬絕對不能再交給岳家的人。」

「可朝廷畢竟給這支軍隊配上了火槍！」龔伯遂聽得心裡一哆嗦，慘白著臉反駁。

「三千火槍兵，彈藥還得按天領。」李漢卿撇了撇嘴，「我可以跟你們打賭，如果護國軍人數始終是三千，領軍萬戶就會永遠讓哈剌章兼著；如果人馬超過了五千，或者直逼一萬，不但哈剌章和三寶奴要被調往他用，咱們仨一樣不可能再留於軍中。」

「這……」龔伯遂和沙喇班聽了，又驚又怒，萬丈豪情瞬間凝結成冰，半晌後才相繼說道：「既然他如此涼薄，咱們又何必回來？」

「難道脫脫大人的仇，就永遠報不了？這大元的官做不做無所謂，但如果不能給脫脫大人報仇，我沙喇班死不瞑目！」

「兩位兄弟莫急，**這支兵馬的出路不在朝廷，更不在妥歡帖木兒！**」李漢卿又搖了搖頭，滿臉高深莫測，「三千人又能如何？朱屠戶當年麾下只有千餘戰兵，照樣能將淮安城一鼓而下！眼下淮安軍還沒打過來，那位的心思自然還放在內部，只要朱屠戶的人馬一殺過黃河，他就立刻顧不上再防著咱們了，而全天下跟朱屠戶不共戴天的，可不只是大元朝廷，只要咱們手中這三千人能打出自己的威風來，屆時自然有人主動給咱們輸送糧餉輜重，甚至連兵源都不用咱們操心！」

「這？」龔伯遂和沙喇班二人先是一愣，隨即臉上都綻放出了滿意的笑容。

人馬少又怎麼了？一年前，察罕帖木兒和李思齊兩人帳下不也就是區區三兩萬人麼？可現在呢，二人手裡的兵馬哪個少於十萬來？不光是朝廷在支持他們，地方官員們主動積極地配合他們，暗地裡還有無數豪門大戶、堡主寨主援助，和尚喇嘛、道士名儒，也有錢的出錢，有力的出力，把這兩位當作大元朝的中興希望來打造，絲毫不管這兩位眼下一個保的是妥歡帖木兒，一個跟的是太子愛猷識理達臘。

究其本因，**明眼人誰不知道是因為朱屠戶那套所謂的平等之策惹下了太多的仇家？**他們也許沒勇氣親自下場與朱屠戶拼個你死我活，也許表面上要對朱屠戶畢恭畢敬，但是暗地裡，只要能給朱屠戶添堵扯後腿的事，他們卻一個比一個積極，只要不用他們自己露面，哪怕是幫忙招兵買馬都不成任何問題。

「這些話，不要讓第四個人知曉！」李漢卿四下張望，聲音壓得更低。「如果我估計沒錯的話，恐怕**今年就是大元朝的最後一年了，接下來就該是群雄逐鹿，先進了大都者未必得到天下，這亂世恐怕要長著呢。**」

「那是自然！」沙喇班拍著自己的胸脯表態。「漢卿兄放心，今後某家這條命就歸你用了，只要能給丞相報得了仇，甭說肚子裡藏幾句話，你就是現在讓某把舌頭割了，某也不會皺一下眉頭！」

「龔某此番出山，完全是為了兩位少東！」龔伯遂嘆息著道：「唉，既然朝廷到現在還對我等不放心，龔某又何必做那末世孤忠？漢卿兄說怎麼辦就怎麼辦吧，龔某唯你馬首是瞻！龔某的心思與沙喇班一樣，只要能給丞相報得了仇，能保全兩位少東家平安就好。」

「保密肯定是第一位的，君不密失其臣，臣不密失其身，幾事不密則成害！」李漢卿先掉了幾句書包，然後繼續補充，「兩位少東閱歷淺，所以李某這番心思，也不敢現在就讓他們知曉。」

「理當如此！」

「龔某明白。」沙喇班和龔伯遂互相看了看，相繼點頭。

「此外，還有幾件事，需要勞煩二位兄弟。」見二人肯為自己所用，李漢卿心情非常愉快。想了想，繼續吩咐，道：「第一，就是協助李某掌控好這支奇兵。平素多到下面走一走，讓大夥覺得，咱們跟他們都是一條心，不是想要利用他們！你們看朱屠戶那邊，終日說什麼官兵平等，其實也不過是做做樣子，讓底下弟兄心甘情願地去拼命而已。但幾年堅持下來，其效果就是非同一般。當年丞相麾下的百戰精銳，也受不了三成以上的戰損，而朱屠戶那邊，隨便一支隊伍拉出來，都能做到死傷近半而不旋踵！」

「的確如此，李兄不說，我等差點就忽略了。」沙喇班和龔伯遂二人的眉毛皺成疙瘩，反覆品味李漢卿的話，然後緩緩點頭。

敵人往往是最好的老師，只要你肯放下身段去學！按照他們二人的記憶，淮安軍在戰場上的韌性的確非同一般，當年羽翼未豐就能在淮安城下死死頂住脫脫的三十萬大軍，所憑的可不止是火炮犀利和地形險要，那些主動率隊發起反擊的都頭、百戶，那些抱著手雷與元軍同歸於盡的底層士卒，都給人留下了極其深刻的印象。

「第二，需要兩位兄長幫忙的，就是暗中串連昔日丞相的故舊，讓他們知道，咱們至今沒忘記丞相的仇！讓他們盡可能地給護國軍行方便！」

李漢卿的話繼續傳來，隱隱已經帶上了命令的味道，龔伯遂和沙喇班卻絲毫不覺得被冒犯，答應得極為痛快。

「好，這件事包在龔某身上！」

「還有一些老兄弟當日被調到禁軍任職，某家借著過年的機會，去找他們喝酒。」

李漢卿心中又是一喜，拱手謝道：「第三，也是李某正在做的事，就是追憶大元朝的好處，煽動對朱屠戶的仇恨。這件事，不光要在護國軍裡頭做，大都城內城外也得派些人手下去，區別是不必像軍中做得這麼明顯，找些由頭潛移默化即可，要相信不是所有人都記性好，把謊話變著法子多說幾次，自然就能三人成虎。」

「這？」龔伯遂和沙喇班愣了一下神，眼裡露出了幾分質疑。

李漢卿先前行的那些煽動仇恨的手段，老實說，他們兩個並不怎麼感興趣，但護國軍中已經發生的事實，卻證明這種手段雖然卑鄙無恥了些，效果卻非常可觀，前後不過是短短一兩個月時間，整個忠義護國軍上下，幾乎每個人都把朱屠戶恨到了骨子裡，當他們在戰場上真的與淮安軍遭遇之後，自然會同仇敵愾，給對方製造一個巨大的「驚喜」！

「兩位兄台若是不看好此策，可以先找幾名親信去試試，用不了太久，二位就能看到成果！李某不是把天下人當傻子，但有句俗話卻說：**亂世出英雄**。如今這大都城內外，**期盼著渾水摸魚的可不只是咱們兄弟！**」猜到對方在想什麼，李漢卿笑著說道，滿臉的皺紋中，寫的全是惡毒。

亂世出英雄。亂世意味著秩序的消失，法律的廢弛，殺人放火將很難再受到追究，但**只要你黑得下心腸，就有很多機會不勞而獲。**

所以，自兩漢以來，坊間巷里，山坡田頭，有許多人巴不得亂世的出現。特別是那些識得一些字，半瓶子的落魄文人，更是將亂世視為人生的最高夢想，卻無暇去考慮一旦大動盪時代來臨，**就憑半瓶子醋本領，是成為諸葛亮、王猛的機**

會多一些，還是成為街邊餓殍的可能性更大？

李漢卿如今想要利用的，就是這些人這種期盼渾水摸魚的心思。在他看來，即便皇太子愛猷識理達臘現在就幡然悔悟，帶著察罕帖木兒等人立刻就趕來大都，跟孛歡帖木兒父子聯手，以眼下大元朝的軍力，恐怕也無法阻擋淮安軍直搗黃龍。

所以，他李漢卿絕對不會再寄望大元，絕對不會帶著忠義護國軍去為大元這條必然沉沒的爛船殉葬，那樣做，除了平白製造一群冤鬼之外，沒有任何意義。

他要做的，是**讓淮安軍即便能打下大都也站不穩腳跟；讓黃河以北各地烽煙處處**，逼著淮安軍四處救火，焦頭爛額；讓**淮揚大總管府每新打下一塊地盤來，都多背上一個沉重的負擔**，卻得不到任何實際收益。一旦朱屠戶這些年在淮揚所積攢的財力、物力消耗一空，軍隊又被分攤成片，自然會有英雄看準機會，給朱屠戶致命一擊。

至於這個英雄是誰，李漢卿不在乎是蒙古人還是漢人，對他來說也無所謂，他恨的只是朱重九和淮揚，只要能讓朱重九像黃巢那樣身敗名裂，他的心願就滿足了一大半。而歷史上黃巢之後，就是五代十國後梁、後唐、後晉、後漢與後周相繼登場，後唐皇帝姓朱，**姓朱的過後，天下恰巧就姓李**。

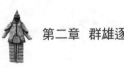

當然，他這番心思自然不能跟龔伯遂和沙喇班兩人明說，只是以給朱屠戶製造麻煩為藉口，請二人協助自己去煽動仇恨，散佈流言。

龔伯遂和沙喇班不好駁了他的顏面，抱著將信將疑的態度，各自挑了一些心腹去照方抓藥，誰料想效果居然比在護國軍中還好上數倍。

就在年前這短短十幾天功夫，大都城內外已經是人聲鼎沸，許多百姓提起朱屠戶來，都恨不得剝其皮，食其肉。

「亂臣賊子，人人得而誅之，那朱屠戶不敢來大都則已，敢來，咱們老少爺們絕對不能讓他落得了好。」

「知道咱們的日子為啥過得越來越窮麼，全是朱屠戶鬧的，他把錢全拿走了，大夥自然就沒了好日子過！」

「知道麼，朱屠戶一來，就要先抄了大夥的家，什麼值錢的，好用的東西，先拿去給淮安軍分。淮安軍分剩下了，則是那些城外的窮骨頭，然後才會還給大夥。」

「姓朱的說，他要殺光北方姓董的，姓張的，還有那些漢軍世家，給趙宋皇帝報仇。」

「不成了，咱們得想辦法自保，皇上要是靠不住了，咱們就得靠自己手裡的刀子，到時候，拼一個夠本，拼倆賺一個！」

「對！咱們過不上好日子，也別讓淮賊好過！」

「只要咱們大夥齊心，那朱屠戶就是第二個黃巢！」

……

茶館酒樓，街頭巷尾，每逢人多的地方，大俠小俠，江湖豪傑，以及懷才不遇的在野遺賢們，有意無意地傳播各種謠言，痛罵那個讓大夥連年都過不好的朱屠戶，同時煽動周圍的人對淮揚的仇恨。

這些人中，六成以上是純粹抱著玩鬧的心態，想給朱屠戶添點兒堵；還有三成則屬於李漢卿事先預料到的同類，想在亂世中大撈一票，所以巴不得全天下都打成一鍋粥。剩下的那一成，則屬於龔伯遂、沙喇班以及其他有心人故意派出來的「火媒」了，非常懂得把握時機，並且行蹤飄忽，從不在一個地方停留太久。

而他們嘴裡編出來的謊話也最為精彩，只要在某地「不經意間」大聲講述一遍，就能吸引許多聽眾，進而對他們的淒涼身世掬一把同情淚，對倒行逆施的淮揚大總管府咬牙切齒。

「俺爺爺當年在亳州，憑著赤手空拳開荒種地，白天給別人種，晚上給自家忙活，每天只睡兩個時辰，只吃一頓飯，起早貪黑，辛苦了大半輩子才終於賺夠了五十畝水田，算是站穩了腳跟。到了俺爹這輩，趕上朝政清明，各位大人勤政愛民，又二十年下來，五十畝就變成了兩百畝，還盤下了一棟三進三出的院子。那可都是一等一的水田呢，一年能種一季麥子，田埂和宅院周圍還全是桑樹，每年春天，俺娘，俺姑姑，俺嬸子，四五個人養蠶繅絲都忙不過來！那日子啊，可是甜出蜜來哦。」

操著像模像樣的淮揚口音，一個臉上長著胎記的漢子，在酒館裡拍案感慨。他的話，立刻吸引了許多目光。淮揚富庶是天下聞名的，而種田、養蠶織布又是百姓們最熟悉的活計，所以大夥聽起來格外有親近感。

「記得有一年夏天俺在樹上吃桑葚，吃飽了往下一看。乖乖，可不得了。俺家院子前後的桑樹，居然是個巨大的福字。俺趕緊爬下樹問俺爺爺。俺爺爺說，那都是俺爹在剛剛娶俺娘的時候種下的，他知道俺娘喜歡桑樹，又盼著家裡興旺，所以種桑樹時，就刻意擺了個福字！」

「厲害，令尊大人真是懂得惜福之人。」

周圍酒客們聽了，頓時又心有戚戚。

「那您怎麼到北方來了？」偏偏有人喜歡刨根究底，好奇地問。

胎記臉等的就是這句話，立刻又拍了下桌案，長嘆道：「唉！這不是老天爺不長眼麼？忽然間蹦出個朱屠戶來，帶著一群土匪強盜分田分地，把俺爺爺和俺爹兩代人才積攢起來的家業給奪了！俺爺爺和俺奶奶一口氣沒上來，當天晚上就過去了。俺爹娘拿著地契去找他們說理，結果那朱屠戶的人毫不客氣地端起火槍，砰砰，唉，俺那苦命的爹娘啊——」

說著話便嚎啕大哭起來，眾酒客們聽了，想起自家那幾畝薄田，幾間草屋，也一個個都紅了眼睛。

第三章

千古忠臣

千古忠臣？千古忠臣是他月闊察兒能做的麼？
且不說妥歡帖木兒如今對他處處提防打壓，
隨時準備讓他去做第二個脫脫，
就憑他這兩年來從南北交易中撈取的好處，
就足夠天下巨貪之前五，
有誰肯相信他對大元朝其實忠心耿耿？

大元朝走了背運，朱屠戶據說馬上就要打過來了，如果事情真的像傳言中那樣，他見了誰家日子過得稍好一些就巧取豪奪，大夥可怎麼辦啊？除了拼命之外，恐怕根本沒其他選擇了！

「俺那苦命的爹娘啊——！」胎記臉從手指縫偷偷向四下看了看，繼續控訴著：「想俺毫州莊家，幾代忠孝傳家，怎麼就遭此橫禍了咧？俺不服，俺來大都找皇上告御狀，哪知道皇上也管不了這姓朱的惡人啊！俺老莊家招誰惹誰了啊，老天爺啊，你怎麼不開眼啊！你趕緊睜開眼睛看看吧！」

眾酒客越聽，心裡越堵得難受，越是物傷其類，恨不得立刻回家去，拾了大半家業買幾把刀子回來，隨時準備以死相拼。

就在群情洶湧時，酒館掌櫃忽然從案台後鑽了出來，三步兩步走到胎記臉面前，抬腳踹道：「哭墳頭也不挑個地方？還良田百畝呢，你從小就蹲在南門洞那兒要飯，連自己爹姓啥都不知道，哪來的爺爺奶奶?!還朱屠戶搶了你家的田產，你這輩子吃飽飯的時間總計不會超過三個月，哪來的田產啊！整天厚著臉皮裝大戶，滾，趕緊給我滾。愛哪瘋去哪瘋去，別在老子酒館裡頭噁心人！」

「你……」

莊一塊漲紅了臉，額頭青筋突突亂蹦，想強辯幾句，又怕被對方揭出更多的老底，最終咬了咬牙，叫囂道：「你這是做生意麼？分明是狗眼看人低，咱們走著瞧……」

「甭走著，我就在這等著你，酒館也跑不了，你有什麼本事，儘管使。包括你身後那個主子，他要敢來，老子一樣接得下！」酒館掌櫃不客氣地趕人道：「趕緊滾！有娘生沒爹教的王八蛋，別髒了老子的地方！」

「你，你……」莊一塊的臉色從紫紅變成了青灰。再也不敢廢話，與同行的兩個搭檔，將頭縮在領子裡，灰溜溜地滾出店去了。

其他酒客見了，忍不住又是一陣哄堂大笑。笑過之後，卻為掌櫃擔心起來。「我說老唐，你今天太沉不住氣了吧！那姓莊的雖然可惡，但畢竟是在奉命造謠，你當著這麼多人的面揭了他的老底……」

唐掌櫃不屑地聳了聳肩，「就這種貨色，他做事不力，敢回去跟他主子實話實說麼？況且，就算他主子知道了又能怎麼樣？想對付朱屠戶，堂堂正正地跟人家打，輸贏老子都承認他是爺們兒，靠這種下三濫手段，未戰底氣就先輸了三分。」

酒客們聞聽，紛紛點頭，卻奉勸道：「話雖然這麼說，可這大元朝的官府什麼時候講過理啊？老唐，您還是趕緊找地方躲躲吧！把店鋪先交給別人看著，等風頭過了再回來也沒啥損失，何必非要跟這種貨色硬碰？俗話說，好鞋還不踩臭狗屎呢！」

「放心，能使出這種齷齪手段來的，不會是什麼大人物！調不動大都城裡的衙門。」唐掌櫃大咧咧地搖頭。「即便他真的有那本事，衙門裡頭的差爺也得仔細掂量掂量，都這年頭了，還不知道收斂一二，萬一明年朱屠戶真的打過來，人家皇上可以出巡，王公大臣可以隨行護駕，可沒聽說過連衙門裡頭的捕快幫閒也可以跟著搬家的。」

「那是，那是！」眾酒客如醍醐灌頂，紛紛點頭稱是。

怪不得唐掌櫃行事如此膽大，原來是吃定了官府差役為了留後路，不敢在這個節骨眼上再倒行逆施。不過話又說回來了，要是真的碰上個少根筋的，唐掌櫃未必能逃過一場大麻煩。

正準備再勸上幾句的時候，卻發現唐掌櫃忽然陪了滿臉笑容，朝門口跑了過去，遠遠地向一個朝這走的胖子拱手施禮道：「路老哥，今天是什麼風，把您老給吹來了！可是好久沒見到您的大駕了，店裡的大師傅、二師傅們都一直念叨著您，想跟再您學幾手呢！」

「這不是河間府那邊的董老公爺家辦酒席，把我給強拉去了麼！」姓路的胖子拱起油汪汪的手，向唐掌櫃還禮。「他奶奶的，真是大戶人家，嫁個女兒也如此講究，剛入秋那會兒就把我用馬車接了去，辦完了大宴辦小宴，直到年關底下才肯放人回家。」

彷彿唯恐別人不知道他剛剛被富貴人家賞識過，路胖子說話的聲音極其高亢，頓時，眾酒客看向唐掌櫃的目光就又亮了幾分，怪不得此人膽大包天，原來是根子在這兒。

河間董公爺？能在河間府被稱為公爺的，只有漢軍世侯，大元朝「開國名將」董文炳的後人。這一家世代為將，從董文炳、董世元一直到董守恕，都曾經為大元朝四處征戰，功勞顯赫。大元朝對他董家也回報甚厚，從董文炳的父親那代起，一路下來竟封了十多個國公爵位，權勢熏天。

姓路的胖子能被董家專程接去操辦酒席，肯定能在董家的家主面前遞得上話，而唐掌櫃跟路胖子如此熟絡，他背後的東主，恐怕也跟董家有扯不清的關係，而那莊一塊只是別人麾下的走狗而已，叫錯了地方，活該被打，怎麼可能有誰冒著得罪河間董家的風險替他出頭?!

就在酒客們恍然大悟的目光中，唐掌櫃和路大廚勾肩搭背地走向酒館後院，顯然是老朋友重逢，一起把盞敘舊去了。

然而當走出眾人的視線之外，確認周圍沒有其他眼睛之後，二人相處的方式卻與大夥想像截然不同。

大廚路汶一改先前輕浮市儈模樣，收起笑臉，正色問道：

「八大山人，不是說非到萬不得已，不要主動跟我這邊建立聯繫了麼？你怎麼又打發人四處去找我？」

唐掌櫃一改先前天不怕地不怕的態度，解釋道：「大人，這次的確是緊急事情。還珠樓主在禁軍中串連的時候，被太尉月闊察兒給發覺了，但是……」

「什麼？」話音未落，路汶已經冷汗淌了滿臉。

代號「還珠樓主」的伯顏，是前丞相脫脫的養子之一，軍情處當初費了九牛二虎之力，才利用他急於給其養父報仇的心思，將他拉到了淮揚這邊來。而此人投奔淮揚之後，憑著職位之便，參與了軍情處的許多秘密任務，對軍情處大都站的很多重要人物都非常熟悉，萬一他被抓後熬刑不住，把大夥都給招了出來，軍情處大都站恐怕即將面臨一場臨滅頂之災。

想到這兒，路汶不敢耽擱，摸了一下腰間的短銃，準備速去安排大夥撤離事宜，誰料被代號「八大山人」的唐掌櫃拉住了道：「大人，您先別急，我的話還沒說完呢！月闊察兒發現還珠樓主圖謀不軌之後，卻沒有聲張，而是將他請到了自己家中，求他安排大總管那邊說得上話的人私下見上一面。」

「啊——？」路汶好半晌才明白過來。「他要向大總管效忠？還珠樓主呢，他答應了麼？」

「還珠樓主不知道他是想向大總管效忠，還是想放長線釣大魚，所以趁他不注意，偷偷派人聯繫了屬下。讓屬下傳信給您，由您來定奪見還是不見！此外，那個暗地裡煽風點火的傢伙，還珠樓主已經查清楚了，是脫脫的書僮李漢卿。目前中書省參政韓鏞、河南江北行省參知政事龔伯遂、探馬赤軍萬戶沙喇班，還有御史臺的幾個蒙漢清流，都有在暗中參與。倒是丞相定柱、汪家奴等人，好像不屑於此，對李漢卿的舉動一直冷眼相看！」唐掌櫃補充道。

「嗯，這事我知道了。但咱們軍情處的主要任務不在這兒，沒必要針鋒相對。其實只要咱們大總管府實力足夠，這種伎倆根本不必在乎！」路汶對李漢卿等人的陰招有些不屑一顧。

「屬下也覺得是如此，但大總管那邊若是能防著一手，還是多防一手為好，畢竟眾口鑠金，積毀銷骨，屬下這裡因為鋪子一直掛在保定張氏的名下，所以即便行事囂張些，別人輕易也不敢來找麻煩！」知道路汶是變相在提醒自己，唐掌櫃點點頭道。

保定張氏，是蒙元另一個開國名將張弘範的後裔。與董家世代富貴不同的是，張弘範的後人下場非常淒涼。他在將大宋最後一點薪火扼殺於崖山後不久，就稀裡糊塗地死於惡疾。其子張珪雖然官至顯爵，卻始終沒有掌握實際兵權。到了孫子輩，因為偶然良心發現，出手制裁了一夥蒙古亂兵的搶劫，而遭到蒙元朝廷的滅族對待，兄弟五人連同沒來得及逃走的女眷全部被誅殺。雖然後來妥歡帖木兒親政之後，又給張家平了反，但張氏子孫至此時已經十不存一，只能守著幾處發還的祖業苟延殘喘，再也無法重現昔日輝煌。

眼下大元朝急著保全社稷，非但對李思齊等手握重兵的「義軍」萬戶大加提拔，對曾經有功於大元的各路漢軍世侯的後代，也開始拉攏重視，所以張弘範這塊招牌，足夠唐掌櫃扯過來做虎皮。無論是為了讓其他漢軍世侯的兒孫盡心賣命，還是為了利用張家曾經的影響力，蒙元官府不到萬不得已，不會主動上門找張家的麻煩。

「你有分寸就好，但是能不主動吸引別人的注意力，就儘量不要過分招搖！」聽唐掌櫃說得仔細，路汶皺了皺眉頭道。

當眾拆穿李漢卿麾下爪牙的真實面目算不得什麼大事，比起漢軍世侯們所掌握的實力來，李漢卿等人的確也不夠看，所以，路汶沒必要在這種細枝末節上打擊手下人的積極性。

他現在迫切需要考慮的是，**該不該以身犯險，去與月闊察兒見面**，如果此人真的倒向淮揚，對淮安軍的北伐將大有助益；但萬一月闊察兒居心叵測的話，自己一個人生死是小，整個軍情處大都站的存亡可就全押到了這一場賭博當中。

「月闊察兒前一段時間曾經跟奇皇后的人走動甚密！」見路大廚臉上露出了猶豫之色，唐掌櫃透露道。

北伐在即，眼看著當年一同從軍的朋友們都大把大把建功立業，職位如坐了升降機般地扶搖而上，自己卻不得不耐著性子蹲在大都城內消磨時光，心裡甭提有多煩悶了，恨不能立刻就做出一件驚天動地的大事情來，以證實自己沒有浪費光陰。

路汶卻比他要謹慎得多，回道：「我知道，但這並不意味他會輕易倒向咱們，哼，當年他還跟哈麻、雪雪兩兄弟一起坑過脫脫呢！前幾個月哈麻失勢的時候，他照樣沒忘記反過頭去踩上一腳！」

這話說得很有效果，讓唐掌櫃心裡的熱火立刻就冷了一大半。

月闊察兒這個人，按說淮安軍可沒少跟他打過交道。想當年在黃河邊上，就幾乎生擒活捉了此僚。只是逯魯曾提議留著此人去扯脫脫的後腿，大夥才網開一面，放他逃出生天。

隨後，淮安軍幾度跟脫脫的對抗，月闊察兒基本上都有參與，甚至連淮揚與北方各地的羊毛生意，他亦從中得到了豐厚的好處。

然而，此人是個十足的小人，只要對他自己有好處的事，他絕不在乎出賣朋友，包括前段時間妥歡帖木兒和愛猷識理達臘的父子相爭。

按照大夥判斷，月闊察兒與奇皇后麾下的高麗人間有很多利益糾葛，又跟太子處得不錯，作為禁軍中的顯赫人物，他應該毫不猶豫地倒向太子皇后一方才對，沒想到此人竟然毫不猶豫地帶領禁軍倒向妥歡帖木兒，給了太子、奇皇后聯盟當頭一棒！隨即，就接管了高麗人留在大都城內的所有生意和店鋪，賺了個盆滿缽滿。

所以，由月闊察兒以往的做事風格來判斷，很難說他現在向軍情處示好的舉動，沒有包藏任何禍心，除非淮安軍在北伐的初期，就能接二連三地打無數個勝仗，否則，萬一大軍遇到什麼挫折，或者暫時推進緩慢，此人少不得又要重施故技，將軍情處大都站轉手賣給蒙元朝廷！

「卑職魯莽了！請長官責罰。」唐掌櫃紅著臉請罪。

「不是你的錯，換了我，一樣難以取捨！」路汶大度地說。其實他心中又何嘗不是猶豫得很，既捨不得策反一國太尉的奇功，又怕因為自己貪功冒進，讓軍情處費盡心血建立起來的情報站毀於一旦。

「若不然……」唐掌櫃咬牙道：「讓屬下冒充您的身分去見他，反正他也不知道大都這邊究竟是誰負責，即便是死在月闊察兒手裡，好歹探明了他的真實用意。」

「他要見我，肯定不只是為了混個臉熟，接下來，就會有一連串相關動作，你既無法當場答應，過後也來不及向我請示！」路汶搖頭：「這個人難對付得很，眼裡只有利益，做事從不講究底限，萬一發現咱們在敷衍他，還珠樓主那邊恐怕就凶多吉少了。」

想到己方還有重要人物被抓在對方手裡，他的心情又是一沉，道：「你先給還珠樓主送個信，讓他跟月闊察兒約在三天，不，五天後，在通惠河上找一家酒樓賞冰燈，地點和時間都由對方決定，路某屆時自去赴約便是！」

「這，您——？」

唐掌櫃沒想到路汶為了營救還珠樓主，在明知有危險的情況下還願意單刀赴會，不覺一愣，旋即有股溫熱的感覺從心頭湧了上來。

「沒事，咱們必須先穩住他，給還珠樓主創造平安脫身之機。有五天時間，足夠大都站的弟兄們做出相應準備。」猜到對方會說什麼，路汶拍了拍他的肩膀，豪氣地道：「若是捨掉自己一條命，可以讓北伐時少死幾個弟兄，路某又何惜此身?就這樣辦吧！」

說罷，也不再多囉嗦。轉過身，大步而去，肥胖的身體瞬間被陽光拉得無比挺拔，唐掌櫃原本多少有點不服氣的心中，此刻湧滿了敬意。

不讓任何人做無謂的犧牲，衝鋒時，是弟兄跟著我上，而不是弟兄們給我衝，朱重九在創立淮安軍時，根本沒想過這些原則的具體價值，只是恰好記憶裡頭有，就順手借了來。然而，數年之後，**這些原則卻構成了整個淮安軍乃至淮揚系的靈魂，令這支力量在同一時代的任何勢力面前，都顯得卓然不群。**

路汶離開後，首先做的，就是安排大都站的退路。跟月闊察兒約在五天之後，不僅僅是為了給雙方會面留下足夠的準備時間，也是為了讓對方在五天內不會有太多動作，好給大都站爭取時間，不至於因為突然遭受打擊而陷入毀滅。

日子猶如白駒過隙，五天後的傍晚，路汶牽了匹老馬，帶著整套烤肉的用具，緩緩走向通惠河上一艘事先掛起彩燈的「醉仙樓」。

雖然妥歡帖木兒與愛猷識理達臘的父子相殘，使今年的臘月變得有些冷清，但大都城內的鐘鳴鼎食之家，無論什麼時候也忘不了富貴排場，因此通惠河尾段靠近皇城這段，每一家酒樓都是高朋滿座。被凍得光滑如鏡的河面上，也豎起了上百座冰塊雕成的亭台樓閣，在燭光的映照下光影搖曳，渾然不似人間。

大戶人家借酒樓宴客賞冰，專程請高明廚師掌勺，是再尋常不過的舉動，因此誰也沒有覺得一名胖廚子和一匹老馬行走在瓊樓玉宇之間有什麼古怪，更沒有多事的差役會上前問路大廚有沒有攜帶那麼多刀具的資格。

有道是，宰相家的門房四品官，大都城這地方什麼都缺，就是不缺官，能把自己吃成如此之胖，走路還如此從容的人，少不得是哪家王爺的御用掌廚，沒事招惹了他，等於上門打了王爺的臉，所以這段路，路汶走得極為從容，為巧奪天工的造型而讚嘆不已，好像在即將遠行之前，最後一次留戀通惠河上的繁華。

大元太尉月闊察兒則在「醉仙樓」的二樓窗口，將來客的舉止一分不落的看在了眼裡。

他今天不光邀請伯顏作陪，還帶了四名禁軍中的心腹武將，都是一等一的好手，近身搏鬥經驗豐富；此外，在「醉仙樓」二樓的其他雅間及一樓的散桌，他也安排了七十餘名穿了便裝的家丁。準備萬一對方在酒桌上發難就立刻反擊，誰料等來等去，卻只等到路汶孤身一人。

兩相比較，哪一方的底氣更足就不問而知了。看著看著，月闊察兒覺得自己臉上發燙。然而，他可是大元朝的三公之一，地位無比尊貴，對方不過是一介草民，最後的官職也高不過五品，雙方原本就不在一個層級上，對自身的安全考慮得自然不會一樣。

「這就是朱屠戶安插在皇上眼皮底下的探子頭目？果然膽子夠大！」

「不愧是朱屠戶的爪牙，帶幾把菜刀就敢來赴約！怪不得淮賊這兩年每戰必勝！連一個探子都能有如此膽色，那徐達、胡大海之輩豈不是更狂到天上去?!」與月闊察兒不同，他的心腹武將們見對方單槍匹馬而來，忍不住紛紛低聲讚嘆。

「瞎嚷嚷什麼？爾等還嫌知道此事的人不夠多麼？還是嫌老夫活得太久?!」聽著周圍的議論聲，月闊察兒頓時心煩氣躁，瞪了幾名心腹武將一眼，惡狠狠地說道：「下去兩個人，把他接到這裡來！別傻站著，等會兒有的是功夫讓你們當面向他表達敬意。」

草原文化素來尊重勇士，哪怕下一刻彼此間就是生死大敵，故而幾名心腹聞聽月闊察兒的呵斥，絲毫不覺鬱悶，反倒興高采烈地答應了聲「是！」隨即跑下了樓梯。

「來的可是路先生？我家主人已經在此恭候多時！」眾將迎向路汶招呼道。

「先生不敢，我原本是個廚子，諸位叫我路師傅即可！」路汶大咧咧地拱手還禮，隨即從馬背上解下插滿刀具的皮囊，順手甩給離自己最近的一名武將，毫不客氣地說：「勞您的駕，幫我拎一下吃飯的傢伙，用了好些年了，走到哪裡不帶上，就渾身上下不舒服。」

他不主動交出身上的鐵具，對方也要找藉口將皮囊留下，此刻見他如此上道，當然就順水推舟地把那套刀具扛到了肩膀上，然後笑呵呵地邀請他上樓。

「別給我弄沒了啊，都是上好的精鋼，等將來天下太平後，我還指望拿它們找飯吃呢！」路汶半開玩笑半當真地叮囑。

「哪能呢，這天底下怎麼會少了路師傅您一口飯吃呢？」眾武將們紛紛訕笑著搖頭。

俗話說，**做對了事不如跟對了人**，這個滿臉油光的路胖子雖然出身寒微，但他的主子卻是朱重九，萬一朱重九做了皇帝，此人就是如假包換的開國功臣，論功行賞下來，怎麼可能再靠著手藝來找飯吃！

路汶走進了二樓臨窗雅間，一眼先看到站起來相迎的伯顏，隨即，便衝著伯顏身邊的月闊察兒拱手行禮道：「淮揚大總管帳下，致果校尉路汶，參見太尉大人！久聞大人龍行虎步，氣度非凡，今日一見，果不其然！」

「嗯……」月闊察兒微微一愣，事先準備好的下馬威瞬間付之東流，怒道：「你休要血口噴人，老夫是感念天下蒼生，為了讓你傳話給你家主公，告誡他不要妄動兵戈，並非為了個人生死榮辱！」

作為一個官場不倒翁，他太明白「**龍行虎步**」四個字的意義了。

歷史上被稱為「龍行虎步」的人只有兩個，前者是南北朝時宋武帝劉裕，他篡了晉恭帝司馬德文的位，終結了苟延殘喘的東晉。後一個，則是大宋太祖趙匡胤，他篡了後周恭帝柴宗訓的位，終結了蒸蒸日上的後周。

月闊察兒身為大元太尉，門生故舊遍佈禁軍，地位恰恰與當年的趙匡胤相似，今日又背著妥歡帖木兒與淮安軍的細作頭目會面，萬一傳揚出去，恐怕無論怎麼殺人滅口都很難將嫌疑洗得清楚。

因此，月闊察兒立刻對路汶的栽贓之言大加反駁，只是他的話雖然說得義正詞嚴，卻沒有絲毫說服力，因此，路汶也不跟他爭論，只是微微一笑，把目光轉向伯顏，殷殷地道：

「你最近沒受什麼委屈吧！如果有人動了你，一定想辦法讓弟兄們知曉，主公眼下雖然鞭長莫及，但日後到了大都，一定讓那些人加倍償還！」

「多謝路大人關心，屬下一切都好，月闊察兒大人對屬下非常友善，除了不准出門外，其他都與往常差不多！」伯顏聽了，心中頓時一暖，感動地回道。

「那就好！」路汶笑著點頭，「你的家眷，軍情處已經平安送過黃河了，即便有人現在去追也來不及了。按照規矩，你的俸祿今後會在每月上旬由大總管府派專人送到家中，年終視商號的盈餘情況，還會有一部分的分紅！」

「多謝大人，多謝大總管，伯顏沒齒難忘！」早已將自己當作死人的伯顏心中又是一暖，抬起手給路汶敬了個不標準的淮安軍禮。

如果說以前他跟淮安軍合作只是為了給脫脫報仇的話，從現在起，他徹底把自己當成了淮安軍的一員。

據他所知，大元朝也會向淮揚、汴梁等地安插細作，也有專門的款項收買紅巾軍中的變節者。但大元朝對於被收買的變節者一向非常輕視，能用時就往死裡頭用，一旦對方無利用價值，或者被對手發現時，立刻任其自生自滅，更別提對其家人今後的生活照顧了。

而淮安軍卻把他心裡唯一放不下的事都主動給解決了。據他所知，淮揚大總管府給文武官員的職位分紅高到令人咋舌的地步。可以說，哪怕他的幾個兒女再不爭氣，只要不去賭博，憑著大總管府給的俸祿和分紅，絕對能安安穩穩地做一輩子的大富翁，不會變成乞丐餓殍。

「哼！路大人，你也把話說得太滿了吧！眾所周知，淮揚目前所占不過是半個河南江北，半個江浙，離一統天下還為時尚早吧。」見對方兩大細作居然當著自己的面交代後事，月闊察兒忍無可忍，用力咳嗽了幾聲道。

「太尉大人莫非以為群雄還有跟我家主公一爭天下之力麼？即便有，恐怕也是很久之後的事，而最遲明年開春，我淮安軍十萬精銳就會渡河北伐！」路汶不以為忤地回道。

「你……」月闊察兒氣得鬍鬚亂顫，肥碩的手上下揮舞道：「來就來，我大元也有三十萬將士枕戈待旦！」

「才三十萬將士，太尉就能確保大都城安若磐石麼？」路汶撇了撇嘴，道：「初下淮安，我家主公只有戰兵一千，輔兵三千；再下揚州，我家主公麾下戰兵和輔兵全加起來也只有一萬出頭；淮安保衛戰，我家徐將軍以五萬擋住了脫脫大人的三十萬；奇襲膠州，我家主公所率依舊是四千精銳。除了南下討伐蒲家之外，我淮安軍哪一次不是以寡擊眾？才區區三十萬人馬就想擋住我十萬淮安子弟，太尉大人，不是路某誇口，您太托大了！」

「你休要逞口舌之強，儘管放馬過來！」此話一出，非但月闊察兒怒容滿面，其他禁軍武將也都是暴跳如雷。

「姓路的，虧得大夥剛才還拿你當個豪傑，你居然如此瞧不起人！」

「路某是不是吹牛，你們自己心裡明白。」路汶本是抱著必死之心而來，所以毫不在意對方的態度，自顧說道：「若是貴方真有一戰之力的話，太尉大人又怎麼會折節約路某在此會面？直接點齊兵馬，封鎖大都城捉拿要犯就是，反正我淮揚在大都城內安插的人手再多，也擋不住禁軍傾力一擊。」

話音落下，周圍的喧囂聲盡去。只剩下數道無比沉重的呼吸，如拉風箱般呼哧呼哧，此起彼伏。

如果不是因為看不到絲毫獲勝的希望，以月闊察兒的精明，怎麼可能放著能將淮安軍潛伏在大都城內的所有細作一網打盡的機會不利用，卻主動替對手遮掩的道理？

如果不是自知大元朝要完，他們這些錦衣玉食的高級武將又怎麼可能與月闊察兒一道為各自尋找退路？

但事實歸事實，話卻不該說得如此傷人，說出來，等於讓彼此都失去遮掩迂迴的可能，只剩下赤裸裸的討價還價一條路可行。

「太尉大人不是莽撞之輩！」無視眾人怒不可遏的模樣，路汶緩緩走到桌案邊，自行落座。「路某也相信，太尉大人約見路某並非為一己之私，既然如此，大夥何必弄太多花樣，讓對方心生誤解，不如都敞亮些，把各自能拿出什麼、想要什麼，全擺到桌面上。如此，漫天要價落地還錢也好，談不攏一拍兩散也罷，終究是買賣不成仁義在，下次也許還有彼此相見的餘地！」

「這樣也行？」月闊察兒與他的心腹武將們顧不上再宣洩憤怒，一個個大眼瞪小眼。

在大都城內生活了幾代，他們身上或多或少都染了許多儒生的「斯文氣息」，說話總是喜歡說一半，另外一半留著給對方去品味感悟；做交易也喜歡東拉西扯，然後將彼此的條件藏於一大堆廢話或者沒用的東西之下，以此炫耀自己的高雅。

這一套平素在跟韓鏞、呂思誠等漢官打交道時如魚得水，與李思齊、郭擇善等新晉的漢人「義兵」萬戶交往，也會令彼此間大有相見恨晚之感，卻沒想到此禮偏偏在朱屠戶的手下面前行不通。對方比他這群草原人行事更直接，更乾脆，一上來就直接要求開誠佈公地談。

而**開誠佈公，眼下卻正是月闊察兒所最為難的**，除了伯顏和其他一部分潛伏於大都城內的淮揚細作性命之外，他能拿出來跟淮揚交易的東西非常有限，除非他真的下定決心，準備將妥歡帖木兒出賣給朱重九，否則很難從對方手裡獲得太好的回報，而出賣妥歡帖木兒，又會令他的良心非常不安，甚至還有可能遭到全天下蒙古人的仇視，即使能躲在淮安軍的羽翼下富貴終生，也很難在新的朝廷中擁有一席之地。

「怎麼，莫非太尉大人此番折節相邀，只是為了跟路某見一面，混個臉熟麼？」見對方遲遲沒有回應，路汶端起面前已經冷掉的奶茶慢慢品了一口，笑呵呵地問。

「哼，你還真把自己當個人物了！」原本已經冷靜下來的月闊察兒，立刻又被撩撥的心頭火起，用力一拍飯桌，聲色俱厲地道：「實話告訴你，老夫約你出來，就是為了擒賊擒王！來人啊，將他給我拿下！」

「是！」幾名武將聞聽，立刻做勢欲撲，卻被伯顏橫在中間一擋，動作只得慢了下來。

「大人勿慌，今日末將只要有一口氣在，就沒人傷得了你！咱們先擒下月闊察兒，然後末將護著你一道殺出城外去！」

好個伯顏，的確是懂得捨命相報的無雙國士，拼著自己受傷，也不讓任何人繼續向路汶靠近。

「伯顏不必著急，月闊察兒大人是在跟咱們開玩笑，難道你還沒看出來麼？否則樓下還有上百精銳，撲過來的又怎麼會只是這區區四個？」路汶老神在在地又喝了口奶茶，慢條斯理地說。

「這？」伯顏頓時一愣，旋即果然發現對方根本沒使出什麼殺招，於是緩緩收住拳腳，用脊背擋住路汶，道：「末將愚鈍，大人怎麼說，我就怎麼打！大不了咱們兩個死在一處！」

「死什麼死啊，活著多好！我還等著接應大軍入城呢！坐下吧，等主人上菜！」路汶又衝著月闊察兒擺擺手道：「我都說過了，不用玩這些虛頭的東西，你如果真的想殺我，前幾天直接關了城門挨家挨戶搜捕便是，又何必冒著被你頭上那位猜疑的風險，擺出這個四不像的鴻門宴？況且，路某今天既然敢來，就已經做了最壞的準備，又怎麼可能被你的人給活捉了去?!」

說罷，從懷裡摸出一個甜瓜大小的東西，順手丟在桌上。此物看著如同一個超大號走盤珠一般，滴溜溜倒映著燭光亂轉。

「刷！」月闊察兒等人不約而同齊齊後退，十幾隻眼睛死死盯著桌上的甜瓜，不敢輕舉妄動。

掌心雷！姓路的居然帶掌心雷前來赴宴！先前大夥的注意力都被他馬背上那

套刀具所吸引，誰知那東西只是他的**障眼法**，真正的殺人利器卻被他貼身藏在衣服下面。

「沒事，現在我淮揚的工匠，在各方面都遠勝當年。這東西只要不擰開蓋子，基本上不會出問題！」

在眾人的驚嚇表情下，路汶從胸前、腰間、大腿肚等處一顆顆往外掏著掌心雷，每一顆都冷森森閃著藍光。

「行了，路大人，您趕緊把這些東西收起來，剛才老夫的確是想試探一下你的膽量，請你切莫跟老夫計較！」看著路汶從肚皮下往外掏出第九顆掌心雷時，月闊察兒再也無法忍受了，只好告饒道。

「我也這麼覺得。」路汶一聽，正在摸索的手立刻停住，旋即示意伯顏道：「趕緊把這些東西收起來，雖說不擰開蓋子就不會爆炸，但凡事都有個萬一不是嘛！嘿嘿！」

伯顏趕緊答應著，將掌心雷都收了起來，走到門口守衛著。

「你下樓去吧，路大人是老夫的客人，咱們蒙古人的規矩，老夫不會違背！」月闊察兒無奈，只好主動服軟。

據傳成吉思汗的父親就是在酒宴上被仇人毒死，所以成吉思汗一統塞外各部後，就立下了一條規矩，主人不得在酒宴上謀害客人，哪怕是你的生死大仇。所以月闊察兒把「客人」兩個字端出來，等於是接受了路汶是平等交涉的一方，保證了路汶的人身安全，哪怕談不攏，也不會立刻反目。

「那我去一樓等著路大人！」伯顏雖然是個直心腸，卻也懂得見好就收，揚長而去。

「先上菜，咱們喝幾杯再聊，不知太尉意下如何？」路汶先釋出善意。

月闊察兒雖然氣得牙根癢，但也不敢保證路汶肥胖的肚皮上，究竟還藏著幾枚掌心雷，只好按照對方的提議，直接進入討價還價階段。

「讓掌櫃的按預先安排的菜色上，老夫今日要與路大人不醉不歸！」月闊察兒反正已經退讓了兩次，咬了咬牙，沉聲喝令。

「小二，傳菜！」立刻有人衝著外邊大聲命令。

早已在樓下等得不耐煩的夥計們聞聽，趕緊大聲答應著，須臾間，大盤小盤的山珍海味陸續擺上桌面，散發著濃香的淮揚美酒也被打開泥封，倒滿桌上的金盞。

「你們下去，沒有招呼，不准進來打擾！」月闊察兒向在一旁伺候的店小二吩咐。

「是！客官慢用，小的告退！」店小二伺候的貴客多了，彎腰行了禮，倒退著離去。

待手下武將把門從裡邊關嚴後，月闊察兒舉起第一盞酒，「路大人，久聞大名，今日難得一見真容，請滿飲此杯！老夫先乾為敬！」

「路某也久仰太尉大名，今日一見，實乃三生之幸！」路汶舉起酒盞，亦是一口喝盡。

月闊察兒見他喝得痛快，便舉盞找理由再敬，酒過三巡後，又笑著向身邊人說道：「爾等平素不說想見見能在老夫眼皮底下將哈麻偷走之人麼？今天豪傑就在眼前了，還不過來敬酒？」

「是！」幾名高級武將紛紛上前舉盞，試圖用酒水直接將大廚路汶灌翻，將先前失去的場子在酒桌上找回來。

路汶則來者不拒，每飲必盡，接連喝了十幾盞，看大夥的敵意被酒意沖散的差不多了，才笑呵呵地拿起筷子吃了一輪菜，然後慢條斯理地說道：

「不喝了，再喝就耽誤正事了，您說呢，太尉大人。您請我到這裡，肯定也不是為了喝酒！」

「也罷！」太尉月闊察兒見對方連飲一斤多淮揚燒春居然只是微醺，不由得心生欽佩，擺擺手道：「那老夫就有話直說了，你們淮安軍此番北伐，目標最終是哪兒？路大人如果知道，還請不吝透露一二！」

「當然是大都，此乃自宋代以降天下豪傑的夙願，我家主公不能不照顧！」路汶放下筷子，毫不避諱地道：「至於打下大都之後，還會不會向西或者向北，就看我淮安軍有沒有餘力了，畢竟，**再好的飯菜也要一口一口吃，打江山也是同樣道理**，您說呢，太尉大人？」

「嗯——！」月闊察兒深吸一口氣。

作為帶兵多年的宿將，說實話，他不怕淮安軍準備橫掃天下，卻怕淮安軍循序漸進，始終將自己的步伐控制在能力範圍之內；那就意味著淮揚大總管府會有充足的人力、物力和時間，將新攻克的地盤慢慢嚼碎，咽下，而不是因為貪心不足給活活噎死。

「怎地，莫非太尉大人還真指望李思齊、郭擇善這些臭魚爛蝦能擋住我淮安軍兵鋒不成？還是以為太不花大人會帶領他手下那數萬弟兄死戰到底？」見月闊察兒滿臉不甘，路汶笑問。

「呵呵！」月闊察兒沒有回答，只報以一聲苦笑。

李思齊的確是個人物，但朝廷啟用他太晚，憑他現在的力量，遇到淮安五大主力軍團任何之一也許還能招架上一段時間，若同時遇到五大主力中的兩到三支，恐怕連逃命都來不及，更不用提創造奇蹟，反敗為勝了。

至於太不花，月闊察兒根本沒做任何考慮。自打哈麻棄官逃走後，朝廷逐漸「挖掘」出這幾年太不花和雪雪等人與淮安軍聯手矇騙朝廷的真相。妥歡帖木兒之所以遲遲不下旨將其捉拿，只是因為投鼠忌器，怕他帶著所有兵馬都倒向淮安軍罷了，卻無論如何不會再信任那支兵馬中的任何一位將領。

太不花等人對朝廷的態度也非常疑慮，寧願留著實力自保，也不會將血本拼光，然後乖乖地返回回大都，等著被捉拿下獄問罪。

除了這兩支力量之外，剩下的，朝廷這邊，就只有歸丞相定柱、汪家奴和月闊察兒共同掌控的禁軍了，而禁軍的戰鬥力甚至還不如前兩者，其中許多將領的忠誠度也非常可疑，否則妥歡帖木兒也不會在準備下手收拾哈麻時，放著十幾萬禁軍不用，反而捨近求遠，調察罕帖木兒和李思齊帶兵入衛。

「既然根本沒可能阻擋我軍腳步，那太尉何不順應時勢，莫非太尉真的想做一個千古忠臣，先丟光了手中的弟兄，然後再被妥歡帖木兒老帳新帳一起算麼？」路汶將月闊察兒的無奈表情看了個清楚，直白地道。

對面的月闊察兒卻彷彿瞬間被抽走了最後的力氣，既不反駁，也不附和，整個人靠在椅子上，兩隻眼睛直勾勾的，像是靈魂早已脫離了軀殼般。

千古忠臣？千古忠臣是他月闊察兒能做的麼？且不說妥歡帖木兒如今對他處處提防打壓，隨時準備讓他去做第二個脫脫，就憑他這兩年來從南北交易中撈取的好處，就足夠天下巨貪之前五，**有誰肯相信他對大元朝其實忠心耿耿？**

不光月闊察兒一個人失魂落魄，其他幾位禁軍的高級將領也同樣是滿臉灰敗。事實上，在妥歡帖木兒父子反目之前，他們從沒想過背叛大元，雖然他們平素撈起錢財來個個爭先恐後。

他們知道自己不配做像比干、岳飛那樣的忠臣，也知道大元根本不會給自己做忠臣的機會，躲在深宮中修煉演蝶兒秘法的妥歡帖木兒對別的事情也許不上心，對臣子們的家底卻是瞭若指掌，他之所以還沒出手收拾大夥兒，是因為國庫裡的錢財還勉強夠花，一旦國庫再度入不敷出，按照妥歡帖木兒的一貫行徑，等待著大夥的下場，要麼是脫脫，要麼是哈麻。

脫脫第二，月闊察兒等人是絕對不會做的，那個結局過於淒慘，光是想就已經令人不寒而慄；而做哈麻第二，卻需要一種看穿紅塵的灑脫，月闊察兒和他身邊這些心腹將領同樣不具備。

他們就像一群被關在豬圈裡的豬崽，一旦發現外邊可能有動物過來爭食，就本能地群起而攻之，直到有一天，他們看見自家主人在豬圈門口磨刀霍霍，而豬圈本身隨時可能垮塌，這時候，他們才惶恐地發現，**自己只剩下逃出去面對虎豹豺狼和留下來等死兩個選擇！**

「伯顏做事不密，被太尉抓了現行，太尉卻沒有借機發難全城大索淮揚細作，這個人情，路某已經記下了！」路汶的話在眾人耳畔響起，就像黑夜裡的一點燭光。

「路某今天之所以囉嗦這麼多，也正是因為感念太尉大人的抬手之情。我家主公從自立之日起，就恩怨分明，張松幫我家主公抓了張明鑑，所以張松到現在都被視作絕對心腹；毛貴將軍有贈甲杖之恩，所以毛貴將軍的糧草武器全部為我淮揚所供，平素在滁州再自行其是，我家主公也聽之任之……」

「我等畢竟都是蒙古人！」月闊察兒聞聽，再度仰天長嘆。

張松的事情他知道，當時他還曾經譏笑過朱屠戶假仁假義，毛貴所部滁州軍與淮安軍之間的關係，作為旁觀者，他更是看得清清楚楚，以己推人，深知朱屠戶能做到這一步有多不容易。但無論張松還是毛貴，都是徹頭徹尾的漢人，所以朱屠戶能跟他們推心置腹；而自己呢，是如假包換的蒙古貴胄，來自大元朝的最頂尖家族，祖上乃是四傑之首博爾忽。

這句話，幾乎說出了在場所有人的心聲，令幾個武將無不兩眼發紅。不與淮安軍勾結，他們恐怕即便不死於戰場，早晚也得死於妥歡帖木兒之手；但投靠淮安軍，他們就等於背叛了自己的民族！

想當年，朱重九憑著一句「驅逐韃虜」，就能喚起全天下的漢家豪傑同仇敵愾，**同樣作為天底下曾經輝煌過的大族，蒙古人怎麼可能就願意自相殘殺，出賣族人而換取自家的平安？**

有些東西，是人類共同的天性，不限於某個特定族群。也就是其中的某些絕對渣滓，才會認為出賣自己的民族是一件榮耀，而這些渣滓無論地位爬得多高，也不會被他所投靠的那一方真正瞧得起！

作為朱重九的鐵杆追隨者，路汶很理解月闊察兒等人此刻心裡的感受，笑著搖頭：「有句大實話，太尉大人還請勿怪！除了戰場上交手之外，太尉大人和諸位將軍算過沒有，這五年來，是死在我淮揚大總管府中的蒙古人多些，還是死在貴方皇帝陛下手中的蒙古人更多一些？」

「這——？」月闊察兒等人俱是一愣，旋即羞愧得面紅耳赤。

朱重九雖然被蔑稱為屠戶，卻總被笑話婦人之仁，凡是戰場上被他抓到的俘虜，即便出不起任何贖金，替淮安軍幹一兩個月活後，都會被陸續釋放。而目前被淮安軍攻陷的地區，也未曾發生過對蒙古百姓的任何屠殺，相反，只要那些蒙古百姓願意做事，淮揚的各級官府基本上都能做到與治下的漢家子弟一視同仁。

令人慚愧的是，最近這些年，妥歡帖木兒卻屢屢對當朝文武官員舉起屠刀，不算他與愛猷識理達臘父子相殘這次，當年為了拿下脫脫，多少有名有姓的文武官吏死得稀裡糊塗？幾個月前清洗哈麻，又有多少曾經跟哈麻走得比較近者遭受了池魚之殃？

這還只是對官員的處置，念在他們曾經給朝廷效力的份上，妥歡帖木兒多少還會手下留情，儘量不將對方的妻兒斬草除根。但是對於不幸跟錯了東家，或者捲進了政治漩渦的家丁、奴僕、小吏、兵卒，就沒有這麼「優待」了，通常大筆一揮，就是千百顆人頭落地，連被處死者的名字和「罪行」都懶得記錄清楚。

換句話說，最近五年來，死在大元朝廷自己手裡的蒙古人，恐怕是死在朱重九手裡的十倍乃至二十倍都不止，哪怕是將戰場上被殺的將士都算在內，大元朝廷都遙遙領先，這是血寫的事實，月闊察兒無法否認，也沒有勇氣去否認。

「伊萬諾夫、阿斯蘭、俞通海他們在我淮揚官居何職，想必大元朝廷也早就探聽得清清楚楚！」路汶的聲音再度傳來，聽上去充滿了誘惑。

月闊察兒用力咬了下嘴唇，強迫自己保持冷靜。「當然知道，這點路大人毋庸置疑，可大元這邊也有韓鏞，還有李思齊！」

「太尉大人又在強詞奪理了！」路汶笑著擺手，「您老明明知道在下說的意思！誠然大元朝自開國之初就不乏漢人擔任高官，但大元朝的祖宗規矩，卻是蒙古人最為尊貴，色目人第二。至於漢人和南方漢人，除非對朝廷有大用者，會被高看一眼，其他的，不過是一群可以交糧納稅的奴才而已，連主人家養的牛馬都不如！甚至那些被高看一眼的，萬一逾越了跟蒙古人之間的等級，也會被抄家滅族，完全不念其舊日功勞。」

這話，也是句句都能找到事實為例子，讓月闊察兒根本反駁不得。

想當年，張弘範屠殺了大宋最後幾萬官兵，勒石為銘，是何等的威風，何等的驚天之功，而張家子孫卻因為制止一夥蒙古亂兵洗劫百姓，就差一點被朝廷屠戮殆盡，沒有任何蒙古高官想起他祖輩的功勞，更沒有任何蒙古武將拿他們當作自己人。

「路某以伊萬諾夫，阿斯蘭、俞通海三位將軍為例，不止是說明我家主公有廣納天下豪傑的胸懷，而是想告訴太尉大人，他們三個之所以能夠被委以重任，是因為我淮揚有一條**誰也不准碰的鐵律：人人生而平等！**不管你是漢人，蒙古人，還是其他什麼民族！」

路汶的聲音高亢起來，每一句話的背後都寫滿了自豪。

「我家主公之所以對治下蒙古百姓不會另眼相看，是因為他堅持認為人人生而平等，蒙古人、漢人乃至色目人，可以作為兄弟、朋友，而不是某一方高高在上。我淮揚用人，看重的是他的才能、忠心以及是否努力，而不是他身上流著哪一族的血，更不會看他信什麼神，與大元是天壤之別。」

「說得簡單，談何容易？」月闊察兒搖頭，「你們漢人會種地，做買賣，開作坊，我們蒙古人除了縱馬掄刀之外，只會放牧養羊，說是平等，最後錢還不都被你們賺了去？我的族人只能咬牙苦撐。」

「養羊養好了，可比種地賺錢多！」路汶反駁道：「而不會的東西，只要用心學，就一定能學會。路某記得前年朝廷所造火炮，又重又笨，還容易炸膛，現在朝廷所造之炮，卻不比我淮安軍幾年前所造差多少。火槍也造了一批又一批，源源不斷。」

「終究還是有差距！」月闊察兒難得心情振奮了些，謙虛道。

雖然大元大部分東西都是從淮揚偷師，但至少說明了蒙古人在學習能力方面，並不比漢人差得太多。

「只要肯努力，差距就只會越來越小，而一味地給予照顧，或者高高在上吃人供奉，才會遺禍千年！」路汶只是簡單的就事論事。「想當年，兩萬蒙古軍可以橫掃天下，如今，蒙古軍的戰鬥力到底如何，太尉大人比路某清楚。」

月闊察兒的身體晃了晃，差點沒當場吐血。蒙古軍的戰鬥力如果還如當初一樣的話，朝廷怎麼又會指望那些「義兵」？這些年，蒙古軍屢戰屢敗，而這距離當年橫掃天下，不過才區區七十幾年。七十幾年時間裡，蒙古人享受到了全天下的供奉，卻為此付出了整個民族無論武力還是心智都大幅退化的代價，這到底是禍是福，有誰能說得清楚?!

路汶將月闊察兒的鬱悶看在眼裡，總結道：

「我家主公曾經說過，不勞而獲乃取死之道也，非智者所為，只有各族人都平等相待，才可能和睦相處，彼此之間互相認同。相反，越是人為的製造差異，差異也會越來越大。哈麻大人在逃離大都前，也曾對路某說過，全天下的蒙古人加起來也不過五百萬，以區區五百萬奴役五千萬乃至更多，被推翻是早晚的事！即便大元朝廷能打敗我淮揚，將來也註定會亡於其他豪傑之手，到那時，可沒人會跟我家主公一樣，願意對貴方百姓平等相待了！太尉大人既然念念不忘自己是蒙古人，就應該知道什麼對天下蒙古人來說才是最好的結局。」

說罷，路汶向眾人拱了拱手，「不多囉嗦了，反正今晚該說的，不該說的，路某都交代清楚了，謝太尉大人賜宴，路某先行告退。這兩天，路某就住在伯顏兄弟家裡，到底何去何從，太尉大人可以慢慢地想。」

第四章

治政理念

平等？當年朱屠戶提出來，被全天下都視作夢囈的治政理念，
居然還包含著如此深邃的內核？
這片土地上的所有百姓都平等相待，
這樣的夢想，竟如此充滿了誘惑力，
即便感覺不可能實現，也讓人忍不住想去試一試。

「且慢！」

見對方說走就走，月闊察兒本能地伸出手去攔阻，但眼看著手就要碰到路汶的衣袖時，忽然僵在了半空中。

並不是因為畏懼對方懷裡還藏著掌心雷，這一次**令他失去留客勇氣的，是一種看不到，摸不著，威力卻絲毫不亞於掌心雷的東西。**

平等？當年朱屠戶提出來，被全天下都視作夢囈的治政理念，居然還包含著如此深邃的內核？漢人、蒙古人、色目人以及這片土地上的所有百姓都平等相待，一視同仁，這樣的夢想，看起來竟如此充滿了誘惑力，即便感覺到不可能實現，也讓人忍不住想去試一試。

「太尉大人還有話要叮囑路某麼？」感覺到月闊察兒等人內心的掙扎，已經一步邁出門檻的路汶轉身道：「不用著急，路某說住在伯顏家，就住在伯顏家，太尉想要抓路某立功，隨時都可以派人過來。」

月闊察兒的臉又開始發紅，以極低的聲音道：「伯顏心中恨意太重，實在不適合做臥底，明天一早，老夫給他指派個南下巡視地方防務的差事，打發他遠離大都，路大人還請給朱總管捎個口信，就說……」

他回頭看看自己的心腹們，用力咬牙道：「當年的手下留情之德，月闊察兒沒齒難忘，今後若是有相見之時，只要大總管有用得到某人的地方，某願意赴湯蹈火！」

「只要大總管北伐時不忘他的平等之諾，我等願意任其驅策，百死而不旋踵！」幾個禁軍高級將領緊隨月闊察兒之後齊齊拱手道。

「這幾句話，路某會儘快帶給我家主公。」路汶心中狂喜，表面上卻依舊古井無波，「但我家主公不會讓任何人為了他去死，他希望大夥都好好活著，你，我，還有全天下所有人都好好活著！」

有月闊察兒這個當朝太尉帶著一群禁軍高級將領做內應，大都情報站當然不再需要讓伯顏繼續留下冒險。當晚，路汶就為伯顏制定出一條緊急撤離方案，第二天一大早，待其從頂頭上司那裡拿到外派命令後，將他送出了城外。

「月闊察兒多疑善變，他的承諾恐怕當不得真。」雖然知道自己的提醒純屬多餘，臨別前，伯顏還是忍不住囉嗦了一句。

「變不變，要看咱們淮安軍開局那幾仗打得怎麼樣，至於其他都是細枝末節！」路汶笑道：「倒是你，想好了去揚州後幹什麼了麼？」

「我這些年攢了一些家底，大總管的賞賜也還沒花掉！」伯顏道：「所以倒不至於挨餓，其他的，走一步看一步再說罷！大不了我將來開個學校，專門教人騎馬，說不定會有很多人想學，不然開個牧場也行。」

「那我可以跟你搭夥，從你那買牛羊肉，繼續開我的酒樓！」路汶滿懷期待地說道：「要不是你義父當年炸開了黃河，說不定我現在還開酒樓呢。唉，算了，咱們不扯這些，都過去了。對了，你最近見過哈剌章和三寶奴兩兄弟麼？沒試著勸勸他們，大元朝已經行將就木，他們兩兄弟真的沒必要蹚這趟渾水。」

「我是義父的養子，跟他們兩兄弟卻沒任何情分！」伯顏搖了搖頭，臉上的表情變得有些黯然。

像他這種養子，脫脫有二十幾個，並不是所有人都跟他一樣記得脫脫被誰所害，也不是所有人都跟他一樣被脫脫視若己出，至於養子和親生兒子之間，更不見得能成為真正的兄弟，這裡面涉及到了性格、品行、才能和見識等方面。

「反正人各有志，該盡的責任你都盡到了。」路汶安慰道：「快走吧，免得夜長夢多，到了那邊，記得先給自己買個落腳的地方，此外，軍情處的事你如果不想接著幹，可以先請幾個月假，但無論如何，年前一定不要急著退，年底的分紅沒了職位就拿不到了……」又諄諄叮囑了許多事。

二人生死與共這麼久，彼此已經有了很深的兄弟情，伯顏也是個重情重義的漢子，聽對方如親哥哥一般處處替自己著想，不覺眼眶泛紅，啞著嗓子道：「記住了！哥哥你放心，我肯定把日子過得滋滋潤潤的，然後等著你回來一起喝酒，屆時，咱們兄弟一定要不醉不歸！」

「好！兄弟，不醉不歸！」路汶伸出手，與他凌空相擊。

雙方在馬上相對而笑，然後各自一拉馬韁繩，分南北而去。從此，再也不回一下頭，雖然明知再次坐在一起喝酒至少也是兩三年後的事。也許，這一別就永無再見的可能。

懷著對新生活的渴望，伯顏星夜趕路，五日後，抵達河間路東光。

按照路汶的安排，他在城中找了個安靜的客棧，更換了衣衫，從奉命出巡的大元軍官搖身一變成了南下販貨的商客。隨即，又在碼頭旁與前來迎接的船幫子弟搭上了線，由對方提供新的坐騎和行李，混在另外一夥要趕在新春前後前往淮揚的商販中，悄然消失得無影無蹤。

雖然時值冬末，運河上已經完全行不得船，但南來北往的商販依舊絡繹不絕。很多人都相信明年冰消雪盡之際，淮安軍肯定會沿著運河北伐，屆時商路斷絕，南貨的價格在北方就會扶搖直上，所以能趕在之前囤積一批貨，就相當於囤積了一批真金白銀，無論戰事如何發展，最後肯定都不會折本。

當然，幾乎九成以上的商販都認為淮安軍打到大都城下只是遲早問題，一則五年來淮安軍的戰績大夥有目共睹；二來，只有淮安軍贏了，他們才能繼續做生意發財。若是讓蒙元朝廷贏了，大夥就又得回到過去那種生命和財產都朝不保夕的狀態，那種日子，除了某些犯賤的腐儒之外，傻子才願意忍受。

聽了眾人的議論，伯顏愈發覺得自己做了一個明智的選擇。俗話說，得民心者得天下，而民心的向背，從來就不是體現在那些文人的嘴巴上。

那些當兵的，種地的，打鐵的，做生意的，雖然不懂得如何顛倒黑白，一個國家打仗、收糧和繳稅卻必須指望他們，如果連他們中間大多數人都認為淮安軍不可力敵，你讀書人即便把牛皮吹到天上去，也早晚被打回原形。

越靠近黃河，他心中的這種感覺越清晰。特別是與徐州只有兩三百里遠的濟州、滕州、沛縣各地，老百姓能提起淮揚大總管府和淮安軍來就讚不絕口，對自家頭頂的蒙元官府則嗤之以鼻。

地方官員和差役也對在自家眼皮底下的「背叛」行為裝聾作啞，誰也不願意在最後的一兩個月裡給自己找麻煩，只要沒有主動禍害過百姓，萬一淮安軍打到家門口，來不及逃走時，好歹還能有條生路，若是在離徐州如此近的地方坑害百姓，被朱屠戶的細作給記錄在案，將來江山易主時，可就要步上張明鑑的後塵了。

非但地方官吏們開始消極怠工，從濟州到沛縣的朝廷軍隊也提不起什麼精神，原本這附近最強大的兩支人馬，察罕帖木兒與李思齊二人所掌控的「義兵」，全都被妥歡帖木兒父子調到更北的地方自相殘殺了，剩下這點蝦兵蟹將，甭說阻擋朱屠戶的十萬大軍，從黃河南岸隨便殺過一個千人隊來，都足以令他們屍橫遍野。

所以那些帶兵留守的武將根本就不去考慮什麼固守待援，堅壁清野，能應付一天就多應付一天，待哪天黃河北岸燃起了烽火就趕緊開門投降，反正朱佛子從不無緣無故誅殺俘虜，每天再也不用提心吊膽。

等過了黃河，人的精氣神瞬間就完全變成了另外一種模樣，當兵的一個個走在碼頭、城門等要害位置，精神抖擻；百姓則忙裡忙外，趕在年關將至的當口將自己的家布置得煥然一新。

「這朱屠戶所行治國之策雖然處處與傳統對著來，但看上去效果卻是不錯。」正在排隊等待入境檢查的伯顏四下張望著，一邊輕輕點頭。

他是橫下一條心來下半輩子只做普通小民了，所以對市井風貌、地方吏治特別留心，結果越是留心，越覺得這才是自己該生活的地方，耳畔飄著的全是笑聲，連呼吸的空氣都充滿了輕鬆和祥和。

「這位老哥，該您了。麻煩你說一下自己從事的職業，來淮揚的目的，順便把右手掌翻過來放在這裡！」正看得心曠神怡間，耳畔傳來當值小吏的聲音。

「我，某家……」伯顏心中突然一哆嗦，忽然間發現自己不知道該如何自我介紹，此前他所幹過唯一的職業，就是掄起刀來殺人。

好在事先路汶已經替他做了準備，所以只是緊張了短短幾個呼吸，迅速從腰間摸出一個錦囊，說道：「我有證明文書，我手上的繭子是兵器磨出來的，但是我從來沒跟淮安軍打過仗，更沒隨便殺過人。」

「麻煩您老這邊請！」那當值的小吏見到伯顏手中的錦囊，臉上的戒備之意立刻變成了笑容，側身讓開一條通道，將伯顏領離正在排隊的人流，然後接過錦囊，取出裡邊的證明文書，一字一句地慢慢研讀起來。

「怎麼了？」周圍已經過關的百姓，立刻議論紛紛。

「誰知道，此人好像當過韃子的兵。」

「什麼當過韃子的兵啊，你看他那模樣，分明就是個韃子！」

「是韃子細作！殺了他！」

……

一時間，群情洶湧。

伯顏聽了，頓時覺得渾身上下汗毛倒豎，心如同結了冰般從胸口一點點向下沉。

正當他覺得手腳開始發冷的時候，負責檢查的小吏已經根據文書中所描述的五官特徵，核實完了他的身分，將文書放回錦囊，恭敬地交還給伯顏，然後向他行了一個淮安軍禮，恭聲道：

「長官，歡迎回家！」

「長官，歡迎回家！」四周戒備的士兵們也緊跟著排成一排，列隊向伯顏施以對軍人最高的敬禮。

人群沸騰起來：「不是韃子細作，是咱們派往北邊刺探韃子軍情的人回來了！」

「你看他濃眉大眼的，怎麼可能是韃子！即便是韃子，也分好韃子和壞韃子！淮安軍中許多將軍也曾經當過韃子！」

「不是當過韃子，是迷途知返。大總管說過，天下好人都是兄弟，不管他是哪一族群！」

「英雄，英雄！」

「歡迎回家！……」

一片熱情的歡呼聲中，伯顏緩緩舉起手，用盡可能標準的淮安軍禮回禮。

身為大元朝禁軍高級將領，他沒少受過手下人的敬禮，也沒少被歡呼和稱讚聲包圍，但是今天，他才真正地感覺到那歡呼中所包含的溫暖，如同一罈烈酒，從喉嚨直接灌進了他的小腹，讓他渾身上下都暖暖的，酥酥的，兩腳彷彿踩上了雲端。

「長官請跟我來！」小吏向伯顏打了個手勢，帶著他走向碼頭旁的木屋。「先前屬下檢查得嚴了些，還請長官不要怪罪，畢竟大戰在即，咱們徐州又是出發的第一站，來往人流中魚龍混雜，所以屬下不得不加倍小心。」

「無妨，無妨！」伯顏擺擺手，用顫抖的聲音回道：「咱們淮安軍準備什麼時候出發？抱歉，如果不方便說，你就當我沒問。」

「對長官您當然沒什麼不能說的，但是屬下實在不知道！」小吏訕訕地回道。

「噢！」伯顏心裡約略感到有點遺憾，在剛才那一瞬間，他幾乎把自己完全當成了一個淮揚人，這一刻，卻發現隔閡又回來了，自己的長相註定與周圍的人難以融入。

「其實大人您要想知道，比屬下容易得多！」小吏壓低了聲音道：「您是軍情處的幹才，職位又那麼高，當然會比屬下知道得早。眼下軍情處的張大人和內務處的陳大人也都在徐州，您跟他們打聽，肯定比跟其他人打聽都強。」

「陳大人和張大人也到了徐州？」伯顏心臟瞬間又是一緊。淮安軍的兩大細作頭子，內務處主事陳基和軍情處主事張松都趕到前線坐鎮了，大軍北上的日期難道還會遠麼？說不定連運兵的戰船都準備停當了，只待黃河解凍便萬舟齊發。

「當然，都來了小半個月了，今天早晨，他們還一道來碼頭查看冰層厚度呢！」小吏不知道伯顏在一瞬間能想到那麼多事情，搔了搔腦袋回道。

說話間，二人來到木屋門口，小吏推開一間看上去最大的房門，把伯顏讓了進去，然後安排人送上熱茶和點心一邊解釋道：「長官您先在這裡少坐片刻。軍情處的人和事情向來不歸我們管。他們待會會專門派人來接您，然後護送您去跟您的直轄上司交接。」

「多謝！」伯顏點點頭，習慣地伸手往腰間荷包裡摸，卻發現自己藏在裡邊的銀豆子已經花完了，尷尬得將手拿出來不是，再向裡邊摸銅子也不是，面孔再度漲了個通紅。

那小吏每天在碼頭上見過的人是何等之多？瞬間就看清楚伯顏臉色發紅的緣由，連忙後退了兩步，擺手道：「長官，您千萬別客氣。兄弟知道您是一番好心，想讓兄弟暖和一下身子，可萬一被別人看見，兄弟我這輩子就毀了，咱們淮安軍規矩嚴，發現這種事，送禮和收禮的一起倒楣。」

「啊？」伯顏忍不住驚呼出聲。

在大元朝，規矩可不是這樣，從妥歡帖木兒這個皇上，一直到巡城的幫閒，哪一級都不會拒絕別人送禮。送禮和收禮還有成千上百種門道，什麼撒花錢，追節錢，生日錢，常例錢，人情錢，齎發錢……數目多到尋常人根本記不清楚，從官方到民間都司空見慣。不收禮、不送禮才會被視為另類，無論在哪兒都寸步難行。

正尷尬間，又聽小吏說道：「長官不必在意，從北邊剛剛過來的人，對咱們淮揚的規矩都會不太適應，包括屬下，最初大總管下達廉政令時，也覺得有些不近人情。但三兩年下來，大夥就發現其中好處了，辦事的人不需要勞神揣摩別人的愛好，禮物的輕重；管事的人也不用費盡心思琢磨怎麼給人幫忙開後門，一切按規矩走就是，大夥都樂得清閒。」

「那是，那是！」伯顏點點頭，心裡忍不住嘆氣。

他養父脫脫號稱一代賢相，被抄家時，從府邸裡抬出來的錢銀珠寶也填滿了小半個國庫，至於那些有名的貪官，如燕帖木兒，哈麻等，更是個個富可敵國。

內部吏治敗壞到如此地步，外邊又遇到淮揚大總管府這個連普通巡查小吏都懂得廉潔自律的對手，大元朝要是還能扛得住才怪！

「長官還有家人留在北方麼？」見伯顏的眉宇忽然湧起鬱鬱之色，小吏善解人意地問。

「沒了。」伯顏迅速回轉心神，「我的頂頭上司很仗義，早就把我的家眷送過黃河了，如今，那邊再也無可留戀。」

話一出口，他頓時覺得肩膀上又是一鬆。是啊，自己已經過了黃河了，還為大元朝操哪門子心呢？**它貪、它暴、它內部已經發生和正在發生的種種都不可理喻，但它終究會成為過去，而腳下這片土地和這片土地上的所有人，卻即將迎來一種全新的生活。**

「那屬下恭喜大人一家團聚了！」小吏甚會說話，聽聞伯顏的全家都已經來到淮揚，立刻介紹說：「咱們淮揚這兩年可是新添了很多好玩的地方，您有空帶著嫂夫人和孩子一起去逛逛，保證頓時就忘了所有煩心的事啦。」

「你們這邊不是不准女人出門麼？」伯顏聽得心中好奇，順口詢問。在大都，他可沒少聽聞關於南方百姓生活的謠傳，好比女眷不可在外拋頭露面之類的。

「大人，您這是聽誰瞎說的？」小吏的回答令伯顏目瞪口呆，「不准女人出門是哪朝哪代的規矩？切莫說我們淮揚沒有，就是以前，男人外出應付徭役，家裡的農活還不是得女人幫忙操持？若是連門都不准出，一家老小豈不是全得餓死！」

說罷，不待伯顏解釋，自顧笑道：「我知道了，這就是以訛傳訛，就像我們這邊老是謠傳你們北方人一輩子只洗三次澡一樣。根本經不起任何推敲。」

「那倒是！」伯顏被逗得哈哈大笑，心中驚詫一掃而空。

二人談談說說，很快就混了個廝熟。小吏知道伯顏初來乍到，便非常好心地將淮揚的一些民間習俗以及官場規矩一件件說給他聽，伯顏感謝小吏的熱心，也將自己所知道的一些掌故、傳聞，撿無關緊要的告訴對方。

時間在不知不覺中過得飛快，轉眼已經臨近正午，小吏正想邀請伯顏跟自己一道去用飯，忽然門外傳來一陣輕輕的敲門聲，「請問伯顏長官在這兒麼？軍情處張大人聽聞您載譽而歸，特地在城裡準備了一桌，給您接風洗塵。」

「是張主事的親衛，張主事要給您洗塵，長官，您果然是軍情處的幹才。」沒等伯顏回應，小吏已經滿臉羨慕地向他道喜。

「張主事要給我接風？」伯顏卻有點不太相信自己的耳朵。雖然在南來的路上，他預測軍情處對自己的態度不會太差，但讓主事張松親自擺酒洗塵的待遇，卻是想都沒敢想過。

「估計是想順便找您瞭解一些北方的情形，您到時候實話實說就行，咱們淮揚這邊沒太多講究，見了再大的官，也是舉手敬個禮而已。」那小吏見他滿頭霧水，又非常熱心的提醒。

「那這頓飯我就卻之不恭了。」伯顏想了想，推門而出，由對方帶著，跳上馬向徐州城內趕去。

與朱大鵬所在的那個時空不同，本時空的徐州城幾乎緊挨著黃河。所以從碼頭到城門就是三五分鐘的功夫。

入了城後，街道變得擁擠，二人不得不將馬速放到最慢，用比步行差不多的速度緩緩前行。

因為大戰在即的緣故，整個徐州城變成了一個巨大的兵營，每走幾步路，就能看見一隊士兵。他們大多數都穿著便裝，身分卻非常容易確認，走路時個個抬頭挺胸，不用人喊口令，就能保持步伐一致。

「敢問老哥，這些弟兄是怎麼訓練出來的？怎麼看起來像是出自同一將領之手？」

有道是，外行看熱鬧，內行看門道，只區區數眼，伯顏就發現淮安軍將士與自己以往所見過的兵不同，因而向帶路的親衛請教。

「回大人的話，是步兵操典的緣故。」親衛解釋道：「咱淮安軍從兩年半以前，就開始用同樣的操典，坐立行走、規矩都一模一樣；另外，輔兵的整訓從今年下半年由專門的地方施行，教官都是同一夥人，當然帶出來的弟子也就個個都差不多了。」

「那步兵操典是誰人所著？我是說，所有在職軍官都可以看麼？」伯顏順勢追問。

「只要識字，就可以拿著腰牌去書店買，不限制軍官還是士兵！」親衛回道。

「那不怕別人偷師麼？」伯顏又是微微一愣，困惑地說。

這年頭，對大多數武將世家來說，用兵、練兵和養兵的辦法都是不傳之秘，連女婿都不肯給看，更何況是外人？而淮安軍卻把自家的練兵秘笈隨便賣，萬一被其他諸侯或者蒙元那邊買了去，豈不是授利器與敵？

「他們讀了也只能學到皮毛。」親衛帶著幾分自豪說：「不光是練兵操典，凡是咱們淮揚有的，從火炮、手雷再到外邊的水車，什麼東西不被外人惦記？就看這徐州城裡往來做買賣的，每天恐怕都有上千人，有誰能分得清楚他們是不是為了偷師技術而來？但咱們大總管弄出來的東西，豈是隨便一個人看上幾眼就能學走的?!」

「那倒是！」伯顏心悅誠服地說。

要說偷師，恐怕蒙元朝廷偷得最用心，非但工部、兵部沒完沒了地往淮揚派遣細作，在妥歡帖木兒和奇皇后二人的支持下，軍械局還成立了專門的機構，只為了早日仿造出合格的火器和水力器械，追趕在武器方面的巨大差距。

然而到現在，軍械局除了在火炮和火槍方面有所進步之外，其他的成就都非常有限。

「你就說這步兵操典吧！」正感慨間，又聽那親衛笑呵呵地道：「的確很容易買到，但別人家的軍隊中，有這麼多識字的人麼？同樣的東西，武夫自己讀懂了教導士卒，和文官先背下來再要求底下人照著做，結果肯定不同，您說是不是這樣？」

「沒錯！」伯顏佩服地道。

對方的話著實在理，眼下包括蒙元在內的其他諸侯與淮揚的差距，可不只是表面上這一樣兩樣。經過朱屠戶看似胡鬧的長時間打磨，淮揚大總管府治下的各行各業比起以往都是脫胎換骨，別人拿到了練兵操典，首先得想辦法自己看懂，然後再去想辦法讓各級軍官接受。而到了百夫長這一級，蒙元那邊幾乎就很少再有人識字了，讓他們拿著一本自己根本看不懂的「天書」去訓練士卒，結果肯定是邯鄲學步。

二人在人流中穿行了兩里餘，終於來到張松指定的請客地點。

只見有一座足足有五丈高的酒樓，在徐州城的正中央熱鬧位置拔地而起，金色的琉璃瓦，紅漆的柱子、暗青色的磚牆，還有樓頂上高高挑起的飛簷，無不顯示著此地的雄渾大氣。

而從二樓起，每面窗子上鑲嵌的彩色玻璃，更是給酒樓平添了幾分奢華神秘之感，讓人覺得即便不在裡邊吃什麼山珍海味，就是走上二樓在靠窗位置喝一碗冷水，也足以不虛此生了。

「是伯顏長官麼，張大人在四樓燕山廳等您，請跟我上樓！」幾名身穿便裝的高大漢子早已在樓下恭候多時，看到伯顏的身影，立刻上前抱拳行禮。

「伯顏何德何能敢勞張大人等候！」伯顏聞聽，立刻飛身滾下馬背，以世俗之禮向大夥抱拳。

這幾個人個個高大魁梧，站在一起極其容易吸引別人的目光，可進出酒樓的散客們彷彿見慣了一般，非但沒有絲毫懼怕，甚至連多看幾眼的興趣都沒有，只匆匆一瞥，就扭頭繼續各行各路，誰也沒功夫過問幾個壯漢是什麼來頭。

「這個臨風樓，恐怕在整個淮揚也排得上號吧？勞張大人破費，真是折殺了，折殺了！」伯顏讚嘆道。

「在整個淮揚位居第二，揚州城裡，還有一座比這還高的，整整五層樓，站在頂樓窗口，能看清楚遠處的揚子江！」負責接待的親衛滿臉自豪地介紹道。

「這麼高，那徐州府的官衙怎麼辦？」伯顏所想的卻與眾人完全不同。大元朝雖然馬背上立國，但立國後，許多規矩卻是由文人制定，特別講究等級秩序以及官與民的不同。

在大都城內，非但任何亭臺樓閣都不能比皇宮高，甚至連老百姓家用什麼顏色的磚瓦，門口的臺階有幾層，都規定的清清楚楚。你要是沒有一官半職，家裡再有錢也不能將房子弄得比官衙還漂亮，否則衙門裡的差役立刻會找上門來。

顯然淮揚這邊的規矩與大都完全不同。那些親衛被伯顏問得一愣，想了好半天才道：「別人為了賺錢修了座酒樓，關知府衙門什麼事情？他們管得再寬，也不能管大夥的錢怎麼花吧？況且這酒樓也是淮揚商號開的，賺的錢，知府衙門也有份兒，他們腦袋被驢踢了才會把送上門的財路往外丟。」

「那倒是！」伯顏頻頻稱是。

如此高雅華貴的酒樓，裡邊賣的飯菜酒水自然也都是天價，徐州城乃是南北貨物的中轉之地，腰纏萬貫者每天往來無數，他們吃喝高興了，一頓飯丟下十幾貫都未必心疼，而官府損失的不過是些許面子，卻於稅收之外又拿到一大筆分紅，何樂而不為？

說話間，來到四樓。剛進入燕山廳，就看見一張巨大圓桌。圍坐圓桌的人見客人已至，紛紛站起來微笑致意。

伯顏初來乍到，哪敢托大？慌忙舉起右手至額頭，朝著主位上的那名古銅臉壯漢敬了一個軍禮，「屬下伯顏，見過張主事，路上耽擱有點兒久，還請大人勿怪。」

「張主事？」古銅臉漢子微微一愣，旋即對左右嗔怪道：「你們這些傢伙怎麼沒告訴他實情？不早說過了麼，不用對自己人保密。徐州城這麼多弟兄，跟人家實話實說，能有什麼風險？」

說罷，轉向伯顏，非常謙和地說道：「伯顏將軍勿怪，原本是張主事要設宴給你接風，但朱某聽說你是剛剛從大都城內載譽而歸的，所以就想順便跟你打聽一下大都城內的情況，沒想到他們根本沒告訴你我也會到場。」

「伯顏將軍勿怪！」圓桌靠窗位置，一個五十歲上下，看上去文質彬彬的官員笑著拱手道：「是張某的錯，沒有跟去請你的弟兄交代清楚。在下便是張松，今天特地於此擺了酒宴，給將軍接風洗塵！這位，是咱們的主公……」

「伯顏何德何能，敢勞大總管如此厚待！伯顏縱使粉身……」伯顏不覺額頭冒汗，兩眼發紅，不知道該如何是好。

朱重九是誰？雖然在大都那邊，文武百官提起此人來，平素都是一口一個朱屠戶，滿臉鄙夷。唯恐說出來的話不夠尖刻，進而被懷疑跟淮揚有所勾搭，但私下裡，誰人提起淮揚大總管不偷偷挑一下大拇指！

那是**憑著一把殺豬刀愣生生砍出一個半行省的英雄豪傑；那是令無數諸侯俯首，丞相脫脫無奈而還的了不得人物！**你可以罵他膽大包天，也可以罵他欺師滅祖。但無論如何，**你都否定不了他帶領淮揚眾文武走上了一條前人想都沒想過的道路；更否定不了，在短短幾年時間內，他就令淮揚從官府到民間都富甲天下！**

「伯顏將軍不必多禮，這是私宴，你儘管放輕鬆些。」朱重九早已習慣了各種突如其來的尷尬，笑了笑道：「原本該等你跟張主事見了面之後，朱某再找你敘話，可眼瞅著天氣開始變暖，黃河解凍在即，所以朱某乾脆直接過來了，還請伯顏將軍勿怪才好。」

「不敢，不敢！折殺了，真的是折殺了！」伯顏一迭聲地說。這如果不是國士之禮，國士之禮還能隆重到何等地步？古代信陵君待侯嬴、朱亥，也不過如此罷了。

正激動得無以言喻之時，耳畔又傳來朱重九敦厚的聲音：「大夥都坐吧，伯顏將軍，你也趕緊請坐，你是客人，你不落座的話，他們就只好都陪著一起罰站了。」

「這，伯顏恭敬不如從命！」伯顏四下拱了拱手，迅速落座。趁沒人盯著自己看的時候，將已經淌到眼角的淚水悄悄吸回鼻子裡。

只有經歷過人生起伏的人，才知道這份相待之情的可貴，換做三年多前，他的養父脫脫還沒罷相的時候，他怎麼可能在乎這點禮遇？平素想請他赴宴，藉以搭上脫脫關係的，估計從紫荊關一直能排到皇城根，多大的場面他沒見過，多豐盛的酒席他沒吃過?!又豈會輕易被人幾句尊敬的話語給打動？

然而經歷了脫脫罷相，朝廷牽連無辜，昔日的至交好友紛紛割席絕交之後，他才明白**以往的那些尊敬不是給他的，而是給脫脫的**，離開了脫脫的權勢，他在別人眼裡連屁都算不上。但是今天，那種久違的尊敬又再次重現，那份久違的熱情再度將他給團團包圍，**不是憑著別人的權勢和餘蔭，而是憑他自己，憑他為淮**

揚立下的那些功勞：憑他在暴露之後寧死不出賣同伴的擔當！

場中，無論張松、陳基還是劉基，都是人精中的人精，一看伯顏發紅的眼睛，便知道此人正處於心神激動的狀態，所以也不過多客套，紛紛找離自己最近的位置坐下。然後拉動桌角的鈴鐺，提醒小二上酒上菜。

那臨風樓能做到淮揚數一數二的排場，自然有一套過人的本事，須臾間，便有十幾位二八年華的少女魚貫而入，每個人手中捧著一個精緻的朱漆托盤，托盤上，則是大廚剛剛烹製好的菜肴和剛下了蒸鍋的熱酒，團團冒著白汽，將濃香送進在座每個人的鼻孔。

「女人也可以做跑堂？這臨風樓難道是煙花場所？這朱總管不會如此胡鬧吧！」此時此刻，伯顏顧不上欣賞酒菜香味，望著少女們魚貫而出的背影，眉頭瞬間緊鎖。

「伯顏將軍在北方，恐怕沒見過女人做跑堂吧？」張松清了清嗓子，主動解釋道：「咱們這邊事情多，男人總不夠用，所以女人如果願意，也可以出來找事做，非但酒樓，各行各業，只要是不需要出大體力的，都准許錄用女人。眼下也就是運河上結了冰，不利於行船，否則連指揮一支艦隊的女提督都能看到。」

「您是說吳將軍麼？伯顏對她的大名也早有耳聞！」伯顏回過神道。

「將女人關在家裡本來就不是一件好事，孩子都隨娘，一天到晚就想著跟小妾爭寵的女人，怎麼可能教出一個心胸寬廣的孩子？這點，蒙古人做得比咱們漢人的某些先賢強，把本事和心思全放在外邊，而不是圍著女人的小腳和裙子做文章。」朱重九接過話頭。

「呵呵呵……」眾人聞聽，立刻搖頭大笑。嘴角唇邊還帶著幾分尷尬。

朱重九的議論把祖師爺朱熹給繞了進去，南宋一朝，對外戰爭屢戰屢敗，對女人道德的要求卻也越來越苛刻，所以說漢人先輩在某些方面遠不如蒙古的祖先鐵木真，也是秉公之言。

這番話聽在伯顏耳裡，又是另外一番滋味。朱重九當著這麼多淮揚高官的面推崇蒙古人的祖先，將來他得了天下，就不會對蒙古人太差，更不會趕盡殺絕，否則，何必還提醒別人記得對方祖輩曾經的輝煌？

「不說這些，祖先們篳路藍縷，開闢基業都不容易，爭不爭氣，還是要看我們這些後世子孫。蒙古人也好，漢人也罷，其實彼此間有多大差別？就像兩家中都養了七八個孩子，有混蛋的，也有爭氣的，咱們將來要做的事，就是讓混蛋的該坐牢的便去坐牢，再也沒有機會橫行霸道，讓各族的英雄豪傑皆有機會一展所長！」朱重九陳述著自己的理念。

「正是此理！」阿斯蘭、俞廷玉兩人用力點頭。他們投效大總管府較早，內心深處偶爾也會想起自己的血統，然後暗自神傷，好在自家主公真的像他平時聲言的一樣，眼裡沒有族群的差異，對所有文武都能做到一視同仁。

「這……」伯顏低著頭，不知道自己該說些什麼，也不知道對方的話是不是刻意針對於他，但「讓各族的英雄豪傑皆有機會一展所長！」這句話，深深地觸動了他的心，讓他無法主動提出解甲歸田，從此徹底置身事外。

「不說這些！」朱重九兩句話交代過後，便舉起酒盞，大聲相邀，「來，大夥先以此盞，給伯顏將軍一洗旅塵！飲勝！」

「歡迎伯顏將軍！」

「飲勝，願與伯顏將軍痛飲！」

……

眾淮揚豪傑紛紛舉盞相隨，看向伯顏的目光中充滿了友善。

「大總管，各位大人……多謝！伯顏不會說話，伯顏從今日起，願意供大總管驅策！若不盡心，願天打雷劈！」

伯顏如下定決心般站了起來，顫抖著手，兩行熱淚終於奪眶而出，一滴滴掉進酒盞裡，引起串串漣漪。

這一頓，賓主盡歡。

酒宴後，伯顏被人領下去休息。待其熟悉了淮安軍的基本情況後，再根據本人意願和能力，調往軍中相關部門任職。對此，大總管府在以往的招納新血過程中，早已摸索出一套流程，無須朱重九再花費任何心神。

朱重九需要花時間和心思來消化的，是伯顏在感動之餘彙報的一些情形，如禁軍的士氣，武器裝備，李思齊部的保義軍構成，以及大都城內官吏百姓對淮安軍的態度等。

整體來看，局勢正在朝對淮揚最有利的方向發展。妥歡帖木兒的父子相殘，對蒙元朝廷帶來巨大打擊，朝中重臣也不再看好黃金家族的前途，紛紛準備各自尋找後路。與此同時，一些野心勃勃的傢伙，如李漢卿、龔伯遂、韓鏞之類，也開始渾水摸魚，他們各自所掌握的力量眼下雖然弱小，卻勝在隱蔽分散，令人不得不防。

「恭喜主公又收得一員良將！」陳基帶著幾分酒意向朱重九祝賀。

「良將未必，有我長江講武堂在，主公哪裡還需要從外邊另尋良將？依張某陋見，主公乃千斤市馬骨耳！如此善待一個伯顏，將來就難免有什麼寶音、不花主動來投，如此我軍北伐路上又可以減少許多阻礙。」張松的心思遠比陳基更深。

「張主事見識高遠，陳某佩服！」陳基雖然不喜歡張松當眾掃自己的面子，卻也不得不承認對方所言更有道理。

「不敢不敢，張某也是隨便猜測而已。」張松笑著擺手道。

又聽樞密院副知事劉伯溫道：「主公，據伯顏剛才所說，大都城今年冬天糧價遠低於去年，城裡的人工和鋪面租金卻在穩步上漲。」

「此事咱們回衙門裡商量！把軍情處相關資訊都收集一下，不光限於大都，然後再計算一下，如果真的行此險招，咱們將要承受多大損失？以及民間會有什麼反應？再謹慎決定。」朱重九做出決斷。

「是！微臣這就去安排！」劉伯溫沉聲答應。

劉伯溫在弄什麼虛玄？非但陳基和張松覺得有些不滿，徐達、俞廷玉等武將也暗自皺眉，大軍北伐此刻已經到了「萬事俱備只欠東風」的當口了，這個時候樞密院可別畫蛇添足才好。

帶著滿肚子的狐疑，大夥下了酒樓，坐著馬車返回城內的臨時大總管行轅。先喝了幾盞清茶，坐在通風處醒了會兒酒，再被劉基派專人請進了議事廳。

議事廳內，于常林、李慕白、蔡亮和黃老歪等一干沒去酒樓的文職高官也紛紛到場。

大夥操算盤的操算盤，拿紙筆的拿紙筆，圍著一張巨大的橢圓形桌子忙碌個不停。桌案上，則鋪開了一張巨大桑皮紙，紙上畫著一個複雜的帳目表格，每當于常林等人算出一個新數字，便會有樞密院的專門參謀填入表格相應位置，循環往復，片刻不停。

「這又是算什麼帳？不是說年底的分紅和獎懲數字早就算好了麼？」張松心裡悄悄打了個哆嗦。

去年年終做總結報告的時候，他為了更換職位，可沒少對于常林和李慕白上眼藥，這回對方萬一存心報復，未必不能挑出幾根碎骨頭來。

「好像是在計算蒙元那邊的戰爭承受能力！」陳基比張松看得清楚，壓低嗓音道：「很久前，主公就吩咐淮揚商號刻意壓價向北方輸送糧食，寧可少賺甚至賠錢，也不能讓大都各地糧價過分浮動，眼下……」

「**眼下到了向妥歡帖木兒討還利息的時候了！**」張松眼裡射出了兩道幽光。

蒙元朝廷的黃河以北各地，糧食供給和消耗原本就不太平衡。特別是大都城，因為集中了太多的世襲貴胄和文武官員的緣故，每年都必須借助運河從南方輸送大批的稻米，才能滿足日常消耗。

而這些年淮安軍雖然控制了運河上最為關鍵的一段，卻從沒禁止過商販向北方販運米糧。哪怕當年跟脫脫打得那般慘烈，當元軍稍一北撤，淮楊這邊就立刻以憐惜北方百姓生存艱難為名，主動開放了運河水道……

如此一來，朱重九固然更坐實了個「佛子」之名，蒙元那邊恐怕沒幾個人會認為淮安軍哪天將下手切斷他們的糧食供應。加上淮揚商號在前段時間的長期刻意誤導，想方設法讓糧食價格長期維持穩定地位，變相鼓勵哈麻等王公貴胄們出手興辦工坊、圈地種草，養羊剪毛。

養羊比種地收益高出數倍，需要雇用的人手卻比種地少許多，那些王公貴胄眼裡只有自家利益，向來就不怎麼在乎朝廷和百姓的生死，而各地的錢糧徵收又常年把持於色目稅吏的手中，後者同樣從不做虧本生意，再加上各家達官顯貴們所控制的那些黑心糧店，只要淮安軍這邊關閉運河……那將是一種何等慘烈景象！

「啟稟主公，結果出來了。按照估算，一旦運河上的航運斷絕，大都城內的糧價在一個月內必然翻倍！」李慕白大聲彙報，「根據軍情處從各地送回來的訊息，涿州、河間、易州等地，去年秋天收成只能算是平平，供應當地勉強可以，沒有任何能力向大都城輸送糧食。」

不光是張松一個人如聞霹靂，在場許多核心武將，如徐達、劉子雲、吳良謀等，一瞬間也是目瞪口呆。特別是劉子雲，看向朱重九的目光，除了崇拜之外，剩下的還是崇拜。

怪不得主公最近總是念叨準備不夠充分，怪不得主公一直說妥歡帖木兒父子相殘來得不是時候。原來，他的「奇兵」早就已經渡過了黃河，深入蒙元腹心。

這才多長時間，就已經令蒙元那邊的糧食供應完全卡在了淮安軍之手，若是再多給他老人家三到五年，屆時淮安軍何須帶甲十萬，只要黃河南岸的卡子一收，粒米不准北運，蒙元朝野恐怕就連出征的軍糧都湊不齊，哪可能做出任何像樣的抵抗？

唯一始終保持淡定的，只有老長史蘇明哲。作為看著朱重九從一個殺豬漢一步步走到今天的人，他已經見證了太多的奇蹟，所以早已見怪不怪了。哪怕朱重九明天早晨起來，跟他說可以帶著大夥飛上天，他也只會興高采烈地去收拾行李，而不是覺得白日飛升有什麼令人震驚。

「一個月內糧價上翻恐怕不止一倍！」老長史用包了金的拐杖敲了敲地面，補充道：「每年開春到麥子灌漿這段日子，都是青黃不接之時，除非人為控制，糧價都會上浮五成乃至一倍。過去糧商秋天低價買，春天高價賣，賺的就是這種黑心錢，一旦我軍切斷運河，那些大都城內被王公貴族們掌控的糧鋪首先想到的，絕對不會是與蒙元朝廷共度難關，而是趁機狠狠撈上一大筆，管他天會不會塌下來。」

「那群大人物啊，可真是一群褲襠裡的蝨子！」羅本用阮籍的一句千古名言替蘇明哲的話做了最生動的注解。

「對我淮揚來說，眼下大都城裡卻是蝨子越多越好！」張松湊趣說。

「此舉終究有傷天和，並且事後傳揚開去，或對主公的名聲有損！」羅本輕輕搖頭。

與在座其他人不同，他從參謀職位上「出師」之後，就任的就是地方官職，平素做得最多的事便是安置流民，做得久了，心腸難免變得柔軟，一提起糧價飛漲，立刻想起的是百姓活生生變成一具具餓殍的情景。

「如果曠日持久地打個沒完，我淮安軍的損失必然不小，無辜慘死的百姓也會更多！」張松也搖搖頭。

「蒙元那邊有足夠的牲畜，短期缺糧對官府和軍隊來說，打擊非常有限，但是普通百姓，萬一斷了糧食供應，一個月內就會成群餓死！」羅本心有不忍地說。

朱重九聽了，立刻敲了下桌案，道：「貫中說得極是，單論對饑荒的承受能力，蒙元的官吏和軍隊比普通百姓強得多，所以在切斷運河的同時，還得做些其他安排才好，免得我淮安軍即便打贏了，接手的也是一片片白地。」

「白地倒不至於，只要不是天災，老百姓尋找吃食的辦法很多，並且種田人自己也知道春天米貴，通常會預先存好一些口糧。」蘇明哲分析道：「這段時間最難過的，其實是城裡人，平素就很少積攢，萬一米價飛漲，糧鋪爭相囤積居奇，很多人即便有錢都買不到糧食吃。」

「的確如此！」黃老歪迫不及待地接過話頭：「像我們這些打鐵的，做木匠、瓦匠的，還有賣勞力的，最怕的就是春天，糧價一漲，忙活一整天有時都賺不回一頓飽飯來。」

「有沒有辦法既能打擊蒙元的有生力量，又能避免大量餓死人？」朱重九將頭轉向劉基，帶著幾分期盼地問道。

「這個……」劉伯溫為難地咧了下嘴，「最好的辦法就是速戰速決，每克一城，立刻開倉放糧，同時讓船隊跟上，向當地平價供應糧食！其次……大軍過河之後，主公可以讓軍情、內務兩處的細作散佈消息，說咱們這次只針對蒙元朝廷，不想傷及無辜，凡是自行逃到我軍新收復之地者，皆可以領到活命的口糧。」

「此計可行？」朱重九眉頭挑了挑，「那邊不會派兵阻攔麼？」

「一旦發生糧荒，蒙元官府若是沒本事限制糧鋪漲價，城裡的百姓就成了他們的累贅，所以逃走的百姓越多，地方官員所面臨的賑災缺口就越小。而城裡不像鄉村，大部分人除了一處宅子，沒有田地拖累，想走，收拾一下隨時可以外出逃難，也不會留戀太多。」

「嗯，那就讓軍情處配合一下，先做個完整的方案出來！」朱重九將目光轉向陳基。「三日之內，我要看到具體報告。還有，不必等大軍渡河，從現在起，淮揚商號自己先逐步減少對北方的糧食輸送，讓糧價先慢慢漲起來，給老百姓們一個提醒，免得到時候他們措手不及。」

「然而此舉恐怕蒙元朝廷也會立刻警覺！」劉伯溫不贊同朱重九的辦法，提出異議。

「他們需要的數額太大，即便警覺，現在開始收購也來不及了，除非他們下定決心去搶！」朱重九冷笑道。

「就這麼決定吧！」看劉基和羅本還有勸諫的意思，他搶在二人開口前迅速做出決斷。「戶局那邊負責組織民船，跟在軍隊身後放糧，還是像當初在揚州和淮安時那樣，儘量以工代賑，對實在幹不了活的老幼婦孺再定量免費供應糧食。」

此番北伐，**最大的困難未必在軍事層面，而是如何能儘快地爭取民心，讓陷入饑荒的百姓再度獲得活下去的希望**，無疑，**糧食是最好爭取民心的辦法**，雖然當初將百姓推入生死邊緣的，同樣是他朱重九的大手。

「在減少糧食供應的同時，戶局負責與淮揚商號聯手，加大玻璃、冰翠、珠寶、首飾、成衣以及黃金製品的北運，價格逐步壓低兩到三成。記住，要一步步降，不能瞬間到位，對羊毛和北邊所能提供雜貨的收購價格，也略微向上漲一些，讓那些蒙元的官吏、官商和色目包稅官在感到糧價上漲的同時，發現他們手中的錢更值錢了，並且賺錢也更容易了，這樣，才不會讓他們一下子做出激烈反應，而會更主動配合咱們，把北方攪個天翻地覆！」

「此外，牛羊、牲畜，雞鴨，咱們委託船幫去大量囤積，常幫主他們沒少幫咱們的忙，有發財機會，咱們得先照顧自己人。」朱重九運籌帷幄，一一吩咐道。

「遵命！」劉基和羅本相繼拱手領命。

「需要提防有人故意攪局！糧價一高，海運就成了划算買賣，張士誠、方國珍和沈家恐怕都是認錢不認人的主！」張松出聲道。

「讓朱強帶著艦隊去跟他們交涉！這個時候沒什麼私交可講，凡破壞我軍北伐大業者，便是生死寇仇！」朱重九眼中精光四射，彷彿一頭蟄伏已久的猛獸，終於開始展露牙齒。

第五章

五德之說

民間一直流傳五德不但會相生，而且會相剋的說法。
朱屠戶製造火炮火銃，因此他的江山必然為火德。
按照五行相剋，金德的大元註定要被火德的大吳所融煉；
蒙古騎兵，也註定要敗在南方春暖而歸的淮安軍之手。

淮揚大總管府做出決策後，短短幾天之內，各部門對蒙元進行「經濟戰」的各項方略以及相應的工作便悄然展開。

受天氣的影響，此刻黃河還沒有解封，所以南來北往的商旅不能用船，只能花高價利用騾車或者牛車來運送貨物。偶爾有挽馬拖著冰撬從光滑如鏡的河面上呼嘯而過，則會引得運河兩岸一片「嘖嘖」羨慕聲。

那是船幫委託淮揚巧匠專門為他們打造的運貨利器，不算挽馬，每輛價格都在兩百貫以上，而冰撬上所裝的貨物，「身分」更是珍貴，尋常一點的針頭線腦兒根本沒資格放上冰撬，也不可能賺回運輸的成本來。

「船幫這兩年可真紅火，無論什麼時候都有忙不完的生意！」一輛由南向北，沿著運河東岸行駛的寬廂騾車中，幾張年輕的面孔從玻璃窗前回過頭，滿臉羨慕地議論道。

「那當然了，他們手眼通著天呢！水師還有各大軍團，多少當官的都是船幫出來的，說是買賣公平，可很多貨物，咱們這些揚州人都拿不到，卻總能優先提供給他們船幫。」

「可不是麼？錢都被船幫賺了，咱們這些土生土長的揚州商號卻要跟在他們後邊！」

「行了，都閉上點嘴，沒人把你們當啞巴！」

車廂後排正中間位置，斜倚在背靠上的「瀚源總號」新任二掌櫃常富貴低聲呵斥。「該賺什麼錢，做什麼生意，是你們能決定的麼？按照規矩努力做事便好，別瞎操心！杜掌櫃和東家自然有他們的道理！」

「是！常掌櫃！」眾夥計們吐了下舌頭，快快地回道。

臨近年關忽然被外派到黃河以北開拓商路，大夥心裡多少都有些不舒坦，雖然總號的杜掌櫃在出發前答應，凡是肯去北方者，薪水比在揚州時加倍，一旦遇到危險回不來，還會給家人一大筆撫恤，可這年月，有誰還缺那點賣命錢啊？只要能寫會算，眼睛和手腳再機靈些的，在淮揚各地的哪家商號眼裡不是香餑餑？留著小命蹲在家門口賺一輩子安穩錢不是挺好麼，何必眼瞅著馬上要打起來了還非要往北方跑，每天把腦袋別在褲腰帶上?!

「人家船幫非但在咱們這兒熟人多，在大都城裡結交的也都是達官顯貴，從揚州拿了正身鏡、走盤珠和冰魄八寶琉璃夜壺之類，也不怕砸在手裡，而咱們做的都是小門小戶的買賣，最大結識的人物不過是一州知府，怎麼可能跟船幫比？」知道大夥心裡不痛快，常富貴放緩了語氣道。

「那倒是！」眾夥計們紛紛點頭，也不管自己到底聽得聽不懂。

「我知道大夥心裡都不踏實，要打仗了麼，明眼人誰看不出來啊，淮安軍都把人馬和大炮拉到徐州了，開了春後能消停麼？」常富貴又噴著白煙說道：「可仗一打起來，什麼東西不漲價啊？咱們東家不趁著這機會大賺一筆，還等什麼時候去？況且咱們又不是當兵的，需要拎著腦袋去衝鋒，咱們是做正經生意，從北方大戶手裡買豬買牛買羊，然後真金白銀付帳，外邊打得再凶，也傷不到咱們分毫！畢竟時局越亂，真金白銀越是稀缺，陵州當地那些大戶除非腦袋被驢踢了，才會把咱們和淮安軍往一塊了混！」

車廂裡溫度有點低，所以他每一次張嘴，都會有白霧隨著呼吸從嗓子眼處冒出來，在半空中盈繞，但大夥的心卻被他的話給溫暖起來，臉上也漸漸出現了幾絲笑容。

「嘿嘿！常哥，您就是看得透澈，這下我可踏實多了！」

「不是我看得透澈，是東家和杜掌櫃他們眼光準！」常富貴謙虛地擺手道：「眼下這當口，別人都爭搶著去江南開分號，唯獨咱們瀚源和少數三兩家把目光盯住了北方。南邊風險是小，可架不住開鋪子容易，誰都能插一腳，大夥競相壓價抬價，那利錢能高得了麼？倒是北方，誰也不敢來開分號時，咱們搶先了一步，等別人明白過味道來，咱們已經在陵州紮下了根，跟地方上的那些商人稱兄道弟了，他們怎麼可能趕得上咱們?!而有開疆拓土之功握在手裡，瀚源商行日後東家再需要用人之時，怎麼可能忘了咱們?!」

眾人聽得心頭火熱，旅途上也不再顯得煩躁，每個人眼裡都閃爍著期冀的光芒。

「對不住了，兄弟們!」看到大夥滿臉憧憬的模樣，常富貴在心裡悄然道歉。

此行不是沒有任何風險，而是兩腳都踏在刀山上，稍有差池就會萬劫不復，但是，他卻必須冒這個險，因為這涉及到大總管府的聲譽以及北方上百萬條人命，所以戰事如能早點結束，哪怕犧牲再大也都值得!

年關頭上，逆著寒風北去的商隊不止一家，年關頭上，混在商隊中深入虎穴的華夏復興社員，也不止是常富貴一個。

他們都很年輕，其中絕大多數人都能寫會算，即便不冒任何風險，這輩子也能過得相當富足，但是，至少在這一刻，卻誰也沒計算過自己個人的生死榮辱，他們**像種子一樣灑了下去**，濟州、高唐、清州、大都，甚至遠到開平、應昌，默默地**在各地紮下根，默默地發芽，直到有一天用生命綻放出鮮豔的花朵。**

只是在臘月底到正月初十前這短短十幾天內，黃河以北城市裡的米價就像火箭般向上漲了三成。與以往過年期間米麵價格自然波動不同，這次波動，居然一跳上去就沒有任何回落的姿態。

正月初十剛開集，各家糧店水牌上的數字令前來買米的人嚇得一哆嗦，糙米從臘月底的兩百二十文淮錢直接竄到了三百文；而一石白麵的價格居然高達五百，這還是標準的華夏通寶折價，如果用至元銅錢的話，還要翻上一倍。

「孫掌櫃，你們也太黑心了吧，大正月就敢這麼漲價，就不怕被灶王爺看到了遭天譴?!」當即就有百姓罵了起來。

逢年過節商家都會多賺一筆，這是常識，大夥也都能忍受，但年都過去了，依舊守著高價不下，就是故意坑人了。米鋪還繼續將米價直接提高一倍，等同於從大夥口袋裡搶錢，誰的錢都是汗珠子掉地上摔八瓣才賺回來的，怎經得住這種昧良心搶法?!

「孫掌櫃，年底兩百二我們也認了，畢竟是年底，您和夥計們也都辛苦了，可這年都過完了，您老總得行行好，讓我們也吃頓飽飯吧？」

百姓們紛紛開口，勸諭孫掌櫃不要做卡人脖子的缺德事。

誰料孫掌櫃非但不聽勸，反而立刻拍著大腿叫起屈來：「哎呀，我說老爺少爺們，你們都說我缺德，我就願意被人戳脊梁骨麼？都是低頭不見抬頭見的老鄰居了，我沒事坑你們做什麼？實在是沒法子的事情啊，整個一個冬天，南邊就沒有多少米糧過來，這開了春，據說淮賊還要北上，這仗一打起來，誰知道何年何月才恢復太平呢。我店裡的米糧就這麼多，賣一斗就少一斗，怎敢一下子就賤賣掉！」

「真的要打仗了嗎？」眾人聞聽，顧不上再指責孫掌櫃缺德，個個煞白著臉。

「我也是才知道啊，各位！」孫掌櫃苦著臉，衝著大夥連連拱手致歉，「要是我早知道消息，還不趕緊勸說東家囤上幾萬石糧食，甭說賣，就是擱在倉庫裡看著心裡頭也踏實啊！可我跟大夥一樣，都是小老百姓，平時做個小買賣養家糊口而已，真正遇到什麼大事，誰會告訴我啊！」

「唉！這才過了幾天消停日子啊。」

嘆氣聲此起彼伏，**改朝也好，換代也罷，那都是英雄豪傑們的事情，小老百姓能阻擋得了誰？誰又在乎過他們被戰爭逼得家破人亡？**

嘆罷之後，大夥互相看了看，紛紛掏出口袋裡能動用的最大數字從孫掌櫃手裡買米。如果真的打起來的話，米價肯定還會繼續漲，今天多買一些，日後就能少花幾百個銅錢，雖然只是幾十斗三兩石的差別，卻**意味著能挺過這場戰亂還是活生生餓死。**

也有人不甘心，試探著問：「孫老爺，不是說淮揚人以商治國，貪圖紅利麼？前幾次打仗，他們都沒卡住運河，這次……」

「問題是這次和以往不一樣啊，以往他們只想著自保，所以不敢把事情做絕，可這次朝廷……唉，不說了！說多了都是禍！」孫掌櫃警覺地四下看了看，閉上了嘴巴。

朝廷不行了，這是明眼人誰都能看出來的事，老百姓都知道，家和才能萬事興，當爹的和做兒子的都動了刀子了，這家豈有不敗之理？

「關鍵是，即便淮安軍不卡住運河，咱們也不敢再從河上做買賣啊。」有些話，孫掌櫃不敢說，前來買米的客人裡頭卻有膽大包天的，開口道：「你想想，皇上連自己老婆孩子都管不住，能管得住底下的那些驕兵悍將麼？你從南方運米過來，是想趁機賺一筆大錢，可當官的一看，哎呀，這麼多米，正好我這兒缺軍糧呢，心善的把刀子一亮，讓你放下糧船走人；碰上那心黑的，找個罪名朝你頭上一安，連人帶船一起帶走，你還指望皇上出面替你主持公道麼?!」

「唉——！」眾人再度齊聲嘆氣。

蒙元官兵是什麼德行，大夥心裡都清楚，每次他們從運河上通過，兩岸就像過了蝗蟲一般乾淨。這次淮安軍北犯，官兵少不得又要沿著運河往上頂，那運糧食的船隊遇到了官兵，豈不是肉包子打狗？**指望大元官兵不搶糧食，那無異於指望狼不吃羊；指望地方官府替治下百姓主持公道，那也無異於指望地獄裡的惡鬼都變成佛陀羅漢。**

在大元朝生活久了，小老百姓早就知道對朝廷和地方官府不該抱任何希望，所以憤懣歸憤懣，嘆過之後，又把口袋裡最後幾個通寶翻出來，變成了糙米、穀物和高粱。

別的錢都可以省，唯獨飯不能不吃，趁著糧價還沒完全飛起來之前多買一些，將來全家老小就多了一份熬過這場戰亂的希望。

不一會兒功夫，糧鋪前台的七八個櫃子就空下去了一大半，孫掌櫃一看，趕緊打發夥計到後院的倉房裡抬新貨，同時開始用眼角的餘光朝排隊的百姓身上瞄，只待這波買糧的客人走光了，就立刻去更換門前水牌，將五穀雜糧的價格繼續推高。

這個節骨眼上可是手軟不得，如果自家的糧食賣得比城裡其他同行低了，得罪了人不說，還會將全城的窮漢們都給吸引過來，待到庫存的糧食被搶購一空，而城中的糧價又翻了數倍，東家算一算可能發生的損失，他這個掌櫃也就該捲鋪蓋走人了。

這時，耳畔又傳來先前那個大膽客人的聲音：「掌櫃的，麻煩您按這個價格，給我裝五十石上等白米，五十石精麵，還有五十石小米，等會兒我讓夥計套了馬車來拉。這是淮揚的銀元，算是訂金，您數數夠不夠，不夠我等會兒讓夥計取糧的時候一塊兒給您補上。」

說著話，「噹啷」一聲，將一個裝滿了銀元的絲綢袋子丟在了櫃檯上。

「轟隆！」孫掌櫃只覺得腦袋裡一陣霹靂滾過，震得他兩腳發軟，兩眼金星亂冒，真是怕什麼偏偏來什麼，他怕自己店裡的糧價賣低了，被別人搶走了囤積，偏偏就來了個同行冤家。

一百五十石糧食，算一算小兩萬斤，就是五十條打鐵的壯漢敞開了肚皮吃，也足夠吃上大半年的，對方一來就要買兩萬斤糧食，還丟下市面上最受追捧的淮揚銀元，不明擺著要將他朝死裡頭逼麼？

好在這世界上向來不缺「明白」人，沒等孫掌櫃回答，已經有人扯開嗓子抗議起來。「唉，我說常掌櫃，你這就太過了吧，雖然說你們瀚源商行不缺錢，可也不能一下子把所有米麵全給買走，讓我們大夥喝西北風去？」

「可不是嘛，常老哥。您這是幹什麼啊？您把存糧全買走了，不是存心想讓我們大夥餓肚子麼！」

排在後面還沒買到糧食的街坊鄰居也紛紛開口，指責姓常的趁火打劫，存心讓大家活活餓死。

孫掌櫃聞聽，抬起頭，開始仔細觀看是誰存心跟自己過不去，落入眼簾的，是一名白淨面孔，肩寬闊背的南方漢子，嘴角始終帶著笑，彷彿沒意識到他已經犯了眾怒一般。

「我當誰這麼大膽子呢？原來是個外鄉來的愣頭青！」孫掌櫃見狀，心神愈發安定。

作為商場上的老江湖，對方的身分他先前多少有些瞭解，是一家南方商號的分號掌櫃，主要做的是皮貨和醃肉生意，出手很是豪氣，跟官府和地方幾個望族走動也算勤快，但不是做糧食生意的同行，所以買米買得多一些，應該不是故意來找麻煩。

「哎呀！恕老朽眼拙，居然沒把常掌櫃給認出來！要早知道是您，老朽肯定讓夥計把您帶進西廂奉茶了，哪敢讓您在這裡排隊啊！失敬失敬，小老兒這廂賠禮了。」

既不說買，也不立刻拒絕，先拿話將對方圈住，提醒他不要跟普通老百姓一起排隊搶購，然後再想辦法到廂房私下溝通，看看對方來意到底是什麼，再決定如何應付。

他是頭成了精的老狐狸，常富貴顯然也不是個傻瓜，同樣的長揖及地而還，道：「折殺了，您老這麼大的歲數，晚輩怎麼敢受您的禮！實在是剛才看您老太忙，不想給您老添麻煩，所以跟著大夥一起排了隊，反正貴號生意做得這麼大，即便晚輩排在最後，貴號也不至於坐地起價吧，您老說是不是？」

這話可謂**綿裡藏針**，令孫掌櫃剛放鬆一點的心神，立刻又如弓弦般繃緊。兩分鐘之前，他的確打的是塗改水牌，坐地起價的主意。即便他現在就改，又能挽回多少損失？零客再來幾波，難道還能買走比兩萬更多了去？

「各位鄉親，剛才常某著急了些，沒考慮到各位還在等米下鍋，常某這廂賠禮了。」一針戳破了孫掌櫃的歪心思，常富貴衝著周圍的客人拱手，「這樣，常某排在大夥最後，等大夥都買完了常某再買，反正孫掌櫃這裡囤貨充足，不至於因為賣給了諸位就短了常某的。」

話音落下，先前還怒氣衝衝的街坊鄰居們立刻漲紅了臉。當即，便有人帶頭說道：「沒事，沒事，我們也是見識短，第一次看到如此大的手筆，所以才被嚇了一跳，還是您先，我們幾個等等就是。」

眾人在這裡你謙我讓，可把孫掌櫃心裡給急開了鍋，立刻關門停業，肯定會砸了自家招牌；但按照現在水牌上的價格出貨兩萬餘斤，則跟自己頭上的東家沒法交代，翻來覆去琢磨了好半晌，咬咬牙道：「有貨有貨，開糧店的不怕大肚子漢，各位鄉鄰只要不是買了去轉手，我今天就敞開了賣！但是……」

猛地把笑容一收，盯著常富貴問道：「小老兒就是有點不明白，常掌櫃你不是從南邊來的麼？怎麼還會擔心沒糧食吃。按理，打起仗來，您帶著夥計拔腿就走便是，何必非要蹲在這裡跟大夥一道等死呢？」

「唉，您老有所不知！」明明聽出對方話裡藏著一把刀，常富貴卻非常坦誠地嘆道：「我和夥計們是奉東家之命前來開分號的，個個身不由己啊！甭說打仗，即便天上下了刀子，我們也必須釘在這裡，否則白拿了東家的工錢跑路，即便過後東家不讓我們退賠，至少常某這輩子也沒人敢再用了。」

「還有一點，我們這些外鄉人還不如大夥，」常富貴拱拱手又道：「真到了打起來的那一天，大夥還能帶著老婆孩子到鄉下投奔親戚。俗話說靠山吃山，靠水吃水，只要地裡頭能挖到野菜，山上能打到兔子，就不至於把人活活餓死，我們這些外鄉人呢，能往哪裡躲？到鄉下？鄉下的父老們自己還吃不飽飯呢，憑啥收留我們外來戶？所以啊，聽到要打仗，我比你們都著急，十幾個從南邊帶來的夥計，還有二十幾個剛剛招來的當地人，哪個不是正能吃的時候！我這個當掌櫃的，能自己吃乾飯，給他們喝稀粥麼？」

「這倒也是！」眾人頻頻點頭。

「還有！」常富貴向四下看了看，滿臉神秘地道：「我們不能跑，是因為不能辜負東家，可你們大夥卻沒這問題，朱屠戶就這點好，自己有口飯吃，就不會看著百姓挨餓。張明鑑火燒揚州時，他把軍糧拿出來接濟百姓；脫脫水淹睢徐時，他又一次拿出了軍糧，所以，大夥只要跑到淮安軍的地盤上，無論是哪兒，我保證淮安軍上下沒人敢眼睜睜地看著大夥餓死。」

第一條，對所有人來說都是常識。只要不是天災，開春後鄉野間找一口吃食肯定比城裡頭容易。蔞蒿，蘆芽，薺菜，竹筍都是不錯的時鮮，能頂一半兒飯吃。而著急的時候，榆錢、樹皮、松針、柳葉，都可以用來果腹，反正只要熬到地裡的夏糧成熟就能有喘息之機，不至於活活餓死。

第二條，則有以往的事實為證。朱屠戶義救揚州百萬黎庶，又收留睢徐近兩百萬災民的壯舉，天底下有目共睹。於是乎，黃河以北臨近運河的一些城市，開春後就出現了一股極其怪異的景象，大批大批的市井小民，帶著老婆孩子，偷偷地沿著尚未解凍的河道向南移動。

開始還是零星幾波，手裡好歹還拿著官方文件，或者偽造的路引，以應付沿途哨卡的檢查。轉眼間就徹底失了控，很多膽大包天的傢伙，非但不肯拿出路引或者銅錢打點官差，稍有不如意，就暴起衝關，將差役和幫閒們打得頭破血流。

「這糧價不才漲了兩倍多一點麼？」本以為可以休完整個正月的地方官員們氣急敗壞，大罵治下的刁民無賴。

在那些「刁頑之徒」眼裡，大元朝的官府信譽是反的，官府不解釋，他們亂上一陣子也許還會自己恢復安定，官府一出面解釋，往往是越描越黑，原本沒有打算逃難的百姓都立刻捲舖蓋走人了。

可聽之任之，繼續任由治下百姓南逃也不是辦法。那些靠近黃河的城市還好辦，反正淮安軍馬上就要打過來的，地方官員們到時候將府庫一封，捧著金印和戶口冊子投降便是，大都城的那個皇上肯定也沒精力追究他們最後一刻是否怠工。

而陵州、南皮、滄州、清州這些地方就不成了，這些地方離大都城比距離黃河還近，朝廷的兵馬到時候肯定要沿著運河往前頂，萬一到了地頭上，需要就地徵集百姓服役，結果領兵的主帥一看城裡的百姓已經逃散殆盡，揮出的第一刀，恐怕就砍在地方官員的腦袋上了。

「來人，給我發下告示，從即日起，各家糧鋪的米麵價格不准再往上漲，有惡意漲價或者囤積居奇者，皆以通淮罪論處！」

官老爺們發現自己的腦袋收到威脅的時候，做事的顧忌就立刻少了許多，第一記狠招就用在了平素來往頗為頻繁的豪商身上。

能開得起糧鋪的，肯定不是普通人，平素他們怎麼大斗入，小斗出，怎麼短斤少兩，以次充好，只要沒禍害到官老爺頭上，地方官員們念著他們四季孝敬不斷的情分，就會對他們的行為睜一隻眼閉一隻眼；可要緊時刻你還光顧著自己發財，卻不管官老爺的死活，那就別怪官老爺們手段狠了。

「來人，明日起，各班衙役、差員帶著門下弟子巡視地方，凡家裡沒人者，宅院與家產一律查封，除非戶主在十日內自己主動上衙門解釋清楚，否則最多半個月就抄沒充公！」

第二記狠招，則砍向了當地那些搖擺不定的普通人。你不是想跑路嗎，沒關係，跑得了和尚跑不了廟，官府正愁沒錢應付朝廷的大軍呢，剛好賣了你的家產去頂帳。你要是沒窮到上無片瓦下無插針之地，就冷靜下來仔細思量思量，自己聽了幾句流言就把家產丟光，到底值不值得！

「來人，給張老爺、王老爺、李老爺、孫老爺，還有包老爺、色目馬老爺發請帖，就說本官最近見園子裡的梅花欲開，想請他們到衙門來一道喝酒賞梅。」

第三記狠招，看起來就文雅了許多，針對性也更為清楚。

能跟地方大員平輩論交的，不是一等一的大戶，就是家裡有人正在或者曾經為官，這些人不好得罪得太狠了，所以將他們請到衙門裡頭好好溝通一下是必須的過程。淮安軍萬一兵臨城下，地方上是守還是降，更需要跟他們提前打個商量。

……

一番雞飛狗跳的折騰，到了正月底，這股突如其來的「逃荒」潮總算得到了遏制，但是糧價卻沒如地方官員所願，被牢牢地凍結在一個不至於餓死人的平衡點上。

在開集後短短二十餘日內，竟然每天都在挑戰新的高度，轉眼就從平素的兩到三倍，跳到了十倍以上，並且還翻著筋斗，繼續朝更高的雲端攀升。

那些地方上的豪商和士紳們當面答應得都不錯，過後非但沒有拿出和官府一道對付老百姓的力氣來對付糧價，反而想盡一切辦法搶購或者惜售，人為的製造恐慌。哪怕有官員狠下心來，在自己治下抓了幾個不開眼且根子不夠硬的傢伙砍腦袋，過後糧價依舊是漲起來沒得商量。

在瘋狂的逐利行為下，非但糧價在飆升，布匹、綢緞、瓷器、牲口、木器也都開始跟風而起。甚至連鄉下隨便就可以挖到的薺菜，只要進了城，身價也扶搖直上。

「淮安軍早點兒打過來就好了，只要淮安軍一到，那些囤積糧食，不讓大夥吃飽飯的狗大戶，誰都跑不了！」因為捨不得家產，被官府硬生生綁在城裡的百姓，很快就找到了罪魁禍首，私底下悄悄地抱怨。

「官老爺是存心想把大夥給餓死在城裡，大夥偏不如他的願，先挖野菜吃糠對付今天，等淮安軍一到，大夥立刻想辦法獻城！」

有一些膽子大的，則想出了最簡單的解決辦法，只要有一方能贏，不管是哪一方，大夥自然就得到了解脫。

當一座城市裡大部分人都吃不飽飯時，整座城市就變成了**一個隨時都可能爆發的火山，無論當地駐紮著多少官兵，無論城牆上掛著多少顆血淋淋的腦袋。**

「打開大門迎吳王，吳王來了就放糧！」

「北風盡，南風歸。看朱成碧非心亂，五德相生復相剋！」

「火生土，土生金，金光散盡火重來，寒意退去春始歸！」

……

如果說老百姓的抱怨只是停留於發洩層面，對大元朝的地方官府構不成實際威脅，暗中傳播的民謠，則逕自開始對士大夫們誅心了。

儘管朱重九自己對鬼神命理嗤之以鼻，儘管從剛剛建立那一刻，淮揚大總管府就公然否定了五德輪迴之說，但黃河以北卻不歸他的管轄，黃河以北的絕大多數讀書人依舊對五德之說深信不疑。

按照王莽篡漢後的官方修訂的說法，五德相生，是以虞為土德，生金德夏，金德夏，又生水德商，以此類推，火德宋之後，自然該是土德金，然後便輪到了金德的大元。

但官方歸官方，民間卻一直流傳有**五德不但會相生，而且會相剋的說法**。朱屠戶以殺戮為修行，殺了一萬口豬，才重開了靈智，隨後又更改火藥配方，製造火炮火銃，因此他的江山必然為火德。按照五行相剋的概念，**金德的大元註定要被火德的大吳所融煉；攜北方寒氣而來的蒙古騎兵，也註定要敗在南方春暖而歸的淮安軍之手。**

無論官員還是地方士紳，聽了不知道從何而來的民謠後，都開始惶惶不可終日。這東西太邪門了。從商周交替，一直到隋唐易鼎，周宋相繼，歷史上，幾乎每一次朝代更迭，都有相應的民謠搶先給出暗示，昔日一句「桃李子，皇后下揚州……」，導致隋煬帝楊廣用瘋狂的手段誅殺一切可疑的李姓將軍。最終卻仍然免不了楊家江山被太原李氏所取代。如今，民謠裡都指明的朱屠戶這個火德要取代金德的大元了，**作為凡夫俗子還敢逆天而行麼？**

「還好，他們沒說吳王來了不納糧。」朱重九將軍情處從北方發來的密報翻了翻，有些鬱悶地丟在了桌案上。

因為今年凌汛來得稍晚了些，以及其他一些內部原因，淮安軍主力至今還沒渡河，只派出小股部隊在北岸建立了幾個前哨。

從敵軍的抵抗激烈程度以及手頭所掌握的情報來分析，妥歡帖木兒顯然沒準備把主戰場放在黃河岸邊。淮安軍接下來的渡河工作基本不會受到太多干擾。

更讓人興奮的是，原本預料中會給淮安軍製造麻煩的北地士紳豪強，居然紛紛轉變態度，很多人家冒著被蒙元官府抄家滅族的風險，不斷派遣嫡系子侄趕赴徐州投效。套用朱大鵬那個時空一句流行的話說，眼前形勢一片大好，不是一般的好，而是好到出乎意料。

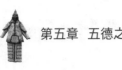

「其實加上一條吳王來了不納糧也沒錯！」對於軍情處在北方隱蔽戰線的動作，劉伯溫的評價與朱重九大相徑庭。「反正新光復之地，今明兩年的糧賦肯定徵收不上來，而主公今後的國庫所需亦不會仰仗於地方上那些糧賦，所以不如主公乾脆主動做個順水人情。」

「可畢竟早晚還是要收，並且，你知道我擔憂的不止是這個！」朱重九看了他一眼，輕輕搖頭。

顯然，劉伯溫在故意打岔。不想讓自己在這些小事上面分心。可是，朱重九有時候卻無法不分心。雖然，他現在的想法，與周圍的同伴格格不入。除了已經亡故多年的芝麻李，這個世界上沒有第二個人理解「吳王來了不納糧」這一典故，而他現在，卻依稀看到自己在慢慢朝當年的李闖王靠攏。

依靠百姓們對大明朝廷的不滿和對輕賦薄稅的期待，迅速將舊有秩序砸個稀巴爛，然而從造反者轉為執政者後，卻發現很多原來由對手擔當的責任，都一併轉嫁到了自己頭上，而自己麾下只有兩三百萬可用之財，先前許下的美好承諾全都成了夢幻泡影，明明答應好的不納糧，回頭卻發現不讓百姓納糧的話，闖王自己都得活活餓死！

「主公多慮了！糧價雖然漲幅遠遠超過總參謀部的預估，但只要地裡長出野菜來，就餓不死多少人；況且主公已經盡力在疏導百姓逃荒，把他們強行留在城裡的人不是您。至於那些童謠，自古以來領兵作戰，手段就無所不用其極……」

劉伯溫溫言開導著。

「是啊，責任不在我！餓死多少，帳也該記在蒙元那邊！」朱重九臉色變得愈發落寞。

這就是**穿越者的痛苦之處，哪怕是走得最近的人都很難理解他的想法**，畢竟雙方的思想隔著數百年的進化里程，而被動地輸了游牧民族七十餘年的「狼血」，這個時空的華夏俊傑心腸遠比宋朝時前輩們冷酷無情。

「只是，我聽說過一句話，哪怕最終目標再高尚光明，也不該用邪惡的手段去追求，因為**目的是樹，手段是種子，邪惡的種子如何能夠長成正義之樹?!**」

這句話跟時下人的思維相距更為遙遠，令劉基先發了好半晌愣，才捋著鬍鬚道：「此語恐怕是隱世先師所云吧！為何微臣在先師所授主公之書中沒見到過？請恕臣直言，此語乍聽的確震聾發聵，然先師此語恐怕說的是盛世中如何立身，而不是亂世中如何開闢太平。」

「傳聞昔日太公尚曾經說過，寧在直中取，勿於曲中求。」與劉基一樣，羅本也覺得朱重九突然表露出來的心態有些不合時宜。「但太公尚之言乃是教文王如何治國，卻不是如何爭天下，自古兵家都主張內外有所不同。」

「是啊，主公自己也曾經說過，只要能讓我淮揚子弟少一些犧牲，北伐時不在乎用一些非常手段！」唯恐朱重九在關鍵時刻犯了婦人之仁，陳基也跟著幫腔。

政務院主事蘇明哲雖然沒有說話，但手裡變戲法般拿出來的卻是一摞厚厚的帳冊，不用細看，朱重九就知道這是大總管府在最近幾個月的支出明細。

那是一筆非常龐大的數字，幾乎抵得上大總管府一整年的稅收。好在大總管府還握著這兩年從淮揚商號拿到的分紅，並且又剛剛抄了蒲壽庚的家，否則照這種花法，沒等打到大都城下，淮安軍自己就得先斷了糧餉。

無論是有聲的駁斥，還是無聲的提醒，在座眾人表達的都是同樣的意思：**成大事者不拘小節**。為了保證北伐的成功，**任何手段只要有效都可以使用；而道義和慈悲只能適用於自己人，不能給予敵方的軍隊和百姓**，最多擴充到大總管府目前治下的所有百姓，而北方淪陷之地的黎庶肯定不應該計算在內。

「各位誤會了！朱某不是突然濫發慈悲，也不是指責軍情處最近所作所為過於陰險！」對著眾人的逆耳忠言，一般情況下，朱重九都能做到從諫如流，但是此刻，他卻例外的選擇了固執己見，「我只是覺得，能儘量不用這些出格手段就不要用，童謠這東西，編起來容易，傳播得也夠快，但一不小心恐怕就會其他人利用，反而害到自身。至於眼下北方人為製造起來的饑荒，雖然責任不在咱們，最初卻毫無疑問是因為咱們而起，所以朱某不能再等了。德濟，傳我的將令！」

「在！」總參謀部典軍參謀，胡大海的養子胡德濟上前一步。

「從水路給王宣將軍和馮長史傳令，著第六軍團在接到命令後，立即向益都路的元軍發起進攻。兩個月之內，必須拿下濟南，威逼東昌，並且收攏各地受災民眾，就地進行賑濟，所需糧草，直接由揚州留後府調補。」

「是！」胡德濟答應一聲，抓起特製的鋼尖筆開始手寫軍令。

「工局主事黃正，戶局主事于常林，你們兩個人，明天早晨起，負責組織民壯和工匠，架設黃河上的浮橋。開銷可以從寬，但橋必須造得夠結實，至少要扛得住一般規模下的凌汛。」

「得令！」黃老歪和于常林起身領命。

「主公……」張松起身，欲言又止。

他和許多在座的文官私下裡都一致認為，此刻淮安軍將發起進攻的時間稍稍後延十天半個月，對自己反而更有利。畢竟，北方的災荒剛剛鬧起來，蒙元地方官府和豪強大戶們間剛剛開始有了嫌隙，淮安軍在黃河南岸多等幾天，讓矛盾繼續醞釀，也許很多城池便有可能不戰而克。

「征北將軍徐天德！」朱重九卻直接無視他，將目光轉向一直沉默不語的徐達，「從即日起，你立刻執行樞密院天字一號行動方案，不要耽擱。過了河後，前線事宜由你全權負責，劉伯溫負責替你出謀劃策，後勤補給由朱某親自在徐州組織人手運送供應。」

「遵命！」徐達舉起手給朱重九敬了個標準的軍禮。

他不說話，並不表示他心裡沒自己的想法，朱重九忽然做出的決定，恰恰是他最期待的那個。經歷了這麼長時間，地位發生了如此巨大的變化，**大都督依舊是原來的那個大都督，依舊沒忘記他當初在徐州時對大夥說過的那些夢想。**

徐達明白，自己同樣沒有忘。

「淮賊正月二十九，大舉北犯。碭山、沛縣、單州被破，縣令不知所蹤！」

「淮賊吳永淳二月初三兵臨曹州城下，達魯花赤包敏降，知府王守義舉火而死！」

「淮賊張定邊二月初五強攻滕州，達魯花赤趙不花戰死，知府李義降。」

「二月初六，淮賊破鄒縣、濟州……」

「二月初八，淮賊徐達親領賊寇攻打濟寧，知府張泰與之勾結，遣家將打東門。達魯花赤卓不花死節，其他文武官員皆沒於亂軍當中。」

「二月初十，袞州知府趙良臣獻城於淮賊……」

……

二月初，一道道警訊沿著年久失修的官道不斷送入了大都城皇宮。

皇宮內東暖殿內，右丞相定柱、左丞相賀唯一、御史大夫汪家奴、戶部尚書桑哥失里、御史大夫月闊察兒、樞密院副知事李思齊等人，一個個眉頭緊鎖，面色凝重。

淮安軍大舉北伐，並沒有出乎他們的預料。只是，大夥誰也沒想到，淮安軍的攻勢居然如此犀利，短短十天功夫就向北推進了一百五十餘里，沿途各路官軍像狂風中的草垛一樣紛紛潰敗，沒有絲毫抵抗之力。

而這一切，還是受運河沒有徹底開封，沿途大小河流全都處於枯水期的情況拖累所致。如果隨著天氣日漸轉暖，河水充沛可以行船，不再擔心糧草物資供應的淮賊，豈不是更要如虎添翼！

必須立刻派兵南下與朱屠戶決一死戰！朝廷原本打算用地方兵馬消耗一下淮賊士氣的圖謀顯然已經徹底落空了，朱屠戶的兵鋒太犀利，那些地方兵馬和豪強自己組織的義兵根本不是他的一合之敵。而眼下各地義兵本身，忠誠度也非常不可靠，萬一士紳豪強們發現根本沒人能阻擋淮賊腳步的話，很可能他們就會斷然倒戈。

「濟寧陷落之後，徐賊的下一個目標，必然是東平。」

能在妥歡帖木兒父子相殘時刻迅速穩定住朝中局勢，右相定柱顯然能力不是很弱，他皺著眉頭斟酌一番，就點明了淮安軍的下一步動向。「東平路緊挨著便是泰安州，萬一該地亦被徐賊攻克，太不花就要腹背受敵！」

太不花不受皇上待見，跟哈麻、雪雪兩兄弟的關係也不清不楚，可眼下他手裡畢竟掌握著十五萬官軍，即便這支兵馬中許多將領都偽造過戰績，都跟雪雪一道受過淮賊的賄賂，可畢竟他們絕大多數都是蒙古人，只要他們存在一天，淮賊就得分出力量來防備他們。

萬一他們被消滅了，盤踞於膠州多年的淮安第六軍團，就可以與徐達所帶領的另外三個軍團合兵一處，屆時，十二萬大軍沿運河直衝而上……

「東平路達魯花赤合答已經向朝廷發來遺表，誓於城池共存亡，但東平路只是下等路，合答手中兵馬不足三千，雖然有義民陳丘之率兩萬毛葫蘆兵相助，最終能擋得了徐達幾天卻很難說！」左相賀唯一沉吟片刻後說。

他絲毫不看好東平路達魯花赤合答的未來，雖然此人素有勇武之名，對朝廷也是忠貞不二，但雙方的實力差距在那擺著，非個人勇武和必死之心所能彌補。

如果朝廷對東平路的戰事寄託了太多希望的話，恐怕用不了太久就會再度被打擊得頭暈眼花。

這都是當年脫脫窮兵黷武所留下的遺禍，若不是他非要堅持一戰而定兩淮，最後導致三十萬大軍分崩離析，也不至於讓朝廷手中無兵可用。

當然，大元朝不缺人口，各地的達魯花赤們只要狠得下心腸，抓壯丁也能把兵營都給填滿，可臨時抓來的壯丁能跟幾年前從各地徵調的精銳相比麼？甭說戰鬥力和士氣相差萬里，就是鎧甲、兵器的配備情況也根本與當年不可同日而語。

地方上沒兵，沒錢，還沒有足夠的存糧，要是哪個達魯花赤能創造出奇蹟，將徐達的腳步拖上十天半個月才怪！

雖然大夥提起淮安軍，都要做滿臉不屑狀，蔑稱一聲「淮賊」，可此賊手中所擁有的火炮卻數以千計，賊人的將領卻個個都身經百戰；賊人身上的甲冑卻件件都堪稱精良。更令人難堪無比的是，此賊居然一路北進一路賑濟災民，穩定糧價，在這之前，各地官府卻在努力收集糧食，與奸商們一道將糧價推上了天，逼得百姓們怨聲載道。

「要想保住東平，從大都往外調兵，顯然遠水解不了近渴！」月闊察兒是個知兵的，並不像左右丞相那樣，一味地強調自己的劣勢，而是努力尋求可行的應對方案。

「最好的辦法，是讓合答萬戶主動放棄東平路，率領麾下蒙古軍和義兵退往東昌，然後再調大名、廣平、順德三路的達魯花赤帶領各自麾下兵馬馳援東昌，把五個路的官兵與義勇集中到一地，至少兵馬數量上，我方與敵方已經不相上下，甚至有可能佔據兵力優勢。」

這條計策的確可以算是老成謀國，東平與東昌之間距離有兩百餘里，東平附近還有陽谷、肥城、東阿等地可以用來遲滯敵軍。徐達為了保證他的身後不受到騷擾，肯定得先派遣吳永淳、吳良謀等將周圍這些縣城掃蕩一圈，然後才能繼續北進，如果朝廷這邊調度及時的話，足以利用這段時間，將臨近各路的兵馬全都集中到東昌，與徐賊打一場小型決戰。

只是再好的計策，如果說出來的人不對，也等同於白白浪費口水，沒等右丞相定柱表態，御史大夫汪家奴已經搶先反駁：「太尉大人真是好手段！先前我等還在擔憂東平有失，泰安必定不保。你居然立刻就建議朝廷主動放棄東平。太尉大人，您就那麼恨太不花，巴不得他立刻就死在賊人之手麼？」

「胡說！」月闊察兒的臉迅速漲成了紫黑色，瞪圓了眼睛，咬牙切齒地咆哮道：「我跟太不花無冤無仇，我怎麼會想著害他去死？他手中至少握著十五萬大軍，隨便派出幾萬來就能防住自己的身後，而徐賊明知道東昌城內大軍雲集，又怎麼敢掉頭向東，與膠州王宣一道夾擊太不花？」

「那可說不定，屆時有人恐怕還有別的招數，替徐賊解決後顧之憂。」汪家奴撇了撇嘴，陰惻惻地道：「當年脫脫丞相也沒想到，他設下陷阱去伏擊淮賊，結果卻伏擊了朝廷的傳旨欽差！」

「老賊，我與你不共戴天！」月闊察兒忍無可忍，揮舞著拳頭衝上去，準備將汪家奴活活打死。

當年讓脫脫伏擊傳旨欽差，是中了他、太不花、雪雪等人聯手設下的圈套，這在蒙元朝廷內部早已不是秘密，可當年他那樣做，是受了妥歡帖木兒的暗示，是為了逼脫脫交出軍權，不得已而為之，而現在，脫脫已經對朝廷沒了威脅，大敵當前，朝廷又需要把脫脫的屍體重新裝扮起來，鼓舞軍心……

汪家奴做了一輩子言官，手腳怎麼可能比得上月闊察兒這個武夫，轉眼就被打倒在地，頭破血流。

這下可惹惱了汪家奴的兒子，一向沉穩睿智的戶部尚書桑哥失里，只見其大吼一聲，從側面撲過去抱住月闊察兒的腰，雙臂猛地一勒，就來了一個倒拉牛。

「噗通！」月闊察兒猝不及防被摔得眼冒金星，汪家奴父子則雙雙衝了上去，朝他的臉部、胸口猛擂，直打得這位當朝太尉兩眼烏青，鼻孔竄血，抱著腦袋滿地翻滾。

「汪家奴，我跟你不共戴天。今日，你要麼將我活活打死，要麼咱們就走著瞧！」

第六章

奇貨可居

平素姓柳的仗著是劉福通的親信，現在趙君用回來了，
他就不用再懼怕此人了，正如娘親楊氏所說，
無論誰想挾天子而令諸侯，總得先把母子兩個給搶過去，
他們母子恰好利用群雄這種心理，來一個奇貨可居。

「夠了！都給我住手！來人，給我他們三個都拉下去，狠狠地打！」先前在御案上昏昏欲睡的妥歡帖木兒猛地站了起來，用手奮力拍了兩下，東暖閣外立刻衝進來十餘名當值近衛怯薛。

然而看到準備被拖走的對象，全都傻了眼，一個個站在屋子中央，面面相覷。一個是言官之首，從一品御史大夫，一個是正三品戶部尚書，兼正三品樞密院僉院，還有一個是當朝太尉，三公之一，把這三個人同時拖到臺階上打板子，即便有妥歡帖木兒這個皇上的指令，大夥的腦袋恐怕也不太安穩。

「怎麼不動手，拖出去打，狠狠地打！大敵當前，還只顧著互相傾軋，此等佞臣朕留之何用？給我打，打死了直接拖出去餵狗！」

見怯薛們畏縮不前，妥歡帖木兒愈發火往上衝，從御案後踉蹌著走出來，搶了根金瓜，親自去砸月闊察兒。

「你們不敢，朕先打給你們看，打死了算朕頭上，與爾等無關！」

那儀仗用的金瓜，雖然是空心鍍金，但外殼與握柄也是精鐵打造，真的要是一瓜砸在腦袋上，足以將月闊察兒當場打得腦漿迸裂。

身為文武百官之首，定柱哪肯容忍自家皇帝如此胡鬧？趕緊用雙手托住妥歡帖木兒的胳膊，同時雙膝緩緩跪倒，求道：

「陛下息怒。是微臣無能，無力震懾百官，才讓這三個膽大狂徒君前失儀，微臣願領一切責罰！請陛下切莫自己動手，損了聖名！」

「聖名，朕現在還有什麼聖名，既管不住你們這群奸佞，又管不了後宮，古之桀紂、無道昏君不過如此，朕還在乎什麼聖名！」

妥歡帖木兒常年沉迷於男女雙修之道，身體早就被淘空了，力氣連普通宮女都不如，更比不過曾經練過武藝的丞相定柱，接連向下壓了幾次金瓜都不能得償所願，跺著腳絕望地咆哮。

「陛下息怒。微臣知罪！請陛下切莫動怒，微臣願意領受任何責罰。」到了此刻，月闊察兒和汪家奴父子才想起妥歡帖木兒這個皇上還在，相繼從地上爬起來叩頭謝罪。

「朕知道你們都看不起朕，朕知道你們都以為朕是斷送了大元江山的罪魁禍首，所以你們從不把朕放在眼裡，你們巴不得朕早死了，你們好去投奔太子……」妥歡帖木兒鬆開金瓜握柄，無力的搖頭，兩行熱淚順著蒼白的面孔滾滾而下。

民間有云，**男人最痛苦的事情莫過於妻不賢子不孝，他這個大元天子又跟民間普通男人有什麼區別？**兒子造反，老婆跟著兒子一道出奔在外，家門不幸，對外人時就沒有底氣，而對外人沒有底氣，手下這些臣子就踩著鼻子賞臉……

想到這兒，妥歡帖木兒再也支撐不住，扭過頭，痛哭著朝後宮狂奔。

「朕真是天棄之人，從小到大就沒遇到過一件幸運事，朕這個皇上不當了，你們願意輔佐誰就輔佐誰去，哪怕去跪迎朱屠戶，朕也隨你們的便！」

「陛下息怒！」丞相定柱拔腿在後面猛追，妥歡帖木兒卻不肯聽他的呼喚，哭泣著奪路狂奔。

幼年生母被權臣逼死，他自己被流放到高麗。稀裡糊塗繼承了皇位，還要面對權臣和奸詐太后的輪番欺凌，細算下來，他這輩子坐在龍椅上的時間雖長，卻沒一天順心過，真的不如把位子早日交給別人，自己繼續舒舒服服修煉演蝶兒秘法，追求長生大道。

人的思維就是這樣怪異，往往忽然想通了，眼前就大放光明。猛然間，痛哭著逃走的妥歡帖木兒停住了腳步，差點與將追上來的定柱等人撞了個滿懷。

「傳旨給太子，朕讓位於他，讓他帶兵回大都，替朕守住祖宗留下來的基業，朕什麼都不要了。朕本來也準備把江山傳給他的，朕何必為了這把椅子弄得妻離子散！」他對滿頭霧水的定柱咆哮道。

「陛下——！」剎那間，定柱、汪家奴等人一個個驚呼失聲。

大夥早就發現妥歡帖木兒自從沉迷演蝶兒秘法後，神智就越來越不對勁，卻沒想到自家皇上已經糊塗到了如此地步！

想禪位，你早幹什麼去了？整個大元帝國被弄得支離破碎了，你才終於想通了，**想禪位給兒子？那先前因父子相殘而引發的諸多災難，責任該由誰來扛？**你自己退一步，就可以去當太上皇，繼續淫生夢死，可滿朝文武怎麼辦？他們這半年來可是奉了你的旨意，把太子的支持者殺了個屍橫遍地，等太子帶兵回來繼承皇位，他們一個個怎麼可能還有活路？

不行，絕不能讓皇上禪位！幾乎在下一個瞬間，幾位肱骨重臣就做出了同樣的決定，甭說皇上是在修煉淫功時才做出的荒唐決定，即便他現在神智清醒著，眾文武也不能准許他自暴自棄，大夥輔佐他抵抗朱屠戶，即便戰敗被俘，頂多也就是花錢贖身，萬一讓太子愛猷識理達臘回來，在座之中至少一半人要死無葬身之地。

「陛下何出此言，國難當頭，陛下當振作精神，整軍備戰，哪有消極逃避，自亂陣腳之理？」在場當中，左丞相賀唯一身手最好，反應也最迅捷，三步兩步越過被震驚得神不守舍的右相定柱，追上掩面而走的妥歡帖木兒，死死抓住後者的手腕。

「陛下，左相大人之言甚善！」月闊察兒頂著兩隻烏青的眼眶第二個衝上前，用力拉住妥歡帖木兒的另外一隻胳膊，「臣等君前失儀，甘領責罰，但請陛下為蒼生計，勿生棄國之念！」

定柱、汪家奴、桑哥失里等人相繼表態。

妥歡帖木兒卻對眾人的勸諫充耳不聞，只是淌著淚，不斷地搖頭，「朕不幹了，朕幹夠了，這皇位，你們愛交給誰交給誰去！朕這些年來，已經被它害得一無所有，朕受夠了，朕再也不願坐在這張破胡床上了！」

看似坐擁天下，實則一無所有，凡是瞭解妥歡帖木兒這些年的經歷者，聽了後幾乎無不動容。是啊，為了一個皇位，先沒了爹娘，再親手逼死了嬸母和第一皇后，接著又將總角之交送上絕路，與從小一起滾到大的奶兄、奶弟反目成仇；沒多久，最賞識的兒子和最疼愛的小妾也齊齊造反，往他心窩子上狠狠插了一刀……

也難怪他沉迷於演蝶兒秘法，也難怪他心生去意，尋常人經歷了如此多的磨難，恐怕沒死也早就變成了瘋子；而大元天子，孛兒只斤家的妥歡帖木兒卻必須繼續承受下去，繼續眼睜睜地看著叛軍打向自己的國都。

然而同情歸同情，卻沒有任何人敢讓妥歡帖木兒如願以償，當即，定柱就瞪圓了眼睛，大聲斷喝：「此乃亂命，請陛下恕臣不敢奉詔！」

「此乃亂命，請陛下恕臣不敢奉詔！」賀唯一與月闊察兒互相看了看，雙雙跪倒，齊聲重複，抓在妥歡帖木兒手腕處的五指絲毫不敢放鬆。

「此乃亂命，請陛下恕臣不敢奉詔！」剩下的汪家奴、桑哥失里等人也齊齊上前勸阻。

從沒有任何一刻，大元朝的文武重臣們意見如此整齊統一過。

「朕不幹了，爾等速速替朕擬旨！替朕召太子回來即位，朕准許他帶兵回大都！想帶多少帶多少！」面對十幾位肱骨重臣的聯手「直諫」，妥歡帖木兒的回應卻翻來覆去依舊是那幾句話。

「中書省不敢奉旨！」

「樞密院也不敢奉旨！」

「陛下，請恕御史臺難從此命！」

大元朝的權力架構模仿大宋，在構建初期，就考慮到皇帝因為心浮氣躁而亂發命令的情況，因而給予中書省、疏密院和御史臺一定的平衡制約之權，三個最高權力機構聯手，足以令絕大多數聖旨失去效果，徹底變成一紙空文。

妥歡帖木兒做了這麼多年大元皇帝，當然知道定柱等人有聯手駁斥自己聖旨的權力，然而，此刻他的思考方式根本不能用常理推斷，先是愣愣地看了一會兒眾人，然後忽然搖頭而笑：

「抗旨是麼？這麼說，你們早就不把朕這個皇帝當回事了！朕又何必留戀不去？崔承綬，過來替朕擬中旨，然後交給國師，讓他派人立刻送往冀寧！」

為了避免中書省權力過大，侵犯皇權現象，大元朝的最初官制架構者們還借鑒了唐宋兩代的做法，保留了皇帝發中旨的權力。此類旨意無需百官同意，也無需中書省附屬用印就可以直接發給接旨人，至於奉不奉旨，就看接旨人自己的個人決定。

能回大都城做皇帝，太子愛猷識理達臘怎麼可能拒絕奉詔？定柱等人用腳指頭想都能算出來，當這道中旨傳遞到冀寧後，太子一系人馬會做如何反應。一旦太子進了大都城，是先「清君側」，還是既往不咎，與守軍合兵一處準備抵抗朱重九，就完全隨他自己的意了，屆時，誰也無法再阻攔其分毫！

想到這半年來對太子一系人馬所做的狠辣清洗，眾文武就神不守舍，但是他們當中沒有人是當初的權相伯顏，更沒有人是前朝權相燕帖木兒，拿不出逼著皇帝向自己認錯的勇氣，只能眼巴巴地看著太監崔承綬上前拿起紙筆，幫妥歡帖木兒起草傳位詔書。

「大人，末將老家那邊有一種辦法可治心病。」就在眾人進退兩難的時候，保義軍達魯花赤，新晉樞密院副知事李思齊上前朝右相定柱進言道。

「心病？」定柱了一下神，帶著幾分懷疑回應，「你認為陛下病了？的確，陛下肯定病了，來人，趕緊去傳太醫！」

「是！」愣在東暖閣中的一眾怯薛如蒙大赦，答應著快步跑出。他們都是當朝貴胄的子侄，對權力傾軋的後果再清楚不過，如果讓太子歸來做了皇帝，他們這些怯薛雖然地位低，卻也很難保證不受各自背後家族的牽連。

「大人，此病來得蹊蹺，太醫恐怕治不了！末將老家那邊的偏方見效最快，不知大人能否允許末將一試！」李思齊請纓道。

「這……」

定柱猶豫著將聲音拖得老長。在場的其他重臣都是蒙古人，唯獨李思齊是貨真價實的漢家兒郎，實在令人無法放心將妥歡帖木兒的安危交到他手裡。

「哎呀，這個時候還猶豫什麼，你有什麼辦法，儘管使出來！」御史大夫汪家奴比定柱著急得多，眼看著聖旨就要寫完，急得跺腳。

「得令！」李思齊等的就是他這句話，當即從地上撿起妥歡帖木兒丟下的金瓜，掄將起來，「噗」地一聲，將正在起草聖旨的崔承綬打了個腦漿迸裂。

「救駕！」

正鐵了心跟群臣鬥氣的妥歡帖木兒被嚇得魂飛魄散，掙扎著就想往後宮逃，他的兩隻胳膊卻分別握在賀唯一和月闊察兒手中，根本來不及抽出，帶著另外兩人踉踉蹌蹌，瞬間摔成了滾地葫蘆。

其他眾文官也被嚇得不輕，紛紛抱住自己的腦袋，叫嚷著朝牆根躲，武將們則低頭尋找合手的家什，準備與李思齊決死一搏。

「別誤會，末將是在替陛下治病！」

李思齊搶在當值眾怯薛衝進來之前，用金瓜狠狠地敲了一下殿柱，「鐺」的一聲，震得東暖閣頂瑟瑟土落。

「陛下，右相，各位大人，末將彈劾崔太監勾結國師伽璘真，以妖術謀害皇上，請陛下准許末將與諸位大人一道斬殺奸僧，為陛下清理後宮。」

「鐺——！」餘音繞梁，定柱、汪家奴以及正欲上前捨命保護妥歡帖木兒的其他文武官員人等愕然停住了腳步。

的確，李思齊的舉動嚴重冒犯了皇家天威，但是，誰也無法否認，此人是在救大夥的命，否則，只要崔承綬將聖旨草擬完畢，蓋上妥歡帖木兒的印，大夥再想做任何攔阻舉動都已經來不及！

「住手！賊子住手！陛下，末將在此！」就在大夥發愣的時候，賀唯一的長子，虎賁怯薛萬戶也先都乎領著一群怯薛蜂湧而入，大喊著要將李思齊拿下。

「站住！誰叫你們進來的，全給我滾出去！」定柱挺身上前，攔住一眾怯薛的去路。

「出去，陛下發病了，剛才那是在喊太醫救命，不是召喚爾等！」素以忠直著稱的左相賀唯一也鬆開妥歡帖木兒的手，快速從地上爬起來，向自家兒子大聲呵斥：「出去，守好宮門，有諸位大人在，誰人謀害得了皇上?!」

「皇上病了，爾等帶著這麼多兵器衝進來，是想令皇上病上加病麼？」汪家奴等一干文武也紛紛挪動腳步，在眾怯薛面前組成一道人牆。

見到此景，即便再忠心耿耿的怯薛，也明白情況不可能是李思齊當眾謀刺妥歡帖木兒這麼簡單。紛紛停住腳步，遲疑著不該知如何是好。

妥歡帖木兒豈肯讓眾怯薛如此輕鬆地就被人打發走？趁著大夥不注意，一下掙脫月闊察兒掌握，向前跑了幾步，從群臣身後跳起來，叫著也先都乎的漢名怒喝道：「賀均，你還愣著幹什麼？還不趕緊將這群佞臣給朕趕出去？朕要傳位給太子，他們竟然敢橫加阻撓！」

「傳位？」也先都乎大吃一驚，立刻明白了自己該如何選擇，給左右兩側的副萬戶使了個眼色，然後躬下身，沉聲回應：「陛下，您病了，末將這就去給您請太醫，陛下少安勿躁，右相和汪大人他們俱對您忠心耿耿！」

說罷，便轉身往外走。他豈能不知道，如果太子愛猷識理達臘回來即位，長輩們和自己會落個什麼下場?!

這下，妥歡帖木兒可徹底傻了眼，呆呆地望著李思齊和其手中正在滴血的金瓜，踉蹌著往後退。

李思齊微微一笑，放下金瓜，再度躬身進諫，「陛下，末將彈劾崔太監勾結國師伽璘真，以妖術謀逆，請陛下准許末將與諸位大人一道斬殺奸僧，為陛下清理後宮。」

「崔太監勾結伽璘真，以妖術謀逆，請陛下傳旨斬殺奸僧，清理後宮，以正國運！」事到如今，定柱等文武重臣已經無路可走，也紛紛轉過身，齊齊在妥歡帖木兒面前站成一排。

「你，你們……」

妥歡帖木兒的臉色瞬間變得比春末山溝裡的殘雪還要破敗，舉起手，哆哆嗦嗦地指向眾人，半晌說不出一句完整的話來。

這輩子防完了伯顏防脫脫，防完了脫脫防哈麻，防完了哈麻又警惕定柱，提

心吊膽了數十年，就是為了避免臣子圖謀不軌，到頭來，他還是沒能防住自己變成別人手中的一具傀儡。

「請陛下傳旨斬殺奸僧，清理後宮，以正國運！」眾文武不敢抬起眼來與他的眼神接觸，回應的聲音卻愈發地整齊。

硬抗不過，就暫做退讓，然後重新尋找翻本的機會，這輩子，妥歡帖木兒積攢了足夠的跟臣子鬥爭的經驗，咬了下自己的舌尖，迅速做出決定。

「眾卿不必如此！朕剛才也是聽聞淮賊來勢洶洶，一時情急，所以才想讓太子回來替朕分擔些麻煩，既然眾卿家都以為此刻不宜徵召太子回大都，朕就帶著爾等努力與淮賊周旋便是！唉，今天的事，朕的確是急暈了頭，考慮欠周，崔承綬這廝居然還想著渾水摸魚，念在他伺候朕小半輩子的份上，朕就替他求個人情，眾位卿家高抬貴手，別牽連他的家人了。」

一番話說得條理清晰，有情有義，然而，定柱等人卻不肯見好就收，再度齊聲道：「請陛下傳旨斬殺奸僧，清理後宮，以正國運！」

崔承綬的事情好解決，一個死掉的太監，哪怕是顛倒黑白，說他為了護駕而死，賜予他身後哀榮，都可以商量；但後宮裡藏著的那一大堆喇嘛，卻哪個都留不得。就是因為那些人，以演蝶兒這種淫術相授，大元皇帝妥歡帖木兒才會越來越昏庸糊塗，徹底變成了無可救藥的腐屍，所以妥歡帖木兒今天必須與過去一刀兩斷，**必須用實際行動證明他不會再想著偷懶傳位，否則大夥絕不會跟他做任何妥協。**

「諸位卿家……」

妥歡帖木兒冷得發抖，牙齒不斷上下相撞。演蝶兒秘法是唯一可以令他暫時忘記國事家事，尋求片刻寧靜的手段，如今群臣居然逼著他殺掉一起修煉的同伴，從此清心寡欲，那他活著還有什麼樂趣可言?!

「請陛下傳旨斬殺奸僧，清理後宮，以正國運！」見妥歡帖木兒遲遲不肯點頭，李思齊彎下腰，再度撿起染血的金瓜。

他的動作，令妥歡帖木兒迅速恢復了理智。

「准奏！你們剛才說的，朕都准了！定柱，賀唯一，你們兩個立刻帶領怯薛搜索皇宮，凡是穢亂後宮的妖僧，還有跟妖僧有牽連者，無論他們此時身在何處，一併交給丞相府處置！」

這位可憐的大元天子瞬間又回想起自己童年時，被燕帖木兒與皇太后兩個聯手囚禁在深宮裡的時光，慘白著臉，非常配合地說。

「謝陛下！」**原來重病就得下猛藥！**眾人心裡如釋重負。

令大元朝聲名掃地，令滿朝文武顏面無光的淫僧麻煩，就這樣快刀亂麻的解決了，**原來皇帝就是這種鳥玩意，欺軟怕硬，為了保全自己不惜出賣任何人**！此刻，李思齊心裡充滿了失望與不屑。

他曾經是趙君用的得力部將，不看好自家主公的前程，又貪圖榮華富貴，才挾裹著趙君用花費重金打造的炮軍投奔了蒙元。

初來乍到時，他也曾在心裡默默發過誓，要做一個忠臣良將，徹底洗脫以前「從賊」的汙名，而隨著見識和閱歷的逐步增多，**他卻越來越懷疑當初自己所做的，到底是不是一個正確的選擇**？

今天妥歡帖木兒的表現，讓他徹底找到了最終答案。狗屁個天地君親師，狗屁個天之驕子，**這種既沒有擔當又沒有膽氣的傢伙，怎麼配做皇帝！這麼黑白不分的朝廷，怎麼配掌管萬里河山**？

但紅巾軍那邊他再也回不了頭了，趙君用不值得他回頭，朱屠戶那邊又待豪傑過於苛刻，所以**他李思齊今後只剩下一個選擇**。

大唐皇帝姓李，西夏黨項天子也姓李，這一刻，李思齊發現自己與那把椅子近在咫尺。

那把椅子坐上去之後，便如同坐在全天下人頭頂，出口成憲，莫敢不從。

那把椅子坐上去之後，便可以追封三代，讓死去的親人和活著的親人都風光無兩，滿臉歡欣；讓所有仇家和曾經白眼相看的人戰戰兢兢，惶惶不可終日。

那把椅子坐上去之後，便富有四海，全天下的女人都爭相投懷送抱。

那把椅子……

江山如此多嬌，引無數英雄競折腰。

從大都直到永昌，這一刻，不光李思齊一個人心動，汴梁，延福宮，宋王韓林兒倒背著手站在屋子的北牆下，對著一張巨大的輿圖沉吟不已。

輿圖上，南北各有一條粗大的紅線，耀眼奪目。

自打杜遵道葬身火海之後，他就再也沒過問過大宋國的任何軍務和政務，也很少外出走動，給留守汴梁的文武官員增添麻煩。然而，這並不妨礙外邊的各種消息通過明裡暗裡的途徑，快速傳進延福宮裡來，被他仔細地分門別類，或書寫於紙張，或標記於地圖。

對此，劉福通似乎也不打算多加干涉。無論如何，韓林兒都是老搭檔韓山童的唯一兒子，是大夥名義上的共主，先前雖然在杜遵道的慫恿下做過一些錯事，但畢竟其年紀尚幼，如果他肯靜下心來，仔細琢磨世間風雲變幻，而不胡亂發號施令的話，也並非一件壞事，至少將來萬一真的需要他出來充充場面，他不至於太茫然無措。

於是乎，韓林兒兩腳不出門，亦知道外邊正在和已經發生了什麼事，並且心裡每每會形成自己獨到的見解。

這些見解，他不時地會寫成書信，彙報給遠在秭歸指揮作戰的劉福通看，就像晚輩向長輩虛心求教一般，懇請劉福通在百忙中抽出時間來給予指點。

有些想法，他卻藏在內心深處，**如同睡蓮種子一般，讓它們在黑暗中偷偷地生根，發芽，成長，壯大。**

他今天準備跟提筆劉福通探討的，是開春之後的時局。因為從沒有任何一年，外邊的變化如此之快，如此令人目不暇給。

天氣轉暖之後，非但朱重九一家在黃河北岸攻城掠地，勢如破竹，打得沿途蒙元兵馬潰不成軍。與此同時，被困在藩籬中多年的朱重八也終於一飛沖霄，借著答矢八都魯父子圖謀割據四川無暇分身的當口，猛地來了一個大掉頭，揮師橫插湖廣。

如今，湖廣行省中最為富庶的湖南道，半數州縣已經落入其手，廣西兩江道各地，也有無數地方豪強舉起義旗，與其遙相呼應。再加上此人去年拿下的龍、瑞、元、吉數州，即便按照出兵前的承諾，分出一部分土地給趙普勝做酬勞，韓林兒也可以得知如今朱重八在江南的地盤已經遠遠超過了江北。

這意味著什麼？這意味著在**淮安軍打到大都之前，朱重八將徹底拿下了湖南和廣西兩江**。而到那時，他就**徹底在江南站穩腳跟**！哪怕把留在江北的老巢盡數丟給淮楊或者汴梁，也照舊能跟另外兩家鼎足而三。

俗話說，窮人的孩子早當家。經歷了幼年時的東躲西藏，又親眼目睹了杜遵道如何圖謀劉福通，如何被後者辣手血洗的韓林兒，才不會天真的認為朱屠戶和朱乞丐兩個會將各自捨命才打下來的地盤拱手送給自己這個名義上的共主。那是白日做夢，而他韓林兒在夜裡睡覺時，也早已習慣始終睜著一隻眼。

在他始終睜著的那一隻眼睛裡，韓林兒已經看到了**天下即將一分為三**。朱重九早在很久之前，就被劉福通以他韓林兒的名義，越俎代庖加封為吳王；朱重八席捲湖南之後，少不得就會圖謀西蜀，剩下的**那一隻鼎足，當就是還打著正朔旗號的大宋**。

「不對，還有**實力和地盤**！」猛然間咧了一下嘴，韓林兒的笑容好生酣暢。

歷史上，奸相曹操所掌控的實力始終高出劉備和孫權一大截，所以蜀國和吳國聯合起來，也只能保證不被曹操蕩平，卻沒什麼實力打著「解救天子」旗號，向曹賊發起進攻。而這個時代，情況卻略有不同。淮揚的實力遠在汴梁之上，朱重八的本錢也與劉福通那老賊難分伯仲，甚至還力壓此人一頭。

眼下輿圖上標記，已經清晰地證明了這一切。與淮安軍、和州軍兩家的輝煌戰績相比，劉福通老賊所掌控的汴梁軍，最近的表現非常乏善可陳。開春後，除了又率部拿下了歸州和巴東，小有斬獲之外，其他各路大軍居然都沒能建立尺寸之功。

特別是當初被老賊寄予厚望的安西軍，總計超過十萬餘精銳士卒，還攜帶著上百門火炮，順利拿下了天險潼關，卻在距離長安近在咫尺的渭南陷入「泥沼」，寸步難行。令留守汴梁，負責替各路大軍督辦糧草輜重的盛文郁幾乎一夜白頭。

「活該！」想到盛文郁那滿頭白髮，韓林兒心中就湧起一股難以掩飾的快意。當年若不是此人與劉福通威逼利誘，勾結趙君用、羅文素等人害死了左相杜遵道，自己這個宋王也不至於落到今天這種孤家寡人的地步。

當然，那杜遵道也未必是什麼好鳥，當初打的也跟劉福通一樣的主意，挾天子以令諸侯，可杜遵道畢竟是個文官，想要讓武夫們都聽從命令，就離不開自己這個宋主的支持。只要雙方能討價還價，韓林兒相信用不了多久，自己就可以按照娘親當初所教的，在朝堂上慢慢扶植起一批真正忠義之士，一步步將權柄收回自己手中。

可惜杜遵道卻功虧一簣！可恨那劉福通老奸巨猾，居然假裝被洪水擋住去路，將兵營紮在了百里之外，暗地裡卻偷偷率領大軍殺回了汴梁。為了不激起兵變，韓林兒只好捏著鼻子承認了劉福通等人是奉旨鋤奸，將杜遵道及其若干死黨殺了個血流成河。

從那之後，**他發現自己這個宋王也成了延福宮中的囚徒，政令再也難出宮牆半步**，除了吃穿用度比殺人重犯稍好一點之外，活動範圍稍大一些之外，其他沒什麼兩樣。

「不，孤絕不讓你們如意！你們讓孤不開心，孤就讓你們所有人都不開心！大不了大夥一起完蛋！」想到劉福通那句「外邊的事情你不要管，只管好好讀書！」韓林兒忍不住再度詛咒出聲。

帝王是龍，把一條真龍囚禁在雕梁畫棟構築的牢獄裡，還不如直接殺了他，至少後者不會讓他感到恥辱。為了洗刷這種恥辱，韓林兒幾乎每天都在絞盡腦汁，但是，他卻悲哀的發現自己破籠而出的希望非常渺茫。

汴梁紅巾軍中，幾乎都是劉福通一手提拔起來的部將，皇宮內外，也到處都是劉某人的心腹和眼線。有時候韓林兒甚至絕望地發現，劉福通之所以到現在還沒毒死自己，恐怕是因為顧忌到朱屠戶的反應，否則自己和娘親恐怕早已化作了兩抔黃土。

在杜遵道被誅殺的那幾天，他聽從娘親韓氏的建議，趁著汴梁城內一片混亂的當口，果斷派人去加封了朱屠戶為吳王，並且逼著劉福通將此事給認了下來。雖然有消息說，朱屠戶根本就對吳王這個封號不感興趣，三次都將詔書奉還，但有他在旁邊虎視眈眈，劉福通就很難大逆不道地做出殺君之舉，否則，那朱屠戶打著給宋王報仇的旗號振臂一呼，劉某人肯定死無葬身之地。

雙方如果真的兵戎相見，恐怕不出三個月，劉某人的腦袋就得掛在城門口，那將是何等令人快意的場景！不用親眼去看，光是在心裡想一想，都會令人興奮得渾身顫抖。

「孤一定會看到那一天。一定！」顫抖著身軀，面對著巨大的輿圖，韓林兒握緊拳頭，熱淚盈眶。**龍有逆鱗，觸之則流血千里**，他自己如今的模樣豈止是被揭了逆鱗，說是被剝皮抽筋都不為過！

「我兒又在跟誰生氣呢？」忽然，一聲溫柔的詢問從背後傳來，嚇得他激靈靈打了個冷戰，差點沒當場暈倒。

帶著幾分羞怒回頭，入眼的是自家娘親楊氏那慈愛的笑臉，已經不再像幾年前那樣瘦削，眉梢鬢角間也多了許多雍容華貴之氣，只是那略顯凌厲的眼神卻時刻提醒著別人，她絕對不是一個普通女子。

「娘，您怎麼來了？」對著自己的親生母親，韓林當然發作不得，帶著幾分嗔怪問：「這天氣忽冷忽熱的，您看您非要跑這麼老遠，萬一惹上風寒，讓孩兒該如何心安。」

「你這孩子，心眼居然用到我身上了！」楊氏伸出一根手指，愛憐地點了一下韓林兒的額頭。「不用擔心為娘，當年躲在黃河邊上的時候，冬天連件皮袍子都不敢穿，你娘我也沒凍出病來，如今又是水爐子，又是錦衣貂裘，怎麼可能就病了？」

「孩兒這不是關心娘麼？」韓林兒一邊躲閃，一邊用目光朝自家娘親身後掃視。看見殿門口堵著一群粗手大腳的女人，而劉福通給自己四處搜羅來的太監和宮女，此刻卻不知道跑去了何處。

「不用看了，都被為娘打發掉了，他們這些人沒你想得那般難對付！」見到兒子這副草木皆兵的模樣，楊氏忍不住嘆氣。「要麼是活不下去才淨身入宮的苦命男人，要麼是無家可歸的孤女，對誰都不可能太忠心，你平素多給他們一些賞賜，他們自然就會給你行個方便，而別人怎麼也不能天天都睜著眼睛盯著延福宮這邊。」

薑終究還是老的辣，韓林兒聞聽此言，頓時心緒大定，訕笑著搔著自家頭皮，靦腆地道：「娘親教訓的是，今後孩兒肯定會對他們好一些。這延福宮裡頭什麼都缺，就是不怎麼缺錢。」

「是他們不想做得太絕，畢竟，有你在，他們才好應付別人。」楊氏又輕嘆了一口氣，「萬一咱們娘倆不在了，對他們來說未必是好事。」

「孩兒明白！」韓林兒也想清楚了這一點，只要自己活著，凡是紅巾出身的諸侯，就誰也不好意思率先稱帝，劉福通就可以繼續挾天子以令諸侯。如果哪天自己死了，諸侯們就會紛紛面南背北，光憑著汴梁紅軍的實力，劉福通根本無法壓制住任何人。

「所以，我兒要把握尺度，有些事情其實**不是不能做，只是不要做在明處**。」楊氏欣慰地提點道：「你別以為劉福通看不出來你恨他，那是明擺著的事，他不用看也知道咱們娘倆早已恨他入骨，你表面上再示弱，他也不會放棄對你的提防，只要你不明著對付他，不讓任何把柄落在他手裡，無論你做錯了什麼，他都不能對你太差，否則等於授人以柄。我兒，這裡邊的道理和分寸，你可弄得明白？」

「娘親說得極是！孩兒以後肯定記在心裡頭！」韓林兒的眉頭以別人難以察覺的幅度挑了挑，恭敬地回道。

他正是逆反心理最強的年紀，自視甚高，根本聽不進去別人的任何提議，哪怕對方是自己的親娘。況且什麼事情說得都容易，做起來卻難如登天，眼下要人沒人，要權沒權，甚至連外出踏青，都得提前好幾天跟盛文郁去請求，這種情況下叫我把握分寸做事，除了每天對著輿圖發呆之外，我還能把握住些什麼？

「我兒，別把事情想得那麼複雜，也別想得過於簡單。」

正所謂知子莫如母，楊氏不用細看，就猜到兒子在敷衍自己，帶著幾分溺愛地道：「眼下咱們母子手中雖然無兵無將，可畢竟紅巾軍是你阿爺一手拉起來的，這首義之功，誰也搶不走，而挾天子以令諸侯，終究要有天子可挾。莫說這汴梁城裡的人離不開你，更遠地方的那些人也巴不得將你搶到手，你甚至都不需要什麼衣帶詔，只給出一些明顯的暗示就好。」

「暗示，給誰？」韓林兒不禁問道。

「娘親聽說朱總管素有仁義之名！」楊氏用極低的聲音道：「他最近這半年多來攻城掠地，勢如破竹，無論實力還是地盤，早就壓過劉丞相不止一頭……」

「那朱屠戶只可用作名義上的強援，不能指望更多，這不是娘親您當年告誡我的麼？怎麼您這麼快就忘了？」韓林兒聽得滿頭霧水。

「誰跟你說是朱屠戶了？」楊氏杏眼圓睜，竟然有些不怒自威的味道。「你這孩子，性子一點都不沉穩，為娘我說的是**和州大總管朱重八，鳳陽和尚朱重八，不是那個無法無天的朱重九！**幾年前他雖然不起眼，如今卻拿下了半個江西行省和小半個湖南道。」

就在半刻鐘前，韓林兒還親手勾勒過朱重八的勢力範圍圖，當然不可能不知道此人，略帶驚詫地說道：

「娘親居然也注意到了朱重八？可是他跟孩兒素無往來，那個和州大總管的位置也是劉丞相假借孩兒之手封的，孩兒忽然向他示好，他怎麼可能會接受？到頭來，恐怕又跟上次一樣，落下個熱臉貼別人冷屁股的難堪局面！」

當初他頂著觸怒劉福通的風險賜予朱屠戶王爵，按道理，對方應該有所表示才對，哪怕是送一份厚禮回來，也足以證明此人心中還有自己這個宋王。然而，那朱屠戶卻根本沒接他的詔書，後來雖然默認了吳王的封號，也僅僅限於口頭上，在對外頒發文告時，落款依舊是淮揚大總管朱，根本不願與延福宮這邊多牽扯上分毫。

如今又崛起了一個關係更遠的朱重八，他真不知道娘親怎麼會認為此人會對宋室忠心耿耿？

「朱重八以忠孝治國，以宋儒理學號令天下，而他的忠孝，肯定不是針對大元，無論當初誰封他做和州大總管的，你都是他的君，他欲繼續打著忠孝這塊牌匾吸引天下讀書人和英雄豪傑，就不能把你不當回事。這只是其一……」

「其二……」楊氏憐愛地看著自家兒子的面孔，繼續說道：「其二，他武力不如朱重九，資歷不如劉福通，想要跟這兩個人爭天下，就必須另闢蹊徑，我兒如果垂青於他，無異於在他瞌睡時給他送枕頭！」

「這，道理當然是這麼個道理，可我怎麼才能讓他知道我垂青於他？我現在身邊根本沒有可用之人！」韓林兒聽得心花怒發，卻無法鬆開眉頭。

傳衣帶詔，總得有個不怕死的皇親國戚董承，自己和娘親相依為命，一舉一動都在盛文郁的監視之下，怎麼可能聯繫得上遠在湖南道的朱重八？

「我兒不用送衣帶詔，那是最笨的辦法，朱重八如今的地盤和實力，一個小小的和州總管怎麼配得上他？我兒只要找個人多的場合，直接跟盛文郁說，朱重八的官太小了，與他的功勞不相稱，需要封王，無論盛文郁答應，還是把你的話當作耳旁風，早晚你的話都會傳到朱重八耳朵裡。」

「這……」

「娘說過，只要分寸把握住，他不敢拿你怎麼樣！」楊氏輕輕嘆了口氣，心中隱隱有些失望。「娘可以保證，他不敢對咱們母子更過分，你只需要按照娘說的試試，成不成就這一回。況且，眼下這大都城內，也未必所有人都跟劉福通一條心。」

「這……」韓林兒依舊舉棋不定。

「啟稟殿下，趙平章凱旋而歸，與樞密院彭知事連袂前來向殿下獻捷，盛平章請殿下移駕前殿，褒獎有功將士！」正猶豫不決之時，門外匆匆跑進來一名太監，啞著嗓子報道。

剎那間，韓林兒又驚又喜，看向自己娘親的目光裡寫滿了崇拜。

趙君用是宋國的平章政事，職位與盛文郁齊平，然而，他這個平章政事手裡卻握著將近兩萬大軍，武器、防具和訓練都與淮安軍差不多，除非劉福通從前線星夜回師，否則整個汴梁紅巾當中，無人是他的敵手。

「我兒當沐浴更衣，以敬凱旋而歸的忠臣良將！」楊氏微微一笑，目光和臉色愈發慈愛有加。

這是她早就預料到的機會，只是沒想到來得這麼快，也沒想到將機會主動送上門來的人會是趙君用。

「有請柳公公先去回覆盛平章，請各位大人稍等片刻，就說宋王沐浴更衣之後，就會移駕前殿！」後半句話，是對前來彙報的太監頭目柳三兒說的，頓時，此人臉色就像開了染坊一般，五顏六色變換不停。

「來人，伺候孤沐浴更衣！」韓林兒心中大樂，將袍袖用力一甩，學著戲臺上看到的帝王模樣，拖著長聲吩咐，壓根不給柳公公任何勸阻之機。

他是故意在折對方面子，因為平素姓柳的總仗著是劉福通的親信，對他的一舉一動都指手畫腳，現在，趙君用回來了，他就不用再懼怕此人了，正如娘親楊氏所說，**無論誰想挾天子而令諸侯，總得先把母子兩個給搶過去，他們母子恰好可以利用群雄這種心理，來一個奇貨可居**。

「老奴遵命！」柳公公氣得渾身發抖，卻不得不彎腰下去，自己給自己找臺階下。

帶著七分羞惱，三分不甘，他返回到前殿，將韓林兒需要先沐浴更衣以示敬重的意思，向盛文郁和趙君用、彭大轉達，眾人聽了，自然是有人歡笑有人愁。

然而，無論是開心也罷，焦慮也罷，這當口，卻誰都不能把衝突擺到桌面上來。

趙君用的尺度把握得非常妙，帶著有功將士返回汴梁向韓林兒獻捷，是作臣子應盡的本分，盛文郁即便再不願意，也不能對此橫加阻攔，寒了將士們的心。而僅僅是為了跟韓林兒見一面，盛文郁也不能就此跟趙君用翻臉，更不可能在這個當口上慫恿劉福通趕緊回師，跟趙、彭等人兵戎相見。

只是，趙君用獻捷之後，韓林兒母子就再度從深宮走上了金殿，沒人再能假裝他們娘倆不存在，也無法再忽略他們娘倆發出的聲音。

只一招，**劉福通在杜遵道死後辛苦給延福宮編織起來的樊籠，就被趙某人捅了個巨大的窟窿**，偏偏他本人從中並沒有獲取太多的好處，平白令韓林兒母子再度成為汴梁紅巾的掣肘。

當即，眾人各懷心事，按文武之別，分列在正殿兩旁靜靜等待。

第七章

藏龍臥虎

「留守汴梁的諸位將軍裡頭，未必個個都不通軍務！」盛文郁道。

「是麼？趙某卻沒看出來汴梁城裡藏龍臥虎！」趙君用譏諷道。

「藏龍臥虎未必，勉強不全是瞎子而已！」

光鬥嘴，盛文郁可不怕任何人。

那韓林兒擺足了一國之君的譜後，也懂得見好就收，不一會兒，就穿著最正式的袍服從深宮匆匆而出。

遠遠地看到了趙君用，立刻加快走路速度，幾乎小跑一般從丹陛上直衝而下，對著一眾遠道來歸的武將們長揖及地，口稱：

「眾位叔父，你們可算都平安回來了，小侄在宮裡，日日都在焚香禱告，替叔叔們對天祈福，就盼著咱們叔侄再度重逢的這一刻！」

「殿下折殺我等！」明知道韓林兒純粹在做戲，趙君用和彭大等徐州系武將卻非常配合，一邊躬身行禮，一邊大聲報告：「臣等奉命奉命出鎮陳留，牽制元軍，前日冒險過河一戰，將駐紮於蘭陽的蒙元十萬精銳盡數全殲，如今，從儀封到陽武已無半個敵軍，下一步該如何打算，還請主公速做定奪！」

說罷，將擺在地上的箱子打開，露出數枚金印和幾個血跡斑斑的頭顱。

「啊！」饒是自以為膽大，韓林兒也被人頭的猙獰模樣嚇了一大跳。旋即心中的恐懼就變成了狂喜。

「當然是趁勢北伐了，還等什麼！趙叔父，你身為大宋國的平章政事，原本就有調動兵馬之權，彭叔父又貴為樞密院知事，當然可自行決定戰守，有這麼好的機會，二位自行把握便是，又何必披星戴月折返回來？」

「殿下慎言！」雖然被人頭上的血腥氣暈得直作嘔，盛文郁依舊強忍著胸腹的翻滾進諫道：「濮州早在半個多月之前就已經被朱總管攻克，大名路治下各州縣的元軍也早已成為驚弓之鳥，趙平章若是連招呼都不打，就貿然揮師北進，破元軍可能是易如反掌，但萬一跟淮安軍起了誤會，就得不償失了。」

這番話雖然有些不給韓林兒面子，卻可謂句句都是金玉良言。淮安軍在運河兩岸勢如破竹，打得各路元軍丟盔卸甲，凡是被他們留在身後的，肯定都是些對北伐大軍根本構不成威脅的小股地方武裝，無論數量和戰鬥力都不值得一提，而趙君用所謂的大捷，不過是跟在淮安軍身後撿些殘羹冷炙而已，根本不可能打敗一支生力軍，更不可能殲敵數量高達十萬。

此外，淮安軍北伐之時，並沒有邀請汴梁方面出兵相助，趙君用與朱重八之間，先前又積累下許多私怨，如果此刻貿然准許趙君用也揮師北伐，誰能保證他是去助淮安軍一臂之力去，還是專程去拖淮安軍的後腿？萬一惹惱了朱屠戶，一個巴掌拍下來，趙君用自己死不足惜，汴梁與淮揚方面今後又如何相處？

這些問題都很簡單，也非常直觀，韓林兒只要稍稍動動心思，就不可能發現不了，然而，盛文郁卻太過高估計了自家這位少主的智力，也太過高估了趙君用等人的胸懷，他的話音剛落，周圍就響起了一片駁斥之聲。

「盛平章此言何意？淮安軍難道早已獨立於紅巾之外了麼？還是盛平章得到了什麼消息，可以證實朱總管對孤有不臣之心？」韓林兒做滿臉驚詫狀，明知故問。

「盛平章言重了！」趙君用撇撇嘴，冷笑寫了滿臉，「趙某與朱總管同為主公殿下之臣，趙某做什麼，當然是先向主公請示，又何須處處都躲著他這個左相。況且北伐大都，驅逐韃虜，乃天下豪傑的夙願，誰又敢公開宣布，只准他淮安軍一家出兵，其他英雄都必須做壁上觀？」

「你……」饒是盛文郁平素足智多謀，此刻也被氣得一句話也說不出來。

趙君用今天**一直在賭**，先是賭劉福通不能因為他主動向韓林兒「獻捷」這麼一點小事就千里回師。眼下，他又開始賭朱屠戶做事有底限，會看在韃虜未滅的情況下，不肯與他兵戎相見，至於此舉對北伐大局的影響，給汴梁紅巾帶來的無窮後患，則一概不在其考慮範圍之內。

「末將讀書少，但也聽說過當年六國豪傑聯手滅秦的故事，殿下不妨下一道詔令，請全天下的英雄們一道起兵北上，先破大都者，則以大都或冀寧封之，如此，群雄必然個個用命，韃虜北竄指日可待！」

唯恐盛文郁不會被當場氣死，樞密院副知事彭大也站出來，文縐縐地背誦預先準備好的說辭。

「善，此計甚善！」韓林兒聞聽，興奮地差點跳起來，當場將頭扭向桌案，準備跑過去書寫手諭。

雙腿剛剛邁開幾步，紗簾後卻隱隱傳來一記清脆的環佩撞擊聲，「叮——！」韓林兒臉色瞬間一變，然後搖頭道：「然劉丞相如今遠在秭歸，朱重八和彭丞相也忙著在江南與韃子廝殺，無暇抽身北顧，孤，唉，孤如果現在就下詔，未免有點對他們不住。」

他被娘親用環佩聲兜頭潑了一瓢冷水，立刻想起了當年楚懷王的下場。

沒錯，楚懷王那道先入咸陽者封王的旨意，的確極大鼓舞了三軍的士氣，並且以劉邦為棋子，狠狠地打擊了項羽的囂張氣焰。然而，楚懷王最後卻死在了項羽手中，先前所有努力都白白便宜了劉邦這粒棋子。

如今，朱重九實力強悍，不亞於當年的楚霸王項羽，而趙君用的奸詐與無恥，也直追折子戲裡的劉三兒，想要不重蹈楚懷王覆轍，他必須小心走好腳下的每一步。

凡事要把握尺度，這是娘親剛剛給他的忠告，想與趙君用互相利用可以，想借趙君用的勢來對付劉福通也沒錯，甚至通過大力扶植趙君用以牽制朱重九，都在帝王之術許可範圍之內。然而，如果玩火玩得太狠，不小心惹得劉福通或者其他人鋌而走險，就得不償失了。畢竟，母子兩個除了佔據了大義的名分之外，如今手裡並沒來得及掌握一兵一卒，真正把別人逼到無路可退的地步，弄不好結果就是玉石俱焚。

「不如這樣……」顧及到個人安危，韓林兒笑道：「反正諸位叔父今天都在，不妨跟盛平章商量出一條北伐路線來，儘量避開淮安軍，以免跟在朱總管身後白跑。至於詔書，孤現在先不下，等驅逐了韃虜之後，再論功行賞便是，反正只要趙叔父和彭叔父的功勞無可辯駁，屆時孤又怎麼會吝嗇幾個王爵?!」

「這該死的女人，光想佔便宜就不肯吃虧！」趙君用聞聽，笑容立刻僵在了臉上，本打算借著韓林兒的勢，尾隨朱屠戶身後撿現成便宜，一方面可以分得直搗黃龍的奇功，另一方面，也可以不費絲毫力氣就在黃河以北搶到一塊屬於自己的地盤，從此徹底虎入深山，卻沒想到眼看著謀劃就要得手，那個姓楊的女人卻突然跳出來攪了局！

「這小子倒也不是傻得無可救藥！」原本已經絕望的盛文郁在一旁聽了，臉上瞬間恢復了幾絲生機。既然北伐路線要跟自己商量著來，那就讓趙君用和彭大兩個向西出潞州，直撲冀寧去對付察罕帖木兒便是，反正姓趙的自己說不願做壁上觀，那他剛好可以牽制住蒙元太子愛猷識理達臘的力量，使得後者再也不可能趕去援救大都。

唯獨直心腸的彭大事先找趙君用準備的台詞中，根本沒有眼下這種場景，故而皺了皺眉頭，非常實在地說道：

「為什麼還要商量另外一條路線？跟朱兄弟齊頭並進，或者幫他收拾一些沿途的雜碎不是挺好麼？我估計狗皇帝不狠狠跟朱兄弟打上一場，肯定捨不得放棄大都，而兩軍決戰之時，我和趙平章忽然帶著人馬從側翼殺出，肯定能殺狗皇帝一個措手不及。」

「誰知道你們那時候會幫哪邊？」盛文郁在心中偷偷地嘀咕。

無論為公還是為私，他都不會贊成讓趙君用的兵馬與淮安軍靠得太近，一則那起不到任何牽制元軍的作用，二來，有趙君用跟在身後，徐達肯定也不敢放心大膽地向前推進，等於趙、彭兩個變相幫助了蒙元。

「行軍打仗之事，孤一竅不通，兩位叔叔儘管跟盛平章商量，反正他平素就負責糧草輜重，而兩位叔叔，一個身為平章政事，一個身為樞密院知事，剛好可以與盛平章一道做出決定。」

見趙君用和盛文郁兩人都不肯說話，韓林兒也沒心思聽彭大這個莽夫瞎攪合，只好硬著頭皮說道。

「嗯，也罷！只是盛平章對軍務恐怕並不太熟悉，而微臣和彭知事兩個的想法，他又未必贊同！」趙君用無可奈何，只能退而求其次。

「盛某雖然不才，卻多少也讀過一些兵書，況且留守汴梁的諸位將軍裡頭，未必個個都不通軍務！」盛文郁不卑不亢地回道。

「是麼？趙某卻沒看出來汴梁城裡藏龍臥虎！」趙君用非常不客氣地譏諷道。

「藏龍臥虎未必，勉強不全是瞎子而已！」光鬥嘴，盛文郁可不怕任何人，冷笑著回道。

「兩位叔父不要做意氣之爭！」眼看著二人又要吵起來，韓林兒只好再度插嘴，「其實秭歸距離這裡也沒多遠，兩位如果意見不能折衷，直接派信使報告給劉丞相定奪即可，往返一趟，頂多是十來天的事，而北伐的糧草輜重也需要花上些時日準備。」

「小王八蛋，撿著便宜還賣乖！」趙君用氣得牙根癢癢，狠狠看了韓林兒一眼，道：「糧草輜重就算了，趙某原本也沒指望盛平章幫忙籌備，倒是出兵日期不能一拖再拖。」

雙方意見不統一時去請示劉福通，那不等於自掘墳墓麼？眼睜睜地看著一支強軍就要自立門戶，劉福通怎麼可能會給大夥好臉色看？能不暗中拆臺，已經算是心胸寬闊了，弄不好，立刻趕回來親自出手阻止都有可能。

「北方有幾戶義民正翹首以盼王師，糧草輜重他們答應代為籌措！」彭大也不想讓劉福通插手，向前跨了半步。

「孤真的不懂，三位叔父就自行商量便是！孤在這裡恭候最終結果。」韓林兒對他滿臉橫肉的模樣有些忌憚，向後退開兩步，強笑著做出決斷。

這下，趙君用和盛文郁兩個都再無話說，雙雙躬身領命。隨即，又當著韓林兒的面兒約好了商量軍務的具體時間，然後各自告退。

作為一個「禮賢下士」的明主，韓林兒自然要親自將眾人送出宮門。待目送眾人陸續上了馬車，轉過頭的瞬間，他的雙腿卻明顯地踉蹌了一下，差點跪在冰冷的青石板上。

「殿下當心！」目睹整個交鋒過程的太監總管柳三，一個箭步躥上前伸手攙扶，韓林兒卻警惕地將其一把推開，大笑著說道：「無妨，路有些滑，孤沒站穩。哈哈，主要是見到趙叔父和彭叔父他們凱旋而歸，孤太開心了。」

「老奴送殿下回寢宮！」太監總管柳三垂下眼皮，儘量讓自己嘴裡說出來的話不帶任何感情。

今天的事，表面上看來，韓林兒母子是占了個大便宜，平白利用了趙君用，卻沒付出任何實際代價，但以早年伺候那些蒙古王爺的經驗，柳三卻深深地感到這對母子的愚蠢。擺脫了劉福通的控制，看似他距離真正的帝王又近了一大步，事實上，卻是**一隻腳已經踏入了鬼門關，只等著閻羅王派鬼差前來勾魂**。

「嘿，皇家麼？蒙古人漢人還不都一個德行！」老太監抬眼看了韓林兒早已濕透的脊背，悄悄地搖頭。

他有些可憐韓林兒，但是他不準備做任何提醒，不光是為了討好劉福通，而是對他來這種人說，反正都是當太監，伺候哪個主子，其實並沒啥不同。

「天下未定就已經君臣相疑，保這樣一個刻薄的小子做皇帝，即便事成，盛某恐怕也得落個鳥盡弓藏的下場！」

與柳老太監的想法截然不同，盛文郁在被趙君用和韓林兒母子折騰了大半天之後，卻是心灰意冷。

他是一個很有血性的讀書人。當年之所以冒著掉腦袋的風險陪著韓山童、劉福通等人扯起義旗，一則是為了給天下萬民謀條生路，二來卻是對自家前途徹底絕望。隨著這麼多年的風吹雨打，當年的豪情壯志大部分已經被血水給沖走，剩下的只有對命運的深深不甘。

顯然韓林兒是個錯誤的選擇，劉福通當初請楊氏和韓林兒母子出山的舉動，看似高明無比，事實上卻等於在自己的脖子上套了一根繩索。非但沒有能如願挾天子以令諸侯，相反，稍不留神，他自己就會被這根繩索勒斷喉嚨。

這一點，朱重九就高明得多。那個無師自通的傢伙，居然從一開始就果斷與明教，與所謂的大宋國劃清了界限，起初雖然會承擔一些風險，甚至看上去舉步維艱，但只要挺過了最艱難的日子後，便是海闊天空，再也沒人能站在他頭頂上指手畫腳，也再也沒人能趁著他不在中樞時，想方設法跳出來扯他的後腿。

「盛福，進來幫老夫收拾一下，老夫要出去看看，順便買幾包新茶！」想到淮安軍這些年來看似荒唐卻步步充滿玄妙的發展軌跡，盛文郁把心一橫，咬著牙吩咐。

「在，老爺，您……」追隨了盛文郁多年的家將盛福答應著，四下看了看，遲疑著問：「今年的新茶應該還不到下來的時候啊，這才二月中……」

「囉嗦！老夫想去喬裝私訪行不行？你管那麼多作甚！」盛文郁一改往日和藹模樣，皺起眉頭呵斥。

「是，小人明白！」盛福好心沒得到好報，縮了下脖子，恭敬地道。

他雖然是個赳赳武夫，卻非常懂得如何伺候人，指揮著幾個丫鬟三下五除二，須臾功夫就將盛文郁打扮成了一個尋常富家翁，主僕兩個從後院尋了頭毛驢，一人騎在上面，一人牽著韁繩步行，從側門離開家，慢悠悠地朝汴梁城的東市行來。

雖然正月剛過去沒幾天，本應繁華熱鬧的汴梁街道卻已經沒有了分毫節日跡象，大部分鋪面都已經人去店空，只有二三十家本錢雄厚，或者所經營之物是人離不開的，還勉強在維持著最後幾分生機。

當然，也有生意特別火爆的，如青樓和賭場，這兩種生意與街道的繁華程度恰恰相反，往往越是百業蕭條的時候，它們越是日進斗金，從裡到外透著一股病態的奢靡。

「唉——！」望著薄暮下稀稀落落的人流，盛文郁忍不住低聲長嘆。

大夥當初豁出性命去造反是為了什麼？是為了讓自己和周圍老百姓能有個更好的活路，而死了那麼多弟兄，這個目標卻好像越來越遠，如今的汴梁城內，除了像自己一樣的紅巾軍高官之外，其他大多數人的生計反而不如當初。

懷有崇高的目標，最後卻得到了一個跟初衷完全相反的結局，每每想到這些，盛文郁的心情就無法不沉重，如果將來得了天下那個人不是出身於紅巾，新朝的歷史上將怎麼記述那些死去的志士？張角、張良被記述為妖，黃巢被寫作食人的惡鬼，縱觀史冊，誰能保證修史的人不會把原本是蒙元官兵所犯下的罪行統統栽贓到紅巾軍頭上?!

越想，他的心情越沉重，渾身的血液都開始發冷，整個人如同秋天的荷葉般枯坐在毛驢上，每前行一步都搖搖欲墜。

他的心腹家將盛福見了，趕緊騰出一隻右手，緩緩按在他的脊背處，一邊盡心地按摩活血，一邊低聲祈求道：「東家，回去吧！沒什麼可看的，天這麼晚了，早散集了，古人說得好，二月春風似剪刀啊！」

「你倒是會用典故！」盛文郁被家將歪批古詩的行為逗得搖頭而笑。嘆了口氣，糾正道：「二月春風似剪刀，剪的是柳葉，不是人；若說人，倒是朝來寒雨晚來風更為應景。」

「小人讀書少，不懂。但小人覺得，這會兒晚風的確有些涼得透骨！」盛福只求自己能成功將東主從悲涼的心態中拉出來，才不在乎古詩引用得恰不恰當，伸手搔了一下頭皮，憨笑著說。

「吹吹冷風也好，至少能讓人清醒！」盛文郁笑著揮了幾下胳膊，兩眼漸漸恢復清明，「去淮揚商號，那間鋪子生意紅火，這麼早不可能關門。」

「是！」盛福微微一愣，旋即輕輕點頭。他猜到自家東主絕對不是為買茶葉而來，所以也不多囉嗦，拉著毛驢的韁繩，控制好速度，不疾不徐地走向東市中央最大的一家鋪面。

那是一個三層高的樓臺，無論建築規模還是裝幀水準，在整個東市都首屈一指。最近這些年，數不清的淮揚新奇貨物都是從此處先行推出，然後才迅速風靡整個汴梁，所以前來商號接洽買賣的，基本上全是當地有背景的富豪和巨賈，很少有普通百姓直接登上商號門口的青石臺階。

做尋常富家翁打扮的盛文郁和護院打扮的盛福二人出現，立刻顯得與周圍環境格格不入，然而商號的大小夥計們卻非常訓練有素，非但沒有出言趕人，反而主動上前攙扶盛文郁，將其讓到大廳靠裡一個非常暖和明亮的位置，然後才奉上熱茶，詢問老人家此行的來意。

「老人家？你說我是老人家？」盛文郁被夥計的禮貌稱呼弄得哭笑不得，他今年不過三十出頭，兩個兒子還都在垂髫之年，所以無論如何也當不起「老人家」三個字，可要是看他的滿頭華髮和滿臉縱橫交錯的皺紋，誰又敢說他沒有年逾花甲。

「這，恕小可眼拙。沒看出您老的年紀來，您老身子骨如此健朗，肯定剛過不惑才對！」夥計被嚇了一跳，趕緊解釋。

「罷了，老人家就老人家吧！」盛文郁意興闌珊地擺手道：「你家張大掌櫃在麼？老夫有筆生意，規模不算太小，能否請他抽空見我一見！」

「這……」小夥計狐疑地打量盛文郁，無論從哪個角度看，都無法相信眼前年過半百的老土豪是個生意人。但平素商場前輩們的口傳身教，早就讓他學會了不要以貌取人的道理，因此哈了下腰，客氣地回道：

「這，小可真的不敢替我家掌櫃做主。這樣吧，您老請跟我去二樓貴賓室稍坐片刻，如果大掌櫃恰巧在樓上，小可就請他立刻來見您老。」

「好！」盛文郁笑著起身，任由夥計將自己領上二樓。從頭到腳，沒露出絲毫當朝權臣的模樣。

那夥計見他如此有氣度，更是不敢怠慢，在二樓找個寬闊明亮的屋子安頓了他們主僕兩個之後，立刻小跑著去向掌櫃傳話。大約過了半炷香時間後，門簾再度從外邊被挑開，一個肩寬背闊，卻長了一副天生的彌勒佛般笑臉的中年人快步走了進來。

見到盛文郁主僕，此人身體頓時就是一僵，隨即便是一個長揖拜倒在地上，

「哎呀，原來是大人，大人您需要什麼，隨便打發手下過來知會小可一聲不就行

了麼？敝號何德何能，居然敢勞煩大人您親自跑這麼一趟。」

嘴上話說得客氣，待客的動作也極恭敬，但從始至終，他卻絲毫沒提及客人的名姓和官職，盛文郁見了，心知對方一定認出了自己，所以也不多囉嗦，擺擺手道：「罷了，咱們都是老熟人了，就不必多禮了，我年齡癡長你幾歲，你叫我一聲老哥便是。」

「那，小可就恭敬不如從命了！」掌櫃的又是微微一愣，旋即明白盛文郁不想聲張，趕緊又行了個禮，歉意地道：「老哥在上，小弟不知道您老要來，未曾遠迎，請老哥恕罪！」

「什麼罪不罪的，我是買家，你是賣家，平素生意往來這麼多，誰還不知道誰什麼模樣？」盛文郁聞聽，笑著擺擺手，架勢與普通大客戶別無二致。

他也的確算是淮揚商號的大客戶，特別是最近幾年，朱重九敞開了向友軍供應各類武器，所以汴梁和淮揚之間，每年都有上百萬貫的財貨往來，雙方的負責人明裡暗裡都沒少接觸。

只不過以往盛文郁是付款方，而張掌櫃是淮揚商號派在汴梁的骨幹，所以都是後者帶著禮物主動到平章府拜望。此番，則恰恰相反，賣貨的一方端坐在家，而付錢的一方卻喬裝打扮找上門來。

俗話說，**事物反常必為妖**，張掌櫃稍一琢磨，就明白汴梁紅巾內部最近肯定發生了什麼了不得的大事，偏偏這幾天街市上極為太平，除了早晨有一股紅巾軍從陳留趕回來誇耀武功外，根本沒有任何特別能吸引人注意的情況。

既然百思不解，他就不繼續胡亂猜測，先陪著客人喝了幾口茶，聊了幾句最近的天氣變化，然後再度站起身拱手道：

「盛老哥乃國之棟梁，百忙之餘還抽空光臨敝號，真的令敝號上下受寵若驚，只是不知道老哥哥今天所說的大買賣……」

「先不急，先煩勞掌櫃回答盛某一個疑問！」盛文郁擺擺手，臉上浮現出幾絲詭異的笑容。

「老哥您請講！」張掌櫃心裡猛然打了個哆嗦。

能讓一國平章登門垂詢的事，肯定不會太簡單，捫心自問，淮揚商號汴梁分號從沒做過任何觸犯地方律法的事，一年四季該給各個衙門的孝敬也未曾短少分文，盛文郁這麼高的官職，按道理，沒有必要親自過來雞蛋裡挑骨頭。

正困惑間，卻見盛文郁站了起來，鄭重地拱手道：「盛某想請教，貴方朱總管此番北伐，勝算到底有幾分？」

「這……」張掌櫃頓時如遭雷擊，虛抱在半空中的右手，本能地就往自家腰間落。

然而，他又猛然警覺，搖搖頭道：「大人言重了，你要是問我淮揚商號一年能提供多少四斤炮，多少貨船和鐵甲，張某也許還能大概去探聽一番。北伐乃軍國重事，連知府一級的官員都未必有資格參與，張某一介跑腿的商販怎麼可能知道勝算有幾分？」

「呵呵……」盛文郁不想反駁，只是搖頭。

汴梁紅巾雖然不像淮揚那邊細作遍佈天下，可照搬自宋朝的皇城司也不是個濫竽充數的衙門，經過這麼多年的明察暗訪，早就知道了淮揚商號的最大股東就是朱重八本人，當然，也不可能相信像張掌櫃這種獨當一面的人物，跟大總管府半點瓜葛都沒有。

只是，以往為了維護雙方之間的關係，汴梁方面從沒將淮揚商號裡的掌櫃和夥計們當成細作來處理罷了。同樣，對於汴梁方面打著經商名義安插在淮揚的一些細作，淮揚的軍情、內務兩處也採取了明鬆暗緊的策略，沒有公開捉拿或者驅逐。

「不過張某當時聽人說，此番北伐並不是難在戰事上，以我淮安軍的實力，打破大都是早晚的事情，不可能遇阻而還，但是……」張掌櫃硬著頭皮道：「但是打下來後，能不能在大都城內站穩腳跟，卻是誰都不敢保證。大人若有良策，不妨當面賜教，張某即便是拼著被東家降罪，也會想盡一切辦法，將大人的諫言送到大總管面前！」

這是他許可權內所能透露的最多秘密，同時也是大總管府北伐前對所有中級文武傳達的基本前景展望。朱重九本人不喜歡在自家人面前故弄虛玄，事實上，以如今淮揚大總管府的龐大規模，也的確不適合再弄任何虛玄，每一個骨幹都必須知道目標在哪，才好心往一塊想，力氣往一塊使，而不是為了迷惑敵人，到頭來反而亂了自家陣腳。

實話當然最經得起推敲，像盛文郁這種久經風浪的精明政客，你如果故意對他虛張聲勢，很容易就會被他識破，然後心中產生隔閡；而你越是對他坦誠相待，他越會覺得自己受到了禮遇，隨即更加堅信他自己此行不虛。

「蒙元那邊可戰之兵絕對不會超過二十萬，偽太子又帶走了其中一小半，淮安軍以三個精銳軍團合力北上，蒙元那邊即便使出全部力氣，也不可能挺到今年入冬，盛某才疏學淺，不敢給朱總管亂出主意，但是盛某想提醒你家主公，**小心背後有人捅刀子！**」盛文郁誠心說道。

「多謝大人示警！」張掌櫃受過專門的細作訓練，怎麼可能聽不出盛文郁話裡有話？立刻鄭重施禮，「張某一定想盡一切辦法，將大人的提醒以最快速度送到徐州。」隨即，從衣袖內的隱藏口袋裡，掏出一個窄長條形狀帳本，恭敬地呈給盛文郁，「此乃我淮揚商號為了攜帶方便而製作出來的一項新鮮玩意，還請恩公笑納。」

「咦？這是何物？」盛文郁沒想到自己的善意這麼快就收到了回報，遲疑著接了過來。

「此物稱作支票，專供大宗交易使用，裡邊每一張面值一百貫，撕下來後，可以到任何一個分號兌取銅錢、金銀或者等值的貨物。見票兌現，不問來路，也只認票據不認人！」張掌櫃詳細解說著。

淮揚錢乃是用水力機械鍛壓黃銅板而成，重量和含銅量遠遠超過市面上出現過的任何通寶。所以眼下在整個中原地區，淮揚錢都大受追捧。一百貫華夏通寶，可以兌換足色的其他各類銅錢兩百五十餘貫。

如此厚厚的一整本支票，恐怕沒有一萬貫也有七八千了，對眼下汴梁城內的任何官員來說，無疑是一筆無法拒絕的橫財。然而，盛文郁臉上卻沒表示出任何開心之色，反而撇了撇嘴，將支票本丟在茶盞旁。

「掌櫃的客氣了，恩公兩個字，老夫可是當不起！至於這東西，老夫如果喜歡，隨便動動手便是幾大車，實在無需張掌櫃多此一舉！」

「這……」張掌櫃再度滿臉通紅。

好在盛文郁今天是抱著留後路的目的而來，因此也不過分難為他，笑了笑，「老夫這輩子不貪財，不好色，卻擺脫不了讀書人的假清高，所以，如果張掌櫃有辦法給朱總管帶話，還請替老夫捎上一句。今後他如果有機會下令修撰元史，切莫將紅巾群雄都寫成土匪流寇，殘民之賊！紅巾豪傑雖然出了一些敗類，但絕大多數都是頂天立地的真豪傑！」

「盛大人放心，我家大總管早就說過，劉元帥是他最佩服的人之一。」張掌櫃聞聽此言，立刻露了餡，信誓旦旦地道。

話出口，他才意識到自己說溜了嘴，訕笑了笑，道：「大人您也知道，朱總管乃天縱之才，平素經常抽出時間到商號裡指點我們這些掌櫃和夥計如何做生意，所以他的態度，小可多少也能猜到一些。」

「朱總管真的說過劉元帥是他佩服的人之一？」盛文郁帶著幾分欣慰追問。

「如果小可有半句謊言，天打雷劈！」張掌櫃擦了把額頭上的汗水大聲發誓，「您老可以派人去淮揚那邊打聽，我家總管不止一次說過，芝麻李、劉元帥，還有已經亡故的韓教主，都是一等一的好男兒，包括毛總管、徐壽輝和彭瑩玉，我家主公都非常敬重，否則絕不會讓他們到現在還割據一方！」

這話說得雖然坦率了些，卻句句都說在了重點上，如果不是朱重九全力扶持，彭瑩玉恐怕在多年前就已經死於江南各路元軍的圍攻。而如果不是念著袍澤之誼，毛貴也不可能在距離揚州不到百里的位置上擁有完全屬於他自己的數萬大軍。

至於徐壽輝，雖然他被淮安軍逼著退去了帝位，也無法再染指軍政大權，但他活得卻比原來當皇帝時還逍遙自在，每月俸祿不少拿，一大堆老婆孩子也全由大總管府出錢養著，個個錦衣玉食。

所以，無論朱重九以前禁止明教干預地方政務也好，對汴梁方面發出的政令不理不睬也罷，他如果得了天下，對所有死去和活著的義軍將士，恐怕都是最好的結局，至少他不會掉過頭來大肆誅殺明教子弟，也不會無緣無故地加害那些沒有任何威脅和敵意的紅巾前輩，更不會顛倒黑白，替蒙元朝廷說話，像宋代修史者那樣，將任何起義者都說成吃人不吐骨頭的妖魔。

想到這兒，盛文郁不再做任何試探，乾脆把心一橫，朝著東方拱起手道：

「也罷，不必查了，盛某承認，吳王殿下的確如你所說，心胸氣度不輸於唐宗宋祖，盛某也正是因為佩服他這一點，所以今天才冒險前來知會你們，趙君用那廝試圖尾隨大軍北伐，趁機暗下毒手。」

「啊！」張掌櫃頓時驚呼出聲。然而，只數息間，專業的訓練就在他身上體現了出來，只見他迅速收拾好慌亂的心情，向盛文郁拱手道，「多謝大人示警，我淮揚上下必不忘今日之恩，事關重大，請大人在此稍坐，小可立刻想辦法傳遞消息。」

說罷，他快步出門。大約一炷香後，帶了一個江湖郎中打扮的人回來，向盛文郁介紹道：「託大人的福，小可已經將消息連夜送了出去。這位盛大夫是大人的同宗，在淮揚那邊交遊遠比晚輩廣闊，大人有什麼話，都可以跟他慢慢說，他會將大人的任何言語都記錄下來，待日後必有回報！」

「回報就算了！老夫只是想跟吳王結個善緣，沒打算要任何回報。」盛文郁知道遊方郎中必然為淮揚軍情處專門負責汴梁方面的正主，站起身，笑著擺手。

「大人高義，小可佩服，然大人豈不聞，子路援溺受牛之舉乎？況且我家主公早有指示，滴水之恩必湧泉為報！」江湖郎中向前走了兩步，長揖及地，「小可盛弘，乃軍情處汴梁站主事，先替我家主公拜謝盛大人援手之恩。」

昔日子路救了個落水者，對方贈送他一頭牛，子路欣然受之，眾弟子認為子路貪心，但孔子卻對子路的舉動大加讚揚，認為只有這樣，今後別人再落水，才

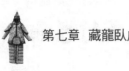

有人繼續見義勇為，否則指望人人都冒險救人卻不求回報，最後結果只能是落水者都被淹死，周圍無一人施以援手。

這個典故遠不及子貢贖奴流傳廣泛，卻一下子就顯示出說話者在儒家典籍方面的造詣。

同為讀書人出身的盛文郁不敢怠慢，高興地拱手還禮，道：

「盛主事既然以先賢之舉相責，在下若是還繼續推辭，就未免過於虛偽了。在下所求無他，第一，希望大總管早日攻克大都，驅逐韃虜，重振我漢家雄風。第二，待大總管一統天下之時，請容劉丞相和盛某各自做一個富家翁，歸老山林。第三，請給已經亡故的紅巾豪傑幾句讚賞，讓他們九泉之下雖死猶榮！若是盛主事能替大總管答應這三條，盛某今後願意供大總管驅策，刀山火海，絕不旋踵！」

借助黃河水道之便，從上游往下游送信極快，不到兩天功夫，趙君用準備在淮安軍背後捅刀子，和盛文郁願意供大總管驅策的消息，就相繼送到了徐州朱重九的臨時行轅裡。

「這頭白眼狼，當初就該一刀宰了他！」蘇明哲聞訊後，第一個跳了起來，金拐杖砸得地面火星四射。

當初在徐州舉義之初，趙君用就對左軍百般刁難。後來還曾經試圖跟朱重九爭奪整個東路紅巾的指揮權。若不是朱重九本人心軟，大夥早在芝麻李剛剛病故那會兒，就把趙君用送去殉葬了，怎麼可能容他活到現在？

「該殺！當初就該將他碎屍萬段！」

「主公儘管下令，末將只需要兩個旅兵馬，就保證把趙君用那廝的腦袋給您拎回來！」

「有千日捉賊，沒有千日防賊的道理，主公，如果趙君用敢靠近運河，第一軍團必須有所動作！」

「那廝當初在李總管麾下時就已經起了異心，只不過李總管去得早，才沒有給他機會下手而已。主公如果這次寬恕了他，非但不能得到他的感激，反而會讓他覺得主公迂腐可欺！」

……

張松、劉子雲、馮國勝，包括曾經被趙君用當作心腹的李慕白，都個個義憤填膺。大夥你一言，我一語，所能出的主意，基本上都是果斷開戰，乾脆俐落地拿下趙君用，殺雞儆猴。

謀略最為高明的劉伯溫此刻正在北伐大軍中給徐達做參謀，最為老辣的逯魯曾今年過完春節後，身體情況一直不太安穩，留在揚州休養，馮國用、宋克等人也紛紛去了幾大軍團。因此眼下朱重九身邊，也沒什麼太得力的謀士。

「如果主公不想落個違背高郵之約的惡名，微臣建議現在就啟用托塔天王和黑旋風，讓他們出手，一勞永逸！」見朱重九始終沉吟不語，軍情處主事陳基想了想，決定另闢蹊徑。

暗中交好淮安軍，想給自己留一條後路的，盛文郁絕對不是第一個，軍情、內務兩處在間諜戰方面的功力，也足足甩其他任何皇城司、密諜司幾十條街，所以如果大總管府既無法容忍趙君用搗亂，又不想率先挑起戰端的話，**從汴梁紅巾內部下手，則是最為穩妥的辦法。**

在盛文郁的大力協助下，軍情處有六成以上把握乾淨利索解決掉趙君用，甚至將其變成下一個杜遵道也不成問題。

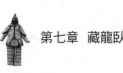

朱重九的眼裡頓時冒出兩道精光，然而，隨著領兵和處理政務的經驗不斷增加，他早就知道諜報這東西作為正面戰場的輔助可以，作為決定勝負的關鍵來指望，則純屬書呆子白日發春，因此他的心思很快就冷靜了下來，道：

「軍情處主要任務是收集情報，一些非常手段，能不用就儘量不要去用，萬一出現什麼疏漏，絕對得不償失。」

說罷，將頭轉向參謀耿天賜，「第七軍團那邊這兩天可有消息，王克柔將軍應付得過來麼？」

耿天賜乃是耿再成的幼子，去年夏天剛剛從講武堂結束學業，對日常工作還略有生疏，手忙腳亂地在幾個櫃子裡搜撿了一圈，才紅著臉回道：

「啟稟主公，蘄水那邊平安無事，王克柔將軍昨天還有正式公文送到，說眼睜睜地看著朱重八在江南攻城掠地，覺得十分不甘。陳友諒校尉也有戰報送來，說地方上的匪患基本肅清，他翹首以盼總參謀部的最新將令！」

「讓他們兩個靜下心來，守好蘄水即可，至少半年之內，大總管府這邊沒有實力兩線作戰。」

第七軍團併入淮安軍較晚，實力也相對孱弱，但王克柔這個人卻非常忠誠可靠，讓他接替吳良謀，帶領第七軍團出鎮蘄水，可以讓各方都感覺安心。

至於陳友諒，朱重九卻始終拿不定主意如何安置此人。論領兵打仗的本事，此人也許僅僅次於徐達，但此人在另外一個時空的事蹟，卻令朱重九很難放心地將他提拔起來，替自己去獨當一面。

「是！」耿天賜受到鼓舞，繼續說道：「預備役那邊，韓將軍也有報告來，說新一輪徵兵工作已經結束，最遲兩個月後，就能再送五萬輔兵供各軍團挑選。」

因為在江南繳獲了大批的土地，先前給戰兵們授田的承諾，大總管府在徐達出征前，基本上已經兌現完畢，所以開春後這輪徵兵得到了前所未有的熱烈響應，甚至還有大批青年男子特地從江西與中書省趕來做流民，就是為了能當上戰兵，給家裡謀一份田產。

報名應募的人多了，韓老六自然就大幅地提高了招兵的門檻，所以新招募的輔兵素質很高，稍加調教之後，比起其他勢力的戰兵亦不遑多讓。

有五萬新兵做儲備，甭說拿下一個趙君用，即便與汴梁紅巾傾巢而致，留守淮揚的第一軍團也未必怕了他們。當即，有多人的提議聲就又高了起來，紛紛懇請朱重九早做決斷，替紅巾軍刮骨療毒。

「趙君用肯定不是什麼好鳥！」在一片激烈的請戰聲中，朱重九笑著將雙臂下壓。「但盛文郁的話卻提醒了我，咱們沒有任何資格阻止別人參與北伐！如果因為他帶兵過了黃河，距離徐達太近，朱某就痛下殺手，那朱某和他趙君用本質上有什麼差別？」

「這……」眾人的喧囂聲立刻就弱了下去，一個個滿臉不服，卻找不到恰當

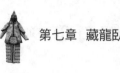

的說辭來反駁。

「主公仁厚，乃我等和天下萬民之福！」最終還是張松心思轉得快，行禮道：「但主公的仁厚，眼下卻只能適用於淮揚，不適用於其他各路諸侯，特別是趙君用這種狼心狗肺之輩，主公必須防患於未然。」

「不是有盛文郁的指證麼？先宰了姓趙的，然後再將證詞公之於眾便是！」蘇明哲眼裡只有朱重九一個人，才不在乎趙君用無辜不無辜。

「問題是，盛文郁的指證，咱們能對外公開麼？萬一他跟趙君用兩個之間有私仇，想借刀殺人怎麼辦？況且只要動手，死的就不只是一個趙君用，那麼多腦袋砍下來，萬一錯了，誰有本事將其安回去？」朱重九反問道。

「這……」眾人再度語塞，瞪圓了眼睛四下張望，恨不得劉伯溫立刻能從前線飛回來。

只有總參謀長劉伯溫能用他的狠辣果決彌補自家主公的婦人之仁；也只有劉伯溫，能想盡各種辦法讓自家主公接受他的諫言，而不是像現在這般一意孤行。

「趙君用那廝，我跟他打交道不是一天兩天了，心性極差，但是他絕對不是一個傻瓜！」見到大夥滿臉失望的模樣，朱重九又笑著道：「相反，此人極為精明，他借機帶兵北上，所求不過兩件事。第一，想辦法給咱們添堵。第二，借機脫離汴梁紅巾，搶塊地盤來割據一方。無論哪一種，他都必須考慮他自己的實力。而現在，我淮安軍三個軍團齊頭向北，一個軍團坐鎮徐州引而不發，那趙君用手頭滿打滿算只有兩萬兵馬，他有膽子跟我淮揚的四個軍團單挑麼？」

「不敢！只敢玩陰的，絕對不敢明著跟咱們為敵！」

「除非咱們自己打了敗仗，呸，我呸呸呸，壞的不靈好的靈，壞的不靈好的靈……」眾文武聞聽，聲音又變得熱烈起來。

這一回，沒人再勸朱重九對趙君用痛下殺手了，**淮安軍早已不是三年前的淮安軍，但趙君用卻還是當年的趙君用，雙方的實力早已不在一個層級上**。甭說淮安軍五大主力軍團隨便拉出一個來，就能將趙君用手頭那點兵馬直接碾成齏粉，即便是第七軍這種後起之秀，與趙君用部對上，也可以將其打得落花流水。

「好了，該幹什麼便幹什麼去，別管別人心裡是什麼打算，咱們先幹好自己的事情最要緊！」朱重九的聲音再度傳來，在一片熱烈的議論聲裡，顯得格外清晰。「馮國勝，你帶近衛旅北上濮州，協助羅本儘快穩定地方。傅友德，你帶騎兵獨立旅沿運河往返巡察，如有異常，自行決定對策！」

「是！」馮國勝和傅友德二人大步上前領命。

朱重九將目光轉向陳基，「軍情處替我給盛平章回一封信，感謝他的好意，然後請他儘量促使趙君用走西線去牽制察罕帖木兒，實在拗對方不過，也別勉強，讓趙君用自己走自己的便是，沒什麼好擔心的！朱某不會阻止任何人參與北伐，如果他敢靠近運河，朱某肯定倒履相迎！」

「哈哈哈……」房間裡響起一串自信的笑聲。每個人的臉上，這一刻竟然都有幾分期待。

馮國勝已經提前做好防範，傅友德所部騎兵，又以攻擊犀利，移動迅捷而著稱。他們兩個互相配合，再加上坐鎮徐州的其他直屬各旅，趙君用不授予淮安軍口實則已，一旦被抓到把柄，等待著他的就是身死名滅，根本沒有機會折騰出任何風浪來。

趙君用不是傻子，蹲在汴梁城內，會不停地動歪心思，然而一旦他帶領麾下兵馬過了黃河，他很快就會發現，**天底下沒那麼多便宜可占**，最好的選擇，還是趁早向現實低頭。**陰謀有效，也很難提防，但在絕對的實力面前，大多數陰謀最後都會變成笑話。**

·第八章·

第一皇后

「唉——！」

望著妥歡帖木兒衰老的背影，第一皇后伯顏忽都輕嘆。

這一刻，她發現自己心裡已經沒有了絲毫怨恨與哀傷，

相反，卻是湧滿了前所未有的安寧與祥和。

待離開大都城後，夫妻兩個應是永無相見之日了。

此刻，數百里外的濟南，蒙元樞密院副知院，中書行省平章太不花，同樣發現自己即將變成一個笑話的主角。

半個多月來每戰皆敗，他已經對戰場上獲取勝利徹底失去了信心，於是乾脆聽從了麾下心腹愛將劉蛤剌不花的提議，假意準備投降，請淮安第六軍團派遣說得算的人過來當面接洽。

如果能騙到一兩個淮安軍大將，把他們的首級往大都一送，至少向朝廷證明了太不花和其他百十名大元武將的忠心。而不是像現在這樣，大夥一邊在淮揚第六軍團的全力進攻下苦苦支撐。一邊還要受到朝廷的猜忌，糧草、武器、兵源，無論哪一方面都不會得到支持。

當然，無論如何，濟南最後是不可能保得住的，可至少也打擊了淮賊的囂張氣焰，跟自家皇上面前有了交代。然後大夥退回大都，與滿朝文武共同進退便是，就不信朱屠戶還能一口氣吃成胖子，打完了大都之後立刻就有本事出兵冀寧。

不需要級別太高，差不多一旅之長就行，就可以滿足太不花主動率領殘兵向大都城轉進的需求。然而，萬萬沒想到的是，對面接到信之後，居然表示出了最大的誠意，由長史馮國用親自帶隊，同來的還有雪雪和他的若干老熟人！

這太令人喜出望外了，太不花恨不得立刻就摔了杯子，號令埋伏在中軍帳外的伏兵進來甕中捉鱉。

然而，就在杯子即將離手的一瞬間，他卻忽然發現自己最為依仗的心腹嘴角露出一絲笑容，有幾分詭秘，幾分得意，剎那間令人不寒而慄。

「承蒙馮長史不棄，折節蒞臨，罪將若是再推三阻四，豈不是枉為人哉？」雙手死死抓住杯子，太不花果斷屈膝跪倒。

「從今日起，罪將與麾下七萬弟兄願供吳王陛下驅策，赴湯蹈火，在所不辭！」

二月二十二日，蒙元樞密院副知院，中書行省平章太不花，領禁軍五萬，地方兵馬兩萬七千餘眾，放下武器，向兵力只有自己一半的淮安第六軍團投降。

副萬戶劉蛤剌不花、濟南路達魯花赤迷只兒駭、般陽路達魯花赤耶律虎、益都路達魯花赤寶童等武將四十餘人皆欣然從之。

濟南知府黃德鑫，濟南路知事劉煥吾、縣丞張文正等大小官員二十一人，於府衙舉火自焚。太不花救火不及，乃至火勢蔓延。及天明，府衙兩側房屋館舍二百餘間，盡毀於烈焰之海，無辜受牽連而死者三千六百餘眾。

淮安第六軍團長史馮國用恐夜長夢多，一邊分派人手安撫地方，一邊指派雪雪出馬，率領剛剛歸降的三千蒙古輕騎直撲長清。長清地方兵馬應變不及，被雪雪一鼓而克，旋即，雪雪為吳良謀帶路，領淮安軍第五軍團攻聊城，拔之。

聊城既破，蒙元新晉樞密院同知，東平路達魯花赤合答後路告斷。不得已，據荊門而守，荊門兩側皆臨河，徐達以巨舟載火炮，自水中轟城一日夜。及天明，東西兩側城牆俱垮，合答知無力回天，向北三拜後，自刎於敵樓。麾下眾將士救之不及，哭嚎而散。

至此，**聊城以南，冠州往東，再無寸土歸蒙元所有**。消息傳開，天下震動。

第一個被嚇住的就是大宋平章趙君用，其借助韓林兒的暗中支持，力壓盛文郁，於二月二十一日強行率部自浦口渡過黃河，直撲濮陽。沿途幾乎未受絲毫攔阻，兵馬才至東明，濮陽文武官員已盡逃散。

然而，就在他與彭大二人興高采烈地坐在濮陽城的知府衙門內，探討是否繼續北進，趁機拿下整個大名路的時候。卻聽到了東昌被徐達攻克，合答戰死以及大不花率眾投降的捷報。

趙君用手中摺扇墜落於地，半晌後，陰沉著臉收拾兵馬，掉頭向西南而去。三日後克滑州，又五日後克更靠西南的汲縣，從此再未向北移動半步。

第二個被影響的是白不信、李武、崔德三個。受趙君用的「戰績」鼓舞，原本被劉福通派去牽制北岸元軍的三人，也忽然大發神威，相繼攻破解縣，聞喜，兵鋒直指晉寧。把一支疑兵硬生生給打成了主力，令偽太子愛猷識理達臘不得不從冀州調遣了大批兵馬南下，才勉強頂住了汴梁紅巾軍的攻勢，將戰線穩固在了曲沃一線。

第三個被影響的，當然就是愛猷識理達臘。

既然有一支紅巾軍已經打到了家門口處，愛猷識理達臘和察罕帖木兒兩人更有足夠的理由不去救援大都了。

但是二人倒也沒有完全忘記兒子和臣子之義，商量過後，分頭給妥歡帖木兒上了兩份奏摺，一本字字血淚，表示願意接受父皇的委託，以太子身分重新監國，仿效大唐天寶年間舊例，於冀寧整軍備戰，以圖日後光復大元河山。

另外一本奏摺，則據理力陳，直言大都路向南向東都是一馬平川，沒有五十萬以上兵力，根本不可能擋得住淮安軍的鋒纓。而冀寧、大同、遼州等地，卻夾在太行山與黃河之間，關河險固，沃野千里。昔日唐高祖就是憑藉這片風水寶地龍飛九霄，大元皇帝陛下如果實在沒有把握戰勝朱重九，不妨暫且前往冀寧避暑。

父子兩個合兵一處，憑藉著冀寧、大同兩路的險要地形，以及來自陝西、甘肅兩大行省的支持，將朱屠戶頂在太行山以東，留下足夠的實力以圖將來！

這兩份奏摺沿著年久失修的官道，星夜送進了皇宮。大元朝天子妥歡帖木兒親閱過後，跌坐於龍椅內，久久不發一語。

「皇上，要不要召見丞相和文武重臣入宮議事？」新提拔起來沒幾天的太監總管高文過心腸軟，怕妥歡帖木兒一直悶下去悶壞了身體。湊上前，小心翼翼地試探。

「罷了，能送到朕手上，丞相和李樞密他們恐怕早就看過了！」妥歡帖木兒勉強地笑了笑，嘆息著搖頭。

他心裡其實非常明白，太子愛猷識理達臘和察罕帖木兒的辦法，是最為穩妥的選擇，雖然去了冀寧之後，自己這個皇帝肯定立刻會被架空為太上皇，從此政令不能出宮牆半步，但是至少大元朝一小半能戰之兵可以不被白白浪費掉，憑藉陝西、甘肅、嶺北再加上小半個中書省，大元朝還有希望捲土重來。

然而，他卻無法答應太子和察罕帖木兒兩個的要求，哪怕是表面上虛與委蛇，都沒有任何可能。自打那天太監總管崔承綬被李思齊在金鑾殿上用金瓜活活打死之後，他這個皇帝已經完全被朝臣們架空，非但對外做任何決策都得通過定柱、賀唯一、汪家奴、月闊察兒和李思齊五個人的同意，即便在後宮之內也無法自己完全做主。

所有被從民間打著選妃為名徵集來供他修煉演蝶兒秘法的宮女，都被李思齊帶出了皇宮，分給了保義軍的各級將領。所有喇嘛都被賀唯一父子帶領怯薛們抓走，悄悄處死焚化後，將骨灰灑進了城外的高粱河。

連同宮裡的一眾太監們也沒有能置身事外，凡是來自高句麗，或者具有大食血統者，全都被遣散回家。剩下的也根據年齡和體力淘汰掉了大半，只留下區區不到兩百名出身可靠，年少力強者，負責伺候他和幾個皇后、皇子們的日常起居。

換句話說，**他現在已經成了定柱、賀唯一、李思齊等人手裡的皮偶，只能按照對方的意思而動**，雖然太子和察罕帖木兒的奏摺還能順利送到他這個皇帝面前，可是如果他再敢流露出絲毫退位的心思，恐怕接下來要死的就不是區區幾個太監了。

已經殺紅了眼的李思齊，根本不在乎通過讓皇子相繼夭折的辦法，逼他「痛改前非」，而定柱和賀唯一為了不被太子即位後滿門抄斬，也只能繼續與李思齊沆瀣一氣。

不像以前貼身服侍妥歡帖木兒的朴不花和崔承綬，新任太監總管高文過年紀不大，政治嗅覺也明顯不如前兩者，聽妥歡帖木兒說得淒涼，忍不住心生幾分同情，想了想，壓低聲音道：「那陛下可需要跟皇后商量？她最近多次派貼身宮女過來探聽您的身體情況！」

「皇后？」妥歡帖木兒愣了愣，眼睛裡露出了幾分茫然。

他心中的皇后只有一位，就是已經棄他而去的二皇后奇氏。當初如果沒有奇氏和朴不花兩個人在旁邊日夜陪伴，他也許早就死在異國他鄉了，如今，這兩個至親卻同時背叛了他，將他徹底推進了萬丈深淵。

「是第一皇后！她其實心裡一直關心著皇上您，請恕奴婢多嘴，在奴婢心中，她才是真正的皇后！」高文過猜到妥歡帖木兒為何而失神，帶著幾分義憤說了句。

這可是真正的忤逆犯上了，若是在一個月前，妥歡帖木兒八成會立刻叫怯薛進來，將此人拖出去活活打死，然而，他聽了對方的話，卻絲毫沒有動怒，只是蜷縮在龍椅內默默地發了幾分鐘呆，而後長長地吐了口氣：

「呼——！你說得對，伯顏忽都才是朕的皇后，才是真正的蒙古人，奇氏不過是個下賤奴婢而已！」

第一皇后弘吉剌•伯顏忽都，是他的第二任正妻。在此之前，他還有一個皇后叫欽察答納失里，也是個道地的蒙古美女，無論性子和容貌都很和他的意，然而帝王家的夫妻之情終究比不上社稷安危，所以在欽察答納失里的哥哥唐其勢造反失敗後，妥歡帖木兒毫不猶豫地接受了大臣的建議，廢掉了她的皇后之位，並且賜給她一杯毒酒。

隨即他就想立奇氏為后，然而奇氏卻是高麗人，血脈不夠純正。所以他才又為了江山社稷考慮，立了伯顏忽都。只是打成親那天起，他就沒怎麼「臨幸」過對方，而伯顏忽都為他生的兒子真金夭折後，夫妻兩個的關係更是名存實亡，雖然同住在皇宮中，彼此間距離也就是百十步而已，卻很少往來。

他懶得過去，伯顏忽都也倔強地不願意搖尾乞憐，以至於幾十年下來，他都忘了伯顏忽都到底長什麼模樣，腦海裡拚命回憶，也僅僅看到剛剛成親那晚上被自己親手撕裂的吉服。

那件吉服下面沒有胴體，**只有濃墨重彩書寫的兩個大字，皇后**。

按照漢人的傳統，只有第一皇后才是皇后，其他皇后只能算做妃子，妥歡帖木兒很不甘心，一直努力想尋找伯顏忽都的錯失，好找藉口將她也廢掉，將奇氏升格扶正。然而，伯顏忽都在兒子亡故後，卻連她自己的寢宮都很少出，他又怎麼可能從雞蛋裡挑出足夠的骨頭來?!

越是挑不出骨頭來，妥歡帖木兒越是憎恨對方，狠不得對方哪天喝水一口嗆死，卻萬萬沒想到，當奇氏棄自己而去，文武大臣都將自己當傀儡傻子的時候，伯顏忽都的目光卻又悄悄地落在了自己身上。

也許，**她從沒將目光移開過。從新婚之夜直到現在！**只是，他從沒在乎過而已！

某些人只有到了窮途末路才能分辨出是非好歹。修煉了多年演蝶兒秘法的妥歡帖木兒，無疑就是其中之一。

幾聲唏噓過後，伯顏忽都這些年的種種好處瞬間湧滿了他的心頭，大元從立國之日起，皇后就有資格推薦或者直接任命屬於自己派系的官員，就連奇氏這個高麗女子，在朝堂中都有許多耳目爪牙，但是伯顏忽都卻沒有；大元朝歷任皇后都會把持皇家田莊、商鋪等各種產業，還不停地接納朝臣的贈送，奇氏和她的高麗族人甚至直接將生意做到了揚州，但是伯顏忽都卻沒有；大元朝的歷任皇后都性喜奢靡，奇氏更是滿身珠翠，但伯顏忽都卻荊釵布裙……

妥歡帖木兒甚至清楚地記得，有一年上元節，自己將所有后妃和皇子們召集起來全家團聚，奇氏曾經當著他的面嘲弄伯顏忽都衣著寒酸，看起來像個擠牛奶的牧奴，而不是一國之母。在場眾人無不陪著笑得前仰後合，而作為丈夫的他竟然沒有覺得奇氏的話有任何不妥。伯顏忽都自己也只是淡淡地搖搖頭，並無一句解釋或者反駁。

現在想起來，若不是他這個皇帝和奇氏兩個逼迫得過分，作為第一皇后的伯顏忽都又何必自苦若斯！放在民間，**明知道丈夫早已起了休妻之心，小妾隨時都準備上位，哪個女人還有心情插得珠寶滿頭？**

「擺駕，朕要去……」忽然間愧疚得不能自已，妥歡帖木兒跳起來，大聲吩咐，話說了一半兒，竟然發現自己忘記了伯顏忽都的寢殿名稱，整個人頓時一僵，大顆的汗珠淌了滿頭。

「聖上有旨，擺駕坤德殿——！」太監總管高文過反應敏捷，憑著妥歡帖木兒的半句話就猜出了他想去的地方。

「是！」從東暖殿外湧進四名太監和四名宮女，拿貂裘的拿貂裘，攙胳膊的攙胳膊，前呼後擁著妥歡帖木兒往外走。

「滾開，朕還沒到走不動路的時候！」妥歡帖木兒忽然又發了脾氣，一巴掌一個，將兩名試圖攙扶他的太監拍出半尺遠。

兩名小太監根本不知道自己錯在了什麼地方，嚇得立刻跪倒在地，叩頭不止。

妥歡帖木兒見了，忍不住再度長長嘆氣，「唉——！廢物，全都是廢物！你們都給朕滾起來，朕今天懶得搭理你們，後邊跟著，別當朕已經七老八十了一般。」說罷，大步流星向前走去。

才走了一百二三十步，卻發現自己的呼吸聲居然粗壯如牛，不到四十卻已經變得十分健忘，腿腳已經開始蹣跚。當初修煉演蝶兒秘法時，高僧分明說此術可以益壽延年，修到極致甚至能與天地同盈衰，永不再墜輪迴，而現在……

那些所謂的高僧竟然都是騙子！他們混進皇宮來，一則為了豐厚的賞賜，二來，恐怕圖的與自己這個皇帝一道分享數不清的美女……他們怎麼能這般無恥？他們怎麼敢這般無恥?!

剎那間，更多的汗水從妥歡帖木兒額頭上滾落，幾乎打濕了他的衣領和前胸大襟。無論從任何角度來說，他都不算是個笨人。否則當年也不可能剷除了權相伯顏，誅殺垂簾的太后，又將那麼多試圖染指皇家權力者一一屠戮。然而，在忽然清醒過來之後，他卻驚愕地發現，**自己最近幾年的日子過得是何等的荒唐**，**何等得無恥下流**！

跟別的男人一道開無遮大會，甚至還曾想要拉上自己的妻子，即便在民間，賤到如此地步的男人也是鳳毛麟角吧！

如此想來，**奇氏棄他而去還有什麼錯處**？**太子謀反奪位**，**又有何可指摘**？即便是李思齊，恐怕也很難算作奸佞。雖然他與賀唯一聯手殺光了皇宮裡的番僧，搶走了所有被番僧染指過的女人，但是，**他畢竟給了朕一個活著反思之機**，否則再繼續修煉下去，恐怕用不了兩年，朕就得命喪黃泉。

「朕，朕……」不知不覺間，妥歡帖木兒主動將胳膊搭在了高文過的肩膀上，兩腿發軟，上下牙齒不停地相撞。

「陛下，坤德殿馬上就到了！」高文過不明白妥歡帖木兒為何會變成如此模樣，將腰彎下了些。

雖然天氣已經轉暖，身上還披著厚厚的貂裘，妥歡帖木兒卻冷得瑟瑟發抖，先前被汗水濕透的小衣黏黏地裹在身體上，令他每走一步都如墜冰窟。

「朕不能現在去見她，掉頭，送朕回東暖閣！不，朕還是現在就去。不，朕需要先喝一碗熱熱的奶茶！」一邊哆嗦著，他一邊喃喃地命令。轉眼間，主意已經變了很多次，最終還是將腳步停了下來，再也不肯向前多走半步。

「轉身，回東暖閣，吩咐御膳房，現在就去熬奶茶！」高文過拿他沒辦法，只好帶領太監宮女們攙扶著他往回走。

才又走了十幾步，妥歡帖木兒卻再度回轉身體，喃喃道：「算了，還是去見她吧，朕已經走到這兒了！」

「起駕，去坤德殿！」高文過愣了愣，苦笑著再度發號施令。

這回，妥歡帖木兒總算沒有再改主意，被大夥簇擁著迤邐前行。不多時，就來到了第一皇后伯顏忽都的寢宮。

早有宮女預先給伯顏忽都傳了話，提醒她迎出門外，夫妻兩個忽然見了面，彼此都微微一愣，感覺竟然恍如隔世。

「你比原來老了！」進了屋子，又發了半晌呆後，妥歡帖木兒沒頭沒腦地冒出一句。

想當年伯顏忽都與他成親時不過豆蔻年華，**在坤德殿裡苦熬了十四五年，怎麼可能還保持得了少女般的容顏？而將她折磨得未老先衰的負心漢又是哪個？若不是奇氏忽然背叛，他這輩子怎麼可能還想起伯顏忽都這個第一皇后來？**

「世間哪有不老的人？況且妾身是蒙古女子，天生就比漢家和高麗女子老得快些！」伯顏忽都卻早已把一切都看開了，笑了笑，柔聲回應。

草原氣候惡劣，生存艱難，所以蒙古女子都如杏花，開得早，凋零得也極為匆忙，這幾乎是大都城內人盡皆知的事。但皇宮的女人怎麼能與尋常牧羊女子相提並論？按理，三十出頭正該嬌豔如牡丹怒放才對，怎麼可能已經只剩下瑟縮的殘枝！

結果，一番善意的解釋，非但未能讓妥歡帖木兒減輕內心的負疚，反而令他的臉色彷彿要滴出血來。

「朕，今生負你良多！」

「陛下，現在說這些還有什麼意義？你我畢竟都已經不再年輕。」伯顏忽都被他的舉動逗得一笑，眼神裡居然露出幾分母性的溫柔。「況且國事已經艱難如此，陛下如果有那份精力，還是好好想想怎麼應對眼前危局才好。至於妾身，自小便有長輩算出妾身命苦，能有個房子遮風擋雨就已經滿足了，早就不奢求更多。」

「這……」妥歡帖木兒聞聽，恨不得找個地縫，一頭鑽進去永遠不再出來。**從十六歲被冷落到三十幾歲，現在才聽到自己幾句懺悔之言，豈不是太晚？**況且即便自己這個皇帝誠意悔過，還能善待得了她幾天？恐怕不用三個月，淮安軍就會打到大都城外了，到頭來**除了陪著自己一死，伯顏忽都還能落下個什麼？**

「陛下不必多想，咱們蒙古女子，向來是嫁了誰，這輩子就跟著誰，富貴貧賤都會認命。」

見妥歡帖木兒又尷尬地說不出話來，伯顏忽都勸慰道：「只是妾身很早之前就知道陛下非逞一時血勇之輩，所以才想勸陛下早做打算，免得萬一戰局不利，又來不及出獵塞外，留在城裡處處仰人鼻息。」

所謂「非逞一時血勇之輩」，實際上是說妥歡帖木兒膽子小，性情陰柔有餘而陽剛不足；所謂「萬一戰局不利……留在城裡處處仰人鼻息」，實際上說的是妥歡帖木兒不能做俘虜，一旦做了俘虜之後，肯定會搖尾乞憐。這兩個意思，伯顏忽都儘量表達得隱晦委婉，給名義上的丈夫留足了顏面，然而，依舊讓對方羞愧得幾乎捂著臉逃走。

「你不知道！」妥歡帖木兒盯著地面，痛苦地呻吟道：「你什麼都不知道，定柱他們幾個，不會准許朕做任何決定，朕早就已經打算將皇位交給太子了，可是朕的聖旨卻通不過中書省，朕想下個中旨，也無法送出大都城。」

幾乎是平生第一次，他坐下來跟伯顏忽都商議朝政，卻沒想到說出來的消息如此令人無奈。

伯顏忽都聽了，先是皺了下眉頭，隨即目光向周圍的太監宮女們緩緩探詢，待從後者臉上找到了足夠的肯定暗示後，便道：「這幫傢伙可真是膽大包天，居然連劫持聖駕的事都做得出來。不過，他們這些人真的能做到完全一條心麼？以臣妾之見，應該會很難吧。」

「你們都出去，離開宮門二十步，非朕和皇后的召喚，誰也不准靠近！」妥歡帖木兒打了個哆嗦，趕緊清場。「高文過，你不要走，你站在門口。有人敢不聽朕的話靠近，你就立刻給朕咳嗽幾聲！」

「是！」高文過哭笑不得，行了個禮，倒退著站在門口。

妥歡帖木兒小心翼翼地走到窗口四下張望了好幾遍，才緩緩走回來，壓低聲音說道：「不瞞你說，他們幾個肯定心思不在一處，那定柱、賀唯一明知未必能打得過朱屠戶，卻寧願拉著朕跟他們一起去死，也不准朕去冀寧投奔太子；而那李思齊、汪家奴和月闊察兒，恐怕各有各的退路。特別是汪家奴父子，他們汪家世代經營陝西，門生故舊遍地，即便去了太子那邊，為了陝西的援兵和錢糧，估計也沒人敢把他們怎麼樣。」

「那陛下為何不早點宣汪家奴進宮？」沒想到妥歡帖木兒被嚇成如此模樣，這可跟當年剷除伯顏，誅殺皇太后的妥歡帖木兒，完全是兩個人。

「莫非陛下還想看看他們到底能否打贏朱屠戶麼？」

「朕沒辦法啊，朕真的沒辦法！」妥歡帖木兒跺了跺腳，咬牙切齒。「朕不想再當皇帝了，早交卸出去，早落個一身輕。太子雖然不孝，朕手頭已經沒一兵一卒了，他倒也不至於非要送朕歸西才肯安心，汪家奴父子雖然在陝西有強援，於大都城內卻沒什麼人馬可用；而賀唯一和李思齊，一個掌握了朕的怯薛，一個帶著十萬虎狼，朕如果再謀事不秘，被他們兩個察覺，他們可能不會殺朕，卻未必不會像當日誅殺番僧那樣，再度血洗皇宮。」

「原來陛下還在乎妾身的死活！」伯顏忽都聽了，心中湧起幾分欣慰。「可那李思齊和賀唯一不能整天盯著陛下您吧？妾身聽宮女們議論，說朱屠戶的兵馬都快打到德州了，他們難道就不準備迎戰於道，而是一直蹲在大都城裡，等著朱屠戶打上門來？」

「那倒是不至於，」妥歡帖木兒想了想，「大都城內的存糧還是當初哈麻給積攢下來的呢，滿打滿算，也就夠軍隊再吃三個月，一旦讓朱屠戶的兵馬過了涿州，根本不用再打，將通州、盧溝橋與北面的龍慶州一堵，大都城內的人就得活活餓死。」

好歹做了幾十年皇帝，沒吃過豬肉也見過豬跑。站在敵方的角度稍加琢磨，他就斷然推翻了死守大都的可能。眼下大都城什麼都缺，就是不缺人。並且不缺除了吃飯喝酒其他什麼都不會幹的世襲貴胄。真的被朱屠戶的兵馬圍了城，恐怕不待糧盡，就會有人主動在城裡邊造反，與徐達等賊裡應外合。

「那陛下何不主動鼓舞士氣，讓李思齊和賀唯一等人早日南下迎戰叛賊？」

正所謂，**旁觀者迷，當局者清**，聽了妥歡帖木兒的分析，伯顏忽都一招就給他點明了接下來的方向。

「那豈不是送他們去死？」妥歡帖木兒激靈靈打個哆嗦，本能地反駁。「以逸待勞，他們還毫無勝算。南下迎戰，從德州往北幾乎無險可守，而那徐達又新收了太不花的七萬殘兵，敵軍現在已經快是我軍的兩倍了，賀唯一和李思齊怎麼可能打得贏！」

「陛下，小聲，您剛才還擔心隔牆有耳呢！」伯顏忽都提醒。

「啊——！」妥歡帖木兒如同受驚的兔子一般跳起來，跑到窗口處再度四下張望，待確信沒有人偷偷靠近，才又匆匆忙忙走到伯顏忽都面前，用更低的聲音說道：「打不贏，賀唯一根本就不知兵，李思齊比他強一點，但兵馬數量又太少了，即便把李漢卿手中那三千忠義救國軍加上，也不可能擋得住徐達傾力一擊。」

「可陛下先前還說呢，留在大都城裡也是坐以待斃！」伯顏忽都又笑了笑，眼神裡帶上了幾分嘲弄。

「朕的確說過，但是朕……」

妥歡帖木兒喃喃半晌，無言以對。整軍出戰，等於催賀唯一、李思齊兩個去送死。固守大都，也盼不來太子那邊的元兵，到頭來大夥還是一起去死的結局。與其一起死，不如……

猛然間，他明白了伯顏忽都的意思，興奮地一躍而起，雙手抱住對方肩膀，「你是說，讓朕把他們支開，然後再想辦法聯絡汪家奴父子，一道出奔冀寧？你真是朕的福星，**一語點破夢中人**！」

「皇上過獎了，妾身只是不想讓皇上和妾身都落入敵手罷了！」伯顏忽都掙脫了他的雙手。「妾身不是惹陛下生氣，故意提那些不開心的往事，妾身……」

伯顏忽都勉強笑了笑，慘然道：「妾身做了這麼多年有名無實的皇后，可不想臨了卻落到淮賊手裡，被當作亡國之婦。妾身也不想去冀寧投奔那對母子，如果能平安離開大都，妾身想跟陛下求份人情，還請陛下恩准……」

「你說，朕答應，朕什麼都答應！」妥歡帖木兒被對方臉上的淒涼弄得心中發慌，紅著臉，低聲打斷。

「妾身想去嶺北，妾身聽父親說過，妾身老家在達賚諾爾，風景如畫。妾身從來沒去過，如果陛下恩准，妾身想回老家去看一眼，在那裡頤養天年！」伯顏忽都蹲身，以臣禮緩緩下拜。

「你也要離開朕?!」妥歡帖木兒一聽，立刻大急，劈手抓住伯顏忽都的肩膀，死死不肯放開，「不行，你不能走，朕不讓你走！朕知道，朕以前對你不起，但朕今後，朕可以發誓，今後一定會好好待你！」

「陛下，一旦到了太子那邊，您可就是太上皇了！陛下可以做唐明皇，妾身可不想輾轉峨眉馬前死，所以妾身去達賚諾爾，對陛下，對太子，對所有人都是一件好事！」

「朕可以帶著兵馬一起去，昔日如果玄宗不是錯信了陳玄禮，也不至於有馬嵬之劫！」妥歡帖木兒的手臂哆嗦了一下，卻依舊捨不得鬆開。

「如果他們肯聽陛下號令，陛下又何必跟妾身商量送他們去迎戰朱屠戶？」像看著一個孩子般看著妥歡帖木兒，伯顏輕輕搖頭，「他們當中，又有哪個比得上當年的陳玄禮？」

昔日唐明皇帶領後宮和百官出奔，才離開長安百餘里，太子李亨就勾結陳玄禮舉行了一場兵變，盡誅楊國忠及所謂的楊氏黨羽，逼迫唐玄宗賜楊貴妃自盡。隨即，父子分道揚鑣，一個去了蜀中，一個去了靈武。未幾，李亨在靈武自立為帝，遙尊李隆基為太上皇，從此李隆基再也無法掌控朝政，直到最後鬱鬱而終。

這段典故裡邊，起到至關重要的一個人物，就是唐玄宗的鐵杆心腹，禁衛軍主將，追隨了他四十餘年的龍武大將軍陳玄禮。如果不是此人帶領禁軍主動投靠了太子李亨，後者根本沒有勇氣從年邁的玄宗手裡奪權，更沒有任何成功的可能。現在，太子愛猷識理達臘的實力遠遠超過了當年的李亨，反觀妥歡帖木兒身邊諸將對他的忠誠度卻連陳玄禮都不如。

換一種更淺顯的解釋，不將定柱、賀唯一、李思齊等人送入虎口，妥歡帖木兒就是這些人的傀儡，而將定柱等人連同最後的十幾萬兵馬送葬之後，妥歡帖木兒就是孤家寡人，甭說沒能力保護伯顏忽都，就連他自己能不能平安當一輩子太上皇，都得看愛猷識理達臘母子高不高興，從先前母子兩個聯手謀逆的舉動上看，很顯然太子殿下不是個下不了狠心之人。

想到自己縱使保得了性命，終究還是孤家寡人一個，妥歡帖木兒忍不住一陣陣悲從中來，將緊握在伯顏忽都肩膀上的手鬆開，哽咽著道：「朕也不走了，朕和你一道留在大都，朕大不了，大不了就殉了……」

想說以死殉社稷，卻又怕哪天真的一語成讖，喃喃半晌，終是最後化作一聲低沉的嘆息，「唉……」

「陛下，天晚了，陛下還是早點回去休息吧！養足了精神，明天早朝時，也好有力氣讓定柱他們按照您的意思行事！」伯顏忽都的眼裡閃過一絲難以察覺的失望。

妥歡帖木兒這會兒卻變得非常敏感，立刻感覺到伯顏忽都的眼神波動，瞬間面紅過耳，低下頭，不敢與對方目光相接，踉蹌著「落荒而逃」。

「唉——！」望著妥歡帖木兒衰老的背影，第一皇后伯顏忽都也低聲輕嘆。

這一刻，她發現自己心裡居然已經沒有了絲毫怨恨與哀傷，相反，卻是湧滿了前所未有的安寧與祥和。**那個自私且膽小的男人，原本就不值得她傷心，倒是她自己，白白地被這座皇宮囚禁了許多年，浪費這輩子最好的光陰**，待離開大都城後，夫妻兩個應是永無相見之日了。

「皇后，天黑了，婢子去傳晚膳吧？」當年陪伴他入宮的貼身婢女娜仁悄悄地走了進來。

「沒胃口，說實話，御膳房做出來的東西，我早就吃膩了！」伯顏忽都懶懶地說道：「你幫我關上門，順便翻翻箱子，找幾件厚實的衣服。說不定將來還能用得上。」

二人在深宮裡一道擔驚受怕多年，彼此間早已沒有主僕間的尊卑隔閡，只有濃濃的姐妹情誼，所以說話時，她不必帶有任何隱瞞。

對於妥歡帖木兒的離開，娜仁也和伯顏忽都一樣，絲毫不覺得失望。那個涼薄的男人馬上就要丟掉江山了，勉強跟他在一起，反而被他拖累，還不如在機會到來時，各自散去，這輩子誰再也不欠誰。

但伯顏忽都的身體，她卻不能不管，道：「也未必沒什麼好吃的，下午，寶童王爺送了幾頭黃羊進宮，說是您的幾個侄兒專門去山上城外孝敬姑母的，這會兒御膳房應該收拾乾淨了。」

「春天的黃羊瘦得皮包骨頭一般，有什麼好吃的？寶童他們父子幾個真是多事！」伯顏忽都皺了皺眉頭道。

在進宮做第一皇后之前，她可算得上弓馬嫻熟，對獵物種類以及狩獵的最佳時間都瞭若指掌，春天從來都不是打獵的好季節，無論是從獵物繁衍，還是肉質口感角度，都不宜殺生，而寶童……

猛然間，想起了自打親生兒子真金夭折後，娘家這位親弟弟就再沒靠近宮牆半步的事，她臉上再度湧起一絲嘲弄的笑容，道：

「罷了，難得毓德王一片心意，你去讓御膳房給我烤一片黃羊脯子，外加一碗湯來，順便叫人去王府一趟，問問他們，達賚諾爾湖今年冰化了沒有？我記得那裡的紅眼華子魚，可是人世間難得的美味！」

妥歡帖木兒與伯顏忽都兩人已經不相往來多年，所以定柱等人安插在皇宮裡的眼線，誰也沒注意到，就這一天在晚飯後，伯顏忽都的貼身女官娜仁悄悄回了趟娘家，結果第二天早朝，在幾個權臣毫無防備的情況下，忽然有一大票平素很少上朝的蒙古王爺們聯手跳了出來。

「右相先前說，要失地存人，拉長淮賊的補給線，消耗淮賊的兵力和士氣，結果淮賊初渡河時，總兵馬不過九萬餘，打到了濟州時，人馬就變成了十三萬。數日前又收了太不花所部八九萬殘兵，再加上從登州趕去匯合的另外一支淮賊，如今，那徐達麾下總兵力竟變成了二十五萬之巨，而右相卻依舊遲遲按兵不動，莫非右相還要繼續失地存人，待淮賊湊夠一百萬才肯跟其交手?!」

燕王也吞帖木兒年齡最長，在皇親國戚裡算得上德高望重，翹著花白的鬍子大聲責問。

「可不是麼，右相說是自己一心為國，先前做了許多出格之事，大敵當前之下，我等也都信了。可右相卻放任朱屠戶長驅直入，卻遲遲不肯發兵，到底所圖為何？」忠順王托敏也不甘落後，挺著高高隆起的肚子，滿臉憂憤。

「是戰，還是守，右相總得給個決斷，像這般半死不活的拖著，還能拖上幾時？」寧王為人厚重，說話條理清楚。可他拋出來的問題，卻令人更加難以應對。

「可不是麼，越拖，淮賊氣焰越是高漲，而地方士卒官吏卻越是不知所措！」其他諸如敏德公、廣德公、濟郡王、忠勤王之類，也爭先恐後地幫腔，唯恐表現得晚了，讓人忘記他們也是皇親國戚中的一員。

定柱在頭天晚上與賀唯一等人謀劃了大半夜，始終覺得在平原上作戰，大元這邊很難取得上風，而據固守大都待援，也沒任何把淮安軍拖垮的指望，首先太子那邊肯定不會發一兵一卒，其次，照著目前各地兵馬打不過就投降的態勢，說不定屆時徐賊都不用派遣淮安軍攻城，直接靠立功心切的降兵降將屍體，「堆」都能將大都城的城牆給「堆」垮。

戰守兩難，他們也不知道該如何是好，到了後半夜才悻然散去，結果今天上朝時，每個人都有些神情恍惚。

但是作為整個大元朝最後的頂梁柱，時局縱使再難，定柱卻不能於朝堂上當眾明說，否則原本所剩無幾的士氣，恐怕瞬間就要煙消雲散。

「諸位大人少安勿躁！」強忍著劇烈的頭疼，定柱大聲道：「賊兵未至，我等不能自亂陣腳。兵，肯定要出的，可怎麼出？出多少？誰人為主將，卻得從長計議！」

「我等沒亂，是右相大人您自己先亂了！」

「誰人為主將，這還用計議什麼？當年脫脫大人在位時，哪次不是親領大軍?!」

……

四下裡，反駁聲又是宛若鼎沸，非但帝后兩族的貴冑們，就連汪家奴所掌控的御史臺，都有許多人啞著嗓子加入了聲討隊伍。

他們說出來的話很難聽，但是誰也不能認為他們的話毫無道理，聽著聽著，定柱莫名焦躁起來，用力跺了幾下腳，咆哮道：

「閉嘴，爾等都給我閉嘴！誰說本相已經亂了，本相有什麼謀劃需要跟爾等一一彙報麼？本相當然有自己的章程，但本相需要提防有人暗通淮賊，所以今天偏偏就不能說出來。」

他不提「暗通淮賊」還好，一提，立刻捅了馬蜂窩。

說實話，滿朝文武，包括定柱本人，這兩年都沒少從南北貿易中撈取好處，特別是冰翠分銷和羊毛統購這兩大項日進斗金的買賣，在大都城內，沒點背景和實力的，根本不可能沾手，而一旦手上沾了銅臭，自然就少不得了跟淮揚商號的大小掌櫃、襄理們打交道，明裡暗裡總得有些人情往來。很多朝廷的秘密，就是通過類似關係，轉眼就從大都就傳到了揚州。

所以若論誰通淮的嫌疑最大，原右相哈麻當排第一個，然後以獲利多寡算起，他定柱保證落不下前五，然後才是太尉月闊察兒等，其餘大人，最多只能跟在前十後邊喝湯。

「你說誰？你有本事把他的名字點出來！點出了我們立刻動手殺了他，甭管他是哪個王爺，手裡握沒握著重兵！」燕王也吞帖木兒光棍眼裡容不下沙子，狠狠地道。

「好啊，防賊防到爺們頭上來了，爺們還說你定柱勾結淮賊呢！否則，當初為何要逼反了雪雪，如今又對太不花見死不救？逼得他不得不率部向徐達投誠?!」

……

忠順王、寧王、相王還有一大堆國公、郡公也緊隨也吞帖木兒之後群起反駁。先前定柱跟大夥商量都沒商量，就直接跟李思齊聯手血洗了皇宮，這已經令貴胄和清流們咬牙切齒。可當時看在淮賊大軍壓境的情況下，眾人也只能暫且忍下這口氣，以免內亂擴大，讓朱屠戶坐收漁翁之利。可大夥如此退讓，換回來的卻是一頂「暗通淮賊」的大帽子，這可是孰可忍孰不可忍了。

定柱沒想到今天這些王公貴胄會揪住自己死纏爛打，一時間根本招架不過來。偏偏他昨夜幾乎一整夜沒合眼，身體困乏至極，於是越聽越耐不住性子，越聽越火，猛然間把心一橫，右手直接朝腰間摸去。

上朝當然不能佩戴武器，可是他如果動了殺心，發現武器不在手，隨後就可以命令當值怯薜入內，將圍攻自己的眾人全部一網打盡。

好在左相賀唯一反應迅速，發覺定柱要暴走，立刻搶先一步大聲呵斥：「住口，爾等當著陛下的面圍攻右相成何體統！莫非我大元律例全都是擺設麼？莫非爾等眼裡早就沒有了陛下，所以公然咆哮朝堂?!」

一連串罪名扣下來，眾人的氣焰頓時一矮。

就在這當口，始終沒有說話的妥歡帖木兒卻用手輕輕拍了下御案，「好了，都別鬧了。左相不要懊惱，他們也是為了大元。右相也不必生氣，大夥今天的一些話雖然尖刻了些，可也不是完全沒有道理。朕把禁軍、保義軍和怯薛都託付給了中書省和樞密院，兩位丞相還有汪卿、李卿，你們幾個當然該早點想辦法擊退淮賊，給天下一個交代才是。」

「這……臣等遵命！」

被點到名字的定柱、賀唯一、汪家奴、李思齊四人，先是愣了片刻，然後相繼躬身。

他們可以殺掉妥歡帖木兒身邊的太監，他們可以血洗那些禍國殃民的喇嘛，他們甚至可以劫持妥歡帖木兒，令後者無法傳位給太子。但是，他們卻不能當著滿朝文武和眾多王公貴胄的面直接衝去打妥歡帖木兒的耳光，畢竟，如今這個搖搖欲墜的朝廷還需要妥歡帖木兒這塊招牌才能支撐得下去，而後者的話也不算過分，有多大權力就需要盡多少責任，所有兵馬大權都交給他們幾個了，朝政也讓他們幾個盡數把持了，他們幾個當然有責任儘快解決掉眼前危局。

「若是右相親領大軍迎戰淮賊，本王願意捐資一萬犒師！」正當四人不知道下一步該如何交代的時候，第一皇后的親弟弟，毓德王寶童，忽然主動站出來表態。

一萬貫對滿朝文武來說，不算大數字，卻足夠一百名戰兵的數月開銷。而如果滿朝文武人人皆如毓德王，大軍又何愁無餉可發，人馬又何愁無糧草可用？

「寶童真不愧毓德兩個字。」妥歡帖木兒一旦把精力全放在內鬥上，能力不是一般的強，當即就從書案後站起身，紅著眼睛做出回應，「右相，朕準備給毓德王加封一千戶食邑，另外賜大都城外皇莊一座。不知道可否？」

「國難當頭，陛下欲褒獎忠義之士，微臣不敢勸阻！」定柱躬身答應。

大元天子向他這個右相當眾請示，**這不是明擺著說他是個真正的權奸麼？他又怎麼可能將天子的提議駁回，真正戴上權奸的帽子**?!也罷，既然你妥歡帖木兒急著讓將士們去送死，本相就帶他們去送死好了，反正就是一條命的事情，送出後就再也不欠誰的。

沒等他賭著氣把禮行完，忠順王、寧王、相王、還有一大堆國公、郡公再度一擁而上。

「本王也捐一萬貫！」

「本王捐五千貫！」

……

第九章

致命原因

假使朱屠戶北伐成功，張士誠豈肯心甘情願低頭做小？
這才是最致命的原因。
越是目光短淺，志大才疏之輩，越不會放棄眼前利益，
就像夜貓子守著自己的死老鼠，明知道路過的大鵬鳥看不上，
也仍然要對著天空張牙舞爪。

有道是，眾人拾柴火焰高。

一干平素見人就哭窮的皇親國戚們齊心協力，轉眼間就給大元朝硬生生湊出了四十餘萬貫軍餉，這下可是讓定柱再也沒理由推脫了，朝左相賀唯一、樞密院知事李思齊、御史大夫汪家奴等人凝望片刻，咬著牙道：

「某先前之所以無法下定決心親提大軍平叛，所慮無非是糧餉不足，而大都城內人心亦不安穩爾！既然諸公眾志成城，個個捨家為國，某又何惜此身?!今日咱們不妨就將出征方略定下來，待兵馬糧草一齊，某立刻領兵去與徐賊一決雌雄！」

「某願領禁軍與右相大人同往！」月闊察兒四下看了看，斷然下定了決心。

眾位皇親國戚平素都什麼德行，他心裡清清楚楚。當年右相脫脫不過是因為國庫空虛，欠了幾個月俸祿沒有發放。按道理，誰家也不至於為幾百貫的收益斷了炊，可他們卻立刻像餓紅了眼睛的野狗一樣跳了起來，與妥歡帖木兒和哈麻等人一道將脫脫置於死地。

今天，他們忽然幾千、上萬貫地出資，眼睛都不帶眨一下，若說其中沒有什麼貓膩，簡直是傻瓜都無法騙過，但是他們卻偏偏就這麼做了，臉上帶著難以掩飾的愉悅，絲毫不管敵軍已經近在咫尺！

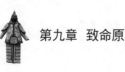

這樣的一個朝廷，這樣一群鼠目寸光的瘋子，恐怕鐵木真大汗復生都無法令其起死回生。誰要是還想著與之同生共死，那就不是孤忠，而是腦袋被馬蹄踩過了。

月闊察兒自問腦袋沒被馬蹄踩過，所以打算趁著最後的機會，將禁軍的兵權搶回一部分緊握在自己手裡，以備關鍵時刻之需。

同樣腦袋沒有被馬踩過的，還有哈麻的妹婿，樞密院副知事禿魯帖木耳，只見他眼睛快速轉了幾下，用力擠出人群，先朝妥歡帖木兒行了躬身禮，然後又將面孔轉向定柱，決絕地道：

「某身為樞密院副知事，平素總以竊據此位卻不能為國盡力為恥。此戰，請右相一定用我為先鋒。我願領一哨兵馬，替大軍開道搭橋，安營立寨！」

「李某不才，願領忠義救國軍，與大人共同進退！」

「某雖然武藝低微，亦願帶一支偏師，繞路迂迴敵後。」

「……」

兵部侍郎李漢卿、樞密院同僉古斯、樞密院判官海壽等，也紛紛出列，主動表態願意替定柱分憂。

眼下大都城內外總兵馬不過二十萬出頭，其中還有十餘萬為李思齊麾下的保義軍，根本不可能讓任何人染指。剩下的部分，如果真的分派給禿魯帖木兒等人，就根本不用再去與徐達交手了，恐怕走到半路上，大軍就分崩離析。

當即，左相賀唯一用力咳嗽了幾聲，笑著說道：

「諸位拳拳之心，右相大人與我都記下了，可選將之事卻不能過於隨意。這樣吧，諸位少安勿躁，再給右相與賀某一天時間，明天一早，右相府自然會將此事定下來，公之於眾。」

說這番話時，他始終背對著妥歡帖木兒。從頭到尾，未曾回頭看過大元天子一眼，更沒有徵詢後者的意見。

很顯然，即便他這種不擅長耍弄陰謀詭計的人，此刻也早已明白過味道來了，**知道今天皇親國戚們的反常舉動，肯定是受了妥歡帖木兒的暗中指使**，所以，他也就徹底地對後者死了心，再也不顧忌絲毫的君臣之情。

妥歡帖木兒對此也不以為意，既然定柱、賀唯一等人敢脅迫他，不准他退位去投奔太子，不肯將各自的全家老小交給太子去報復，那麼，**這些人就是亂臣賊子**，打輸了也好，打贏了也罷，跟他這個即將退位的皇帝已經沒有半點瓜葛。只待這些人遠離了大都，放鬆了對皇宮的監視，他就可以暗中聯絡皇親國戚還有忠於自己的人，一道向西而走，從此將大都城與世間所有煩惱盡數拋在身後。

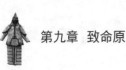

君臣之間恩斷義絕，彼此倒是都落個輕鬆。儘管按照各自的想法，放手施為。很快，定柱等人那邊，就商議出了一個基本方略。由右丞相定柱親自掛帥，樞密院知事李思齊副之，帶領禁軍、怯薛親軍一部，保義軍、忠義救國軍以及大都城外剛剛招募起來的數萬鄉勇、沿運河南下迎戰徐達。

賀唯一與其子帶領另一部分怯薛親軍為後部，負責押運糧草輜重。至於保衛皇宮和大都的任務，則著落在御史大夫汪家奴，桑哥失里父子頭上。

為了預防有宵小之徒借機蠢蠢欲動，定柱特地給汪家奴留下了五千禁軍，全是十裡挑一的精銳，萬一前方戰事不測，確保天子不落入「賊人」之手，應該沒任何難度。

第二天一大早，有關選將事宜也商議出來了最後結果，月闊察兒因為在禁軍中門生故舊太多，將其留在大都城內實在無法讓定柱放心，所以被安排了一個重要差事，以太尉、柱國大將軍之職，前往保定路點兵，集結各路地方人馬，招募天下豪傑。待地方上所有力量都聚集到一處之後，再帶著他們趕往前線助主帥一臂之力。

李漢卿、龔伯遂和沙喇班三個，因為手裡握著一支純火器部隊，所以也被分別任命了萬戶、參軍和副萬戶之職，率部跟主力一道行動。平素這支兵馬單獨立營，不與其他任何一哨兵馬混同；戰時，則歸定柱直接指揮，以便在關鍵時刻給徐賊致命一擊。

其他主動請纓的眾文武，除了幾個讓定柱不太放心者，被分別委任了參軍、經歷等閒職之外，其他就都被丟在了大都。左相賀唯一在私下裡說得明白，這些人個個文不成，武不就，扯起自己人後腿來卻一個頂倆。帶著上他們出戰，反倒容易被他們壞了士氣，還不如留著他們在大都城內伺候皇上，反正朝政已經爛成那般模樣了，再爛也爛不出更多花來。

將士選定，糧草輜重準備停當，右相定柱、左相賀唯一兩個再度連袂進了一趟皇宮，跟妥歡帖木兒鄭重道別；然後找了個良辰吉日，率領大軍揚長而去。

這一走，幾個擔任主將者，大抵上誰也沒打算活著回來。所以三軍上下隱隱帶上一股風蕭蕭兮易水寒的味道。先花了一整天時間抵達了通州，然後該乘船的乘船，該騎馬的騎馬，沒有馬匹和船隻代步的繼續兩條腿趕路，迤邐著向東南方的海津鎮殺去。

因為正值青黃不接時刻，地方上很難籌集到足夠的糧草，所以二十萬兵馬的日常消耗，大部分都必須靠糧船從後方輸送，故而行軍路線也就無法距離京杭大運河太遠，只能沿著通州、楊村、海津、清州這條曲線，拐著彎緩緩向前挪動。

好在淮安軍那邊兵力也不太充足，主帥徐達又是個天生謹慎的性子，取得了一連串輝煌大勝之後，卻沒敢立刻放開步伐向北高歌猛進，所以最近才沒有太多噩耗向北傳來。

但是有一條最新消息，依舊令定柱心神不安，那就是淮安軍第九軍團居然在德州城內升起了青狼圖案軍旗。而這支剛剛組建的軍團，從主將到底下的兵卒，幾乎是清一色的草原面孔。

「該死的朱屠戶，該死的徐賊，我就知道他們兩個忽然放慢了腳步就沒安好心！」接到消息的當日，定柱在座艦上摔碎了七八個冰翠茶碗，踹爛了三四張楠木椅子，直到周圍沒有任何值錢的東西可供破壞了，才喘息著坐倒在甲板上。

對手這一招，等於給全天下的蒙古人和契丹人都指明了退路，讓各地驚慌不安的萬戶、千戶們，立刻就看到保全家族富貴的希望。而大元朝這邊，則愈發後繼無力，舉步維艱。

「右相大人這是怎麼了？大戰在即，你可千萬不可失去冷靜！」左相賀唯一聽到動靜，趕緊跑上前大聲提醒。

「你自己看！」定柱抹了下嘴角的血跡，用力將密報丟給賀唯一，讓對方自己揣摩。

細作傳回來的消息並不是非常詳盡，但已經足夠讓賀唯一將徐達的動作分析得非常清楚。在消滅了東昌路的守軍之後，此賊沒有急著趁朝廷尚未做出反應之時繼續擴大戰果，而是將帥帳暫時立在了聊城，然後一邊分派吳良謀、吳永淳、王弼、張定邊等將肅清左右兩翼的州縣，一邊著手整頓降兵降將，將其去蕪存菁。

太不花自知地位尷尬，又多少還對大都這邊念著些同族之情，所以率部投降之後，就自己主動提出要解甲歸田，徐達和劉伯溫再三挽留無果後，也就順水推舟答應了他的請求。修書給大總管府，請求按照太不花的貢獻和職位，贈與金銀細軟若干，各家商號股權若干，令其還沒等離開軍營，就已經腰纏超十萬貫。

其他眾新降將領見了，都怦然心動，陸續向總參謀部提出了退役要求。對此，劉伯溫也樂見其成，以最豐厚的報酬回饋大夥的善意，並且准許他們帶著自己的嫡系部屬一同離開。

於是短短數日之內，七萬餘降軍就散掉了大半，剩下三萬出頭除了打仗之外什麼都不會幹，並且心甘情願替大總管府而戰的，才被徐達留了下來，單獨組成第九軍，由阿斯蘭暫且帶領，進駐德州。

如此，徐達所部兵馬，再度降到了二十萬之內。朱屠戶那邊的補給壓力也頓時大為減輕。但是，**他們對大元朝的威脅卻愈發沉重。宛若一把出鞘的屠龍寶刀，高高舉起，隨時會發出致命一擊。**

「不行，必須找個地方先將兵馬停下來，然後再做打算！」感覺到那隨意可以讓自己一分為二的刀鋒，定柱捶打著甲板喃喃自語。

保定、河間各地的達魯花赤都是漢軍世侯，他們比太不花還不可靠，一旦他們在……

「右相慎言！」此時，左相賀唯一的表現遠比定柱這個主帥冷靜，放下密報，「此刻豈能再以血脈論忠誠？賀某祖上也是一個漢人，但此番只要右相不後退，賀某也絕不會轉身棄軍而去！」

他祖上是漢軍將領雍國公賀仁傑，因為在屠殺同族時戰功卓著，被忽必烈特地賜了蒙古籍，因此他的正式名字叫做太平，只有極少數最親近的人才能叫他一聲賀大人或者唯一兄。但是他對大元的忠誠卻不比眼下任何人少，特別是與已經背叛的哈麻、雪雪、太不花等純正的蒙古血脈比，更是一個天上一個地下。

「我不是說你。你知道，我一直當你是蒙古人！」被賀唯一看得心裡發虛，定柱擺擺手，紅著臉解釋，「我是怕那姓張的幾個，還有太尉月闊察兒，萬一他們爭相投靠朱屠戶，或者暗中又與皇上勾搭，你我必然死無葬身之地！」

「難道右相在出征前還想過會生還麼？」賀唯一瞥了他一眼問。

「這……」定柱無言以對。出發前，他的確已經抱定了不取勝就戰死的決心，然而，**千古艱難唯一死**，更何況他今年還不到五十歲，還沒享盡世間榮華富貴，因此，發現自己這邊幾乎沒有任何取勝希望的時候，難免又開始猶豫是否要回頭。

「右相如果後悔了，可以現在就稱病回去，大軍就交給賀某好了，反正賀某領兵的經驗原本就比你多一些！」見定柱不敢回答自己，賀唯一索性勸道。

「你胡說什麼？你把我當成什麼人了？我怎麼可能棄軍潛逃?!」定柱被看得心頭火起，指著賀唯一的鼻子叫罵。

「行了，我知道你不是那貪生怕死之輩。」賀唯一淡淡地道：「事實上，你我自打離開大都那一刻起，就已經回不去了，若是半途而廢，即便回到大都，也逃不過身死族滅的結局，不信，你儘管現在派人偷偷回去，看看那汪家奴父子是不是又與皇上重歸於好。」

「你……」右相定柱如遭雷擊，不敢置信地道：「你瞎說些什麼？汪家奴跟咱們一起血洗了皇宮，他兒子桑哥失里又暗中替皇上聯繫過李思齊，被太子視為眼中釘，他們怎麼會……」

「他們汪家在陝西和甘肅經營多年，樹大根深，太子將來想要復國，就離不開他們汪家。」賀唯一彷彿早就看穿了一切，「除非太子身邊俱是些鼠目寸光之輩，否則不可能動他們父子兩個。」

「那咱們可如何是好？不行，咱們得馬上回師！」定柱像熱鍋上的螞蟻般轉著圈嚷嚷道：「現在回師應該還來得及，我就不信那汪家奴能擋得住你我傾力一擊！」

「然後呢，是把皇上殺了，去投降朱屠戶？還是繼續跟皇上在大都城裡耗著，直到一起被朱屠戶俘虜？」賀唯一的話帶著早春時節特有的陰寒。「如果不是不想背上弒君的惡名，你我當初早就動手把昏君給廢掉了，又何必等到現在？而如果不廢掉昏君，多殺一個汪家奴和少殺一個汪家奴，又有什麼分別？」

這句話說得極為透澈，讓定柱無從反駁。如果當初血洗皇宮之時，他們就狠下心來把妥歡帖木兒給廢掉，另行擁立一個皇子即位，後來也不至於又被妥歡帖木兒找到機會逼著領軍出征。

只要不廢掉妥歡帖木兒，眼下回不回師，結果就都一樣，**殺掉一個汪家奴，還有李家奴，黃家奴，群臣中向來不乏見風使舵之輩**，大都城內的皇親國戚，也不會因為大敵當前，就停止對他們背後捅刀。

「事到如今，你我只能努力向前，死中求活！」見定柱啞口無言，賀唯一又道：「皇上那個人你也知道，既捨不得手中權柄，又沒有任何擔當，只要你我一天沒有戰敗，他就捨不得離開大都，萬一你我戰死沙場，他立刻就會棄城出奔，逃之夭夭，顧不上再去對付你我的家人；如果現在就班師回去，半途而廢，會被將士們唾棄不說，用不了幾天，皇上就有本事讓你我身敗名裂，伯顏、脫脫就是前車之鑑。咱們這位皇上，**既不懂治國也不懂領兵，但是殺自己人的本事卻是一等一的**，連已故權相燕帖木兒恐怕都望塵莫及。」

最後兩句話如同千斤重錘，狠狠砸在了定柱的胸口，令定柱連連後退，直到屁股頂上了船艙壁才終於勉強站穩，瞪著一雙通紅的眼睛道：

「別說了！你說的這些我知道，我都知道！咱們不敢殺他，他卻早有殺咱們之心，可除了去跟徐佴戶拼命之外，難道就沒別的辦法了麼？咱們乾脆去……」

「你也不用想去投奔太子，太子那邊需要領兵打仗的千戶、百戶，需要籌畫糧草的謀臣，需要這二十萬士卒；唯獨不需要的，就是兩個丞相和一個知樞密院事！」賀唯一慘淡地笑了笑，「其實在離開大都的當天，賀某就想明白了，這件事必然出自皇上之手，是皇上勾結那群人，逼著咱們去跟徐達拼命，只有咱們都走了，他才能重新奪回對朝堂的控制，繼續為所欲為。而賀某之所以看清楚他的企圖，還願意主動求死，就是希望你我拼著一死，能令徐達損兵折將。如此，即便你我戰敗，淮安軍頂多是拿下大都，絕對沒有力氣繼續逼迫太子，假以時日，我大元未必不能起死回生。」

他是個忠臣，所以**明知妥歡帖木兒想要推自己下地獄，也會縱身一躍，只求用自己和麾下士卒的屍骨將地獄填滿，好讓妥歡帖木兒父子能踏著屍體鋪就的道路直達彼岸**。

定柱雖然惜命，但聽對方說得慷慨激昂，胸膛也瞬間被孤憤填滿，咬牙道：「也罷，姓賀的，既然你一心求死，某家就陪著你便是，黃泉路上，好歹也能彼此做個伴！」

「那是自然！屆時奈何橋上，當與右相痛飲三百大碗！」賀唯一哈哈大笑，朝定柱伸出手掌。

「不醉不休！」定柱含淚與他當中擊掌，發誓這輩子同生共死，不離不棄。

兩個人都做出了最後決定，心情反而變得無比輕鬆。

就在此刻，艙門外忽然傳來一個嘶啞的聲音，「兩位大人這是何苦？誰說此戰有敗無勝？某有一計，定可令朱屠戶死無葬身之地！」

「誰？」

「滾進來！」定柱和賀唯一大驚失色，厲聲斷喝。

「末將李漢卿，拜見兩位丞相大人！」門外的人笑著入內，聲音聽上去宛若毒蛇在陰影裡吐信。

「你來幹什麼，誰讓你上船的？左右為何沒有通報？」定柱一看到李漢卿的臉，氣就不打一處來。

「右相大人勿怪，是屬下欺騙他們，說是奉了您的宣召而來，所以他們才沒敢打擾您。」李漢卿無視定柱刀子般的目光，笑著解釋道。

「你竟敢假傳軍令，來人，給我將其拿下！」定柱愈發火冒三丈，命令親衛入內抓人。

「且慢！」李漢卿卻搶在侍衛們衝進來前，用腳踢上了門，隨即用屁股牢牢將艙門頂死，「大人且聽我一言，若是此計不堪用，末將願領軍法，並且拱手交出三千訓練齊整的火槍兵；若此計堪用，請兩位大人莫計較李某的出身和先前的失禮，賜給李某獨當一面之機。」

「你！」定柱被李漢卿胸有成竹的模樣唬得好生猶豫，轉頭向賀唯一問計。

「外邊的人先退下！」賀唯一本著死馬且當活馬醫的想法，喝退了門外的親衛，向李漢卿點頭道：「說罷，你有什麼計謀儘管說出來！若是有用，本相保你獨領一軍便是。」

「多謝左相成全！」李漢卿收起屁股，正色說道：「兩位大人，可知朱屠戶在偽宋那邊被封何爵？」

「當然是吳王，這個天下誰人不知？」定柱與賀唯一雙雙皺眉，猜不出此子葫蘆裡到底賣的是什麼蒙汗藥。

「那兩位大人可知昔日吳王夫差因何而死？」李漢卿點頭，做出一副高深莫測的模樣。

「這個……」定柱與賀唯一以目互視，雙雙沉吟。

作為他們這個級別的高官，當然不會相信民間謠傳夫差是因為過分寵愛西施才導致亡國。按照正史記載，當時夫差為了跟中原諸侯爭霸，不顧自身實力領傾國之兵北上會盟，才是真正的關鍵。

吳國原本就是後起之秀，不論歷史底蘊與國土面積、人口數量，都跟楚國、秦國、齊國這些五霸沒法相提並論，何況身後還蟄伏著越國這麼一個世仇。

猛然間想起越王勾踐靠偷襲滅掉吳國的典故，二人不由打了個冷顫，**朱屠戶被封吳王，又在後路不靖之時貿然興兵北伐，不正應了昔日吳王夫差的覆轍麼？此時只要有人從南方趁虛殺向揚州……**

兩人目光一亮，旋即又黯然搖頭道：「桑哥失里已經去過一次了，朱重八當初不肯上當，此刻忙著趁機席捲湖廣，更不會輕易回頭。」

「兩位丞相可曾忘了，誰曾經向朝廷請封越王？」李漢卿不以兩人的否定為意，繼續問道。

「你說是張士誠？」定柱和賀唯一再度打了個冷戰，異口同聲地說：「怎麼可能？」

「怎麼不可能？」李漢卿笑著反問。

想當初，脫脫兵進淮揚時，張士誠曾經與朱屠戶割袍斷義，並且自封為吳王，但隨著淮安軍將董摶霄和脫脫兩個相繼擊敗，張士誠又果斷向朱屠戶認錯，放棄了王號，發誓這輩子要唯大總管馬首是瞻。

雙方表面上重修舊好，實際卻再也回不到從前，淮安軍隨後每一次在江南的軍事行動，都對張士誠暗加防範；而張士誠為了自保，也幾度沿著海路偷偷向大都輸送糧食，以求赦免當初的罪行，被招安封官。

只是張士誠要價太高，總是想用幾船糧食就換取越王這種一個字的顯赫封爵，並且還不肯拿出足夠的誠意，率領麾下兵馬易幟，只想得了封號之後繼續左右逢源，而大元朝廷又瞧不起此子那副首鼠兩端的模樣，始終拖延著沒肯答應。

如果眼下定柱和賀唯一以左右丞相的身分，派遣使者從海路趕赴杭州，加封張士誠為越王，准許其世襲罔替。作為回報，此子未必不肯做一回越王勾踐……

「不可能！張士誠膽小如鼠！」反覆思量，定柱與賀唯一搖頭。

「要是答應出兵，當初他就該答應桑哥失里，而不是等到現在！」

「當初是當初，現在是現在。當初朱屠戶的兵馬都集結在淮揚，張士誠如果膽敢與朝廷明著勾結，朱屠戶立刻就可以提兵過江滅了他。」李漢卿撇撇嘴，「而現在，朱屠戶麾下主力全都出征在外，留守淮揚的只有區區一個第一軍團，還分出半數兵馬去防備趙君用，內部空虛無比；況且，假使朱屠戶北伐成功，這天下肯定就再也沒他張士誠的份，以他的志大才疏，又豈肯心甘情願低頭做小？」

這才是最致命的原因，**越是目光短淺，志大才疏之輩，越不會放棄眼前利益**，就像夜貓子守著自己的死老鼠，明知道路過的大鵬鳥看不上，也仍然要對著天空張牙舞爪。

定柱和賀唯一都看不起張士誠的為人，卻被李漢卿的話說得怦然心動，不禁道：「可如果讓張士誠趁機做大，豈不是又一個朱重九？」

「若是朱重九斷然下令徐達回師，張士誠豈能得逞？頂多是佔據揚州沒幾天，就又被趕走而已。對朱重九而言，這比趕一隻蒼蠅麻煩不了多少！」

「張士誠即便盡得淮揚之地，也做不成朱重九！」對於第一個疑問，李漢卿根本不多解釋，直接給出結論。

夜貓子就是夜貓子，吃得再胖也變不成鯤鵬。大元朝這次能利用他背後下手加害朱重九，將來就能輕鬆收拾掉他，根本不必擔心他能借機展翅而起，扶搖九霄。

至於第二個疑問，李漢卿則是費了一番口舌道：「朱重九不是徐達，用兵性喜冒險，如果張士誠敢去偷襲揚州，他肯定不是令徐達回師相救，而是傾盡全力，與徐達一道將咱們擊垮，然後才掉頭去收拾張士誠。這是他的習性，末將跟他鬥了這麼多年，知他甚深。末將願為此立軍令狀，若張士誠動手偷襲揚州，而隨後的時局變化不如末將所判斷，就請兩位大人取了李某人頭祭旗。」

「善！」「壯哉斯言！」定柱與賀唯一大笑撫掌。

連日來，耳裡聽到的全是各地官員爭相投降朱屠戶的壞消息，猛然間跳出李漢卿這麼一個異類，著實令人精神為之一震。至於其那條聯越抗吳之計能否好用倒還是次要，反正已經這當口了，朝廷肯定不會再吝嗇一個空頭封號，即便張士誠不肯起兵偷襲朱屠戶的背後，對定柱與賀唯一兩人來說也沒啥損失，並且還可以借機收了李漢卿辛苦訓練出來的三千火槍兵。

在權衡了一番利害之後，定柱頷首道：「也罷！既然你肯立軍令狀，老夫就給你一次機會。來人，筆墨伺候！」

兩個面目清秀的筆式齊走了進來，一個磨墨提筆，另一個則鋪開紙張。

「就說右相、老夫和李知樞密院事，聯名保舉他為越王，浙東行省丞相，許他開府建牙，自行任命文武百官。薦書已經送到了朝堂上，只待他答應出兵騷擾朱屠戶身後，聖旨和印信便會從海沽登船！」賀唯一吩咐道。又替李漢卿寫好了軍令狀，然後請後者簽字畫押。

待一切忙完，定柱立刻派出心腹，飛馬趕赴海沽，將書信送往杭州。

賀唯一則兌現先前承諾，提拔李漢卿為鎮定路達魯花赤，樞密院正三品僉院，並且從中軍劃撥出七千精銳進忠義救國軍，由李漢卿統帶，軍餉、軍糧皆按最高限額撥付。

「多謝兩位丞相，今後赴湯蹈火，末將在所不辭！」李漢卿終於得償所願，感激地伏地拜謝。

「起來吧！赴湯蹈火就不必了，決戰時你能竭盡全力就好。」看他奴顏婢膝的模樣，賀唯一心裡剛湧起的一絲好感轉眼又蕩然無存了。

「起來吧！回去後好好整頓新老各部，別負了老夫和左相大人的信任！」定柱雙手將李漢卿從甲板上攙扶起來，又熱切地叮囑幾句掌控軍隊的要領，然後與賀唯一一道將其送出了艙外。

然而，待此人跳上專用的小舟後，定柱的目光卻迅速變冷，「此子心懷叵測，絕不可委以重任！」

「且讓他高興幾天，我已經在忠義救國軍的人馬中另外安排了心腹，若是發現其有不臣之舉，立刻動手誅之。」賀唯一的目光也冷得像刀，盯著李漢卿漸漸遠去的背影說道。

他們兩個都是當朝權臣，為大元殉難乃為應有之義，而李漢卿不過是個下賤奴僕，前任東主還蒙冤被殺，現在此人卻表現出超出尋常的忠貞，其言其行就著實令人無法理解了。

對自己看不明白，且不確定能否掌控的怪才，無論是定柱還是賀唯一，都絕對不會冒險留著他，任由他的實力繼續發展壯大。但是對二人來說，眼下最重要的，卻不是殺掉李漢卿永絕後患，而是想方設法拖延時間，到張士誠那邊做出反應之後。

因此，二人稍稍商量了一下，當晚就以蓄養體力為名，將大軍駐紮在運河邊上的曠野裡。第二天又將行軍速度減慢了一半，以每日上下午各自十里的速度緩緩向前爬行。

也許是李漢卿的謀略起了效果，也許是徐達忽然感覺到了危險，就在定柱將兵馬的行軍速度大肆減緩的同時，淮安軍卻突然發起了新一波攻勢。

三月初八，淮安第四軍團強渡漳水，克巨鹿。順德路達魯花赤戰死，知府、鎮撫等文武四十餘人獻邢台城歸降；廣平、漳德兩路蒙漢官員紛紛翻越太行山逃往冀寧。邯鄲、永年、林州等城不戰而下。一瞬間新增州縣太多，淮揚政務院根本來不及派文職官員趕過去接收，只能暫且從當地提拔勇於任事且曾經為淮揚大總管提供過方便的士紳「鄉賢」代管。

三月十五，徐達親自領軍攻克恩州，隨即張定邊帶領一旅精銳飛奪故城，吳良謀領第四軍團克吳橋，與主力一道，對陵州形成合擊之勢頭。

陵州富商張蛤刺不花乃知府王克己岳父，捐款十萬貫犒師，並宴請城中有名望的官吏士紳一道於家中商議抵抗淮賊之策。王克己不知是計，欣然前往，張蛤刺不花席間擲杯於地，家將家丁及淮揚軍情處行動隊死士盡數殺出，將闔城文武官員一網打盡。

陵州既破，周邊各地蒙元官兵和鄉勇皆無力繼續支撐。三月二十，淮安軍分左中右三路齊頭並進，數日內相繼光復南宮、棗強、寧津、樂陵等地。月底，沿途州縣盡數易幟，徐達的兵鋒直指東光。

河間路達魯花赤董鋕乃元初宿將董文柄之後，很早之前就審時度勢，與淮揚大總管府之間建立了密切往來，聞聽徐達大軍將至，董鋕立功心切，以「迎戰淮賊」為名，親率兵馬趕往東光，然後將麾下副萬戶、經歷、鎮撫等蒙漢官員，請到府衙密謀舉義應淮，以謀下半生富貴。

誰料他一手提拔起來的結義兄弟許德光，卻因為私吞軍餉被其當眾責罵一事，對他懷恨在心，明著答應下去整頓軍馬，一道棄暗投明，私下裡卻又勾結了色目知府胡塞因、千戶李惠，半夜忽然起兵「捉拿叛逆」。

董鋕乃世襲的武官，生性粗豪，行事全憑心意，結果倉促之間竟被胡塞因等人打了個措手不及。不到一個時辰，知府衙門便被攻破，除了一個幼子被派出聯絡淮安軍之外，董鋕連同他隨軍同行的四子兩婿盡數死於亂軍當中。

戰火持續了一整夜，第二天上午，胡塞因和許德光等人，才將董鋕的心腹以及城中的淮安軍情處死士屠戮殆盡。原本隸屬於河間萬戶府的一萬餘地方兵馬，還有前段時間董家出資臨時招募的兩萬義兵也逃散大半，被胡塞因等人裹脅留下來者，總計尚不足五千。

那胡塞因自知憑著區區五千人馬絕對擋不住徐達的二十萬大軍，於是乎在城中公然洗劫，將金銀細軟以及其他看上眼的物件盡數搶走，然後又放了一把大火，帶領著許德光等人一道逃向了南皮，試圖去投奔定柱。

結果才走到半路，便被聞訊趕來的吳良謀率部追上。雙方剛一列陣，五千元軍立刻崩潰。胡塞因、許德光、李慧等將逃命不及，跪地乞降；淮安第五軍團長史叔逯德山恨胡塞因等人殃及無辜，援引當年審判張明鑑舊例，當場一眾降將處以極刑，首級掛於高杆，為後來者戒。

三日後，河間董家聽聞噩耗，舉家歸降淮揚。四月初，獻州、河間、府城等地不攻而克。此時，定柱所部的元軍主力才走到了滄州。距離南皮尚有一百餘里。

董家在河間路盤踞繁衍了近百年，號稱一門十公，可謂樹大根深，因此董家帶頭投降淮安，給地方上帶來的震動極大。很快，真定路的其他幾戶漢軍世侯之家，也在各自所居住的城池內紛紛豎起了義旗，或者直接宣布歸附淮揚，或者效仿當年金末元初之時結寨自保，準備審時度勢，待價而沽。

世侯們對民間的控制力一鬆，百姓們就愈發迫不及待地恭迎淮安軍。誰都知道，淮安軍身後就是數以千計的糧船，每光復一處華夏故土，第一件事情就停船放糧，賑濟災民，只要你走到淮安軍的控制地，無論男女老幼，只要按照對方的吩咐做幾件非常輕鬆的事情，或者幫忙趕一下馬車，或者幫忙拉幾下纜繩，就能換取一整天的口糧。

河間各地去年並沒有遭災，無奈距離大都城太近，所產糧食大部分都被官府搜刮去支撐元軍了，所以百姓們開春以來就沒吃上一頓飽飯。從淮揚大總管府培養的文職官員手裡，拿到了第一碗糧食之後，無不感恩戴德，一些心思機靈、年輕力壯者，乾脆當場要求從軍。

沿途也不斷有鐵了心為奴的士紳豪強，還有色目包稅官向北逃亡，將徐達這邊的最新動向源源不斷地送到定柱與賀唯一兩人手裡。

二人發覺與淮安軍主力距離已經接近，立刻停住了腳步，一邊派遣心腹將領阿魯泰去「收復」河間府，打通河間路與保定路的通道，敦促月闊察兒立刻帶領各路地方兵馬前來增援，一邊搶佔周圍有利地形，準備以滄州城為依託，與徐達一決生死。

滄州又名清池，位於運河東岸，周圍地勢平坦開闊，除了城西二十里外有一條漳水之外，幾乎沒有任何險要。故而對士氣低靡又缺乏各類火器助陣的元軍來說，絕對不是一個好的決戰之地。

同樣，因為騎兵數量較少，機動力相對不足，淮安軍對在寬闊的平原地區作戰，也感覺非常不順手。因此，敵我雙方在最初幾天動作都非常謹慎，除了負責探索周邊敵情的斥候們進行了幾次試探性較量之外，大規模的戰鬥幾乎沒有發生。

而斥候之間的搏鬥，蒙元這邊卻沒有吃什麼虧，首先，能充任斥候者，都是百裡挑一的精銳，個個身手高超，越是小規模的遭遇戰越能顯出本事。

其次，對於周邊的地形地貌，風土人情，他們也比淮安軍的斥候熟悉，同樣是裝扮成普通百姓，他們將戰馬藏起來後，頭上裹一片髒兮兮的破布，就能把自己變成一個道地的農夫。淮揚人不用開口說話，光是白皙的面孔就立刻將身分暴露於光天化日之下了。

第三，則是雙方在騎術上的懸殊差距，完全抵消了淮安軍在武器上的優勢。結果在雙方剛開始靠近的頭幾天，蒙元的士氣居然暴漲，從定柱以下，都隱隱覺得淮安軍並不像傳聞中那麼厲害，如果戰術運用得當，充分發揮自己這邊的騎兵優勢，說不定真能力挽天河。

不過，只過了一天功夫，定柱的好心情就消散殆盡，在探明了周圍敵情，並核查完地形地貌之後，淮安軍開始整體前推，依舊是分為左中右三路大軍，每一路彼此相隔三十到五十里左右距離，每一路根據附近的情形細分為軍或者旅，由一名宿將統率，將沿途遇到的城池和堡寨盡數一鼓蕩平。

朗兒口，孟村、鹽山，利民場，幾乎在五天之內，定柱就失去了大半外圍據點，一些待價而沽，隨時有可能倒戈的的「義兵」，也被淮安軍清理乾淨，速度快得令人咋舌，並且手段也極為狠辣。

據逃回來向定柱告哀的殘兵們說，吳良謀、吳永淳和張定邊等人，根本就沒有給對手公平一戰的機會，每次將兵馬開到堡寨或者城池治下，先給防守方半個時辰決定是戰是降，時間一到，就是上百門各色火炮連番發射，轟隆聲天崩地裂。

「都下去休息吧，如果不想死，就管住自己的嘴巴！來人，送他們去三十里外的興濟，交給也先忽都仔細甄別！」不等報信者說完，定柱就煩躁地打斷道。

淮安軍的火炮的確犀利威猛，但說憑藉百十門火炮就能將一座城池轟碎，或者將數千兵馬盡數炸死，那簡直就是睜眼說瞎話，眼下又不是數年前，那會兒大元根本不知道火炮是啥東西，聽到轟擊聲腿腳先嚇軟了大半，只知道擠在一堆挨炸，所以每次才死傷慘重。

現在，連最底層的百夫長都明白火炮的殺傷範圍只在彈丸落地點附近那三五尺而已，軍械局更造出輕便的四斤炮和射程遠的六斤炮來，所以甭說其他沙場老將，就算定柱這種從來沒打過仗的，都知道如果主帥指揮得當，五千兵馬憑藉堅城，防禦個十天半個月根本不成任何問題，所以不用細問，定柱就知道潰敗回來的這些殘兵，是敗於士氣崩潰，而不是淮賊的火器犀利！

對這些已經被嚇破了膽的廢物，定柱可不想留下他們在自己身邊繼續散播恐慌，將其盡數交給賀唯一的兒子也先忽都看管是最好的選擇，待騰出手來之後，再仔細考慮是殺一儆百或去蕪存菁。

「報，阿魯泰回來了！他跪在轅門外負荊請罪！」剛打發走一支殘兵，還沒等鬆口氣，臨時議事廳門口又傳來了近衛的報告聲。

「哪個阿魯泰，是色目軍萬戶阿魯泰？他怎麼回來了？把他給押進來！」定柱聽聞，脖子立刻寒毛倒豎。

別人打了敗仗固然讓他生氣，卻不至於方寸大亂，畢竟那些外圍據點只是為了拖延敵軍進攻速度的，定柱從一開始就沒指望他們能堅持太久；駐守在據點中的兵馬也都是三流貨色，損失再慘也不會令他這邊傷筋動骨。

但是，阿魯泰的情況卻完全不同，其麾下八千兵馬全是精銳中的精銳，個個人高馬大，並且武裝齊整。而他們的任務只是去「收復」由董家餘孽竊據的河間府，打通河間路與保定路的聯絡。

據定柱所知，此刻董家手裡掌握的兵馬只有區區三千，並且根本不是什麼正規軍，而是河間府城內幾家知名大戶臨時拼湊出來的護院和家丁，淮安軍的前鋒，眼下距離河間府城也有百里之遙，根本來不及趕去相救。他原本以為阿魯泰帶著色目軍一到，就**是以虎撲羊，誰料老虎突然頂著一腦袋血跡逃了回來，羊群卻站在城牆上耀武揚威**。

「右相，末將差點就見不到你了。」沒等定柱想明白到底哪裡出了問題，他的心腹愛將，色目萬戶阿魯泰已經爬了進來，一邊哭嚎道：「末將趕到城下，還沒等立營，漫山遍野裡全是敵軍，末將多虧手下弟兄拼死相護，才殺出重圍，否則，末將連回來給您報信的機會都沒有。」

「你給我起來，慢慢說，到底是誰設下了埋伏？打的是哪家旗號，有多少人？」定柱無法相信自己的耳朵，一把拎起阿魯泰，將此人舉上了半空。

阿魯泰被他拎著脖子，很快就憋得無法呼吸，手腳拼命掙扎著，求饒道：「饒，饒命，是大元蒙古軍！末將是專程回來報信的，末將要死了，嗚嗚——，末將，末將——」

「留他一條命，讓他把經過說清楚！」賀唯一見阿魯泰已經開始翻白眼，趕緊走過去，用力彈了一下定柱胳膊肘處的麻筋。

定柱的胳膊頓時一鬆，將阿魯泰摔了個狗吃屎，「你個廢物，趕緊把話說清楚，否則定斬不饒！」

「是，是！」阿魯泰死裡逃生，匍匐在地上，一把鼻涕一把眼淚地道：「末將真的盡力了，斥候都說淮安軍根本沒有派兵增援董家，周圍的其他勢力，末將也都探聽得一清二楚……」

他輸得的確有些冤枉，至今想起來還覺得非常不甘心。色目軍士卒清一色都是流落在中原的大食武士，在各自故鄉犯下了什麼罪行，或者所輔佐的主人奪權失敗被殺，才乘船出海另謀活路。這些人要麼是狂熱的天方教徒，要麼眼睛裡頭只有錢，帶著他們去對付一群剛剛拉起隊伍的家丁，簡直是牛刀殺雞。

然而讓阿魯泰萬萬沒有想到的是，他探明了淮安軍的動向，探明了董家餘孽的虛實，卻忽略另外一夥潛在的敵人。正當他們以為可以停下來歇歇腳，然後殺進河間府屠城的時候，他們的兩翼和背後突然豎起了一支蒙古軍的戰旗……

「到底是哪支蒙古軍？你想跟本相說什麼？蒙古軍都在本相這兒，怎麼可能跑去伏擊你？」定柱聽得滿頭霧水，抬起腳狠狠踹了阿魯泰一記，厲聲催促道。

「是，是駐保定路的蒙古軍！」阿魯泰痛苦地回憶，「是大元保定萬戶府的蒙古軍，足足有一萬多，還有上萬毛葫蘆兵，還有一些分明就是禁軍，末將不敢亂猜，但末將好像……好像看到了…太尉大人！」

「啊——！」定柱身體晃了晃，頭暈目眩。

他一直在提防月闊察兒意志不堅定，有可能帶著部分禁軍臨陣脫逃，所以才將此人打發到保定路去收攏地方兵馬和各路「義軍」，以備不時之需，誰料想月闊察兒居然如此無恥，直接投靠了朱屠戶。

這下，他再也不用想著去打穿河間路與保定路的通道了，月闊察兒已經殺過來了，即將跟徐佃戶一道，給他來一個前後夾擊。

「不用慌，月闊察兒沒膽子過漳水河！」賀唯一一把扶住定柱，鎮定地道：「他與那些漢軍世侯一樣，不過是想渾水摸魚而已。當年大金被我蒙古所滅時，無數人都用這一招，他不會真心為了朱屠戶去拼命，朱屠戶也不敢相信他，所以他不可能靠敵我雙方太近！來人，把這廝推出去斬首示眾！把嘴巴給他堵上，一句話也不准他亂喊！」

「是！」門外立刻撲進來數名禁衛，不由分說將阿魯泰捆綁起來，脫下襪子堵住嘴巴。

「饒……嗚嗚——！」阿魯泰沒想到賀唯一比定柱還心狠，瞪圓了眼睛，看著自家主人定柱，拼命掙扎。定柱卻像失去了魂魄般，任由他被親衛們拖出議事廳外，手起刀落。

「不能再拖了，你得馬上給徐達下戰書，約他擇日一決生死！不論張士誠那邊有沒有動作，都不能再等了，再等下去，只會令你我四面楚歌！」果斷殺了阿魯泰滅口，賀唯一俯身於定柱耳畔催促道。

「你剛才不是說月闊察兒……」定柱在突然而來的打擊下有些回不過神，喃喃地反問。

「那是為了穩定軍心！事實上，月闊察兒到底想幹什麼，我也猜不到，眼下最怕的是他忽然揮師殺向大都，去劫持陛下，然後跟朱屠戶和太子兩方同時討價還價。萬一大都有失，咱們手中這十幾萬大軍瞬間就會散掉一大半！」賀唯一面露憂色。

「**他敢劫持天子？**」定柱用力搖頭。將心比心，他先前被妥歡帖木兒逼到了絕路上，都沒想要去擁立新君，月闊察兒身為世襲蒙古貴胄，怎麼可以如此無法無天?!

「他當年丟光了士卒，卻依舊能從徐州戰場脫身，原本就很蹊蹺；這些年來，又沒少在跟淮揚的生意中發財，大都城內跟他一樣只認錢財不認皇上的傢伙，沒有一千也有八百。在如此時局下，他們為了一己之私還有什麼不敢幹的?!況且太子那邊，怎麼可能不趁機下手，暗中跟他們勾搭成奸?!」賀唯一急得咬牙切齒，說出的話來一句比一句不客氣。

「的確如此！」定柱想了想，用力點頭。「你說得沒錯，大都城內那種人沒有一千也有八百，太子殿下恨咱們尤勝淮賊，咱們必須儘快跟徐達決戰，可是……徐達肯跟咱們決戰麼？眼下形勢，拖得越久，對他來說越有利！」

「他也不敢拖得太久，並且，他下力氣拔除外圍據點，為的就是一戰而竟全功，萬一耽擱久了，太子那邊幡然悔悟，或者劉福通、朱重八等人變了心思，揮兵東進，屆時淮安軍會跟咱們現在一樣，將進退兩難！」賀唯一非常自信地說。

「那我就寫，時間由他定，在滄州城下恭候他的大駕！」定柱咬著牙點頭。

是死是活，就在此一戰。月闊察兒忽然舉兵割據的消息，榨乾了他最後的一絲耐性，讓他寧願早點看到最後結果，也不願在黑暗中繼續忍受無窮無盡的煎熬。

徐達那邊，正如賀唯一所料，對於速戰速決的渴望絲毫不比定柱少，收到蒙元信使的戰書後，毫不猶豫地批了四個字，然後將戰書直接擲在使者臉上，霸氣地說：「告訴你家右相，三日後上午，我淮安軍十萬精銳與爾等於滄州城下一決雌雄！」

「三日之後，一決雌雄！」

淮揚將士也都意氣風發，拔出佩刀，高高舉上了半空。

「三日之後，一決雌雄！」

中軍帳外，兩萬第三軍團精銳聽將領們喊得豪氣，也紛紛扯開嗓子齊聲高呼。霎那間，宛若山崩海嘯。

定柱的信使嚇得面如土色，不敢逞口舌之利，從地上撿起書信，連滾帶爬鼠竄而去。直到坐騎已經回到了滄州城內，耳朵依舊有吶喊聲縈繞不絕。

「戰就戰，我成吉思汗的子孫還怕死不成！」定柱被徐達的回覆氣得暴跳如雷，立刻開始著手做最後的準備。

他麾下二十萬大軍，這幾天在外圍損失了兩萬餘不入流的雜兵，又在河間府城下丟了八千精銳，剩下還有十七萬掛零，但這十七萬卻不能全都擺在戰場去，一則主帥的旗鼓聯絡範圍有限，不可能讓排在幾里外的兵馬還按照號令行事；二來雙方真正交手時，戰場上也同時擺不開三十萬大軍，所以，跟賀唯一、李思齊等人反覆商議後，他將十七萬人去蕪存菁，留了四萬老弱於城內搖旗吶喊以壯聲威，一萬炮軍佔領城頭居高臨下，三萬前往滄州左右兩側的小城側應主力。

剩下的九萬精銳中的精銳，則分為左、中、右、後四軍，除了中軍為三萬兵馬之外，其餘三個分部皆為兩個萬人隊。中軍由他自己親自統帥，後軍交給賀唯一，左右兩軍則全給了李思齊、李思順兄弟兩個。屆時，所有被選中出戰的將士，將背靠滄州城列陣，讓那淮賊徐達也看看大元並非沒有男兒！

三日時間不算長，定柱做好了戰術部署後，坐在城裡卻度日如年，一會兒感覺到好像大都城已經丟了，皇上和群臣都被月闊察兒給掠走去了冀寧，一會兒彷彿又聽見有人跑進來彙報說張士誠果然鼠目寸光，帶兵偷襲了揚州，一會兒又好像聽到冥冥中有人告訴自己，劉福通已經給朱重九下了令，命其必須退兵，留著大都給汴梁軍來打，一會兒彷彿又聽見有人在外邊大喊大叫，說太子提著十萬雄兵殺過了井陘關，直插徐賊後路……

然而，事實上，這三天他過得非常安靜，任何消息，無論好消息還是壞消息，都沒聽見。數百里外的大都城安然無恙，妥歡帖木兒非但沒有被人劫走，反而還有閒心給全天下的英雄寫了道聖旨，號召他們戮力勤王，殺朱屠戶者，封江南半壁。而月闊察兒在將兵馬推進到獻州一帶，與淮安軍派出的小股留守部隊接觸後，也果斷地停住腳步，擺足了架勢要坐山觀虎鬥，兩不相幫。

至於海上，更是音訊皆無。春天時刮南風的時候多，刮北風的時候也不少，快船從杭州到海沽至少需要七天上下，來回則至少得半個月，再算上張士誠那邊做決策的時間，以及風向和天氣耽擱，想立刻得到答覆也是強人所難。

「徐達那邊情況跟咱們一樣，萬一後路有失，他一樣需要三到五天才能收到朱屠戶的撤軍命令。」賀唯一早就將生死置之度外，見定柱魂不守舍，不停地給他打氣。

定柱咬著牙道：「張士誠必然鼠目寸光！」聲音帶著幾分神秘，隱隱宛若詛咒。

第十章

乾坤倒轉

「全體向前，一決生死！」定柱舉起彎刀，面目猙獰。
人數上，他依舊佔著優勢，
敵方的主將朱重九也到了對面的軍陣當中，
如果能將此人殺死，結果必然是乾坤倒轉。
「嗚嗚嗚嗚……」絕望的吹角聲在元軍各部間響起。

在期盼與忐忑中，時間一點點流逝。三個晝夜之後，**決戰之日終於到來**。

這天一早，定柱特地命人給自己燒了一大桶熱水，將身體上下洗了個乾淨，然後又整理了鬚髮，隨即走到臨時行轅側廳，跟賀唯一、李思齊和李思順、李漢卿等十幾個副萬戶、千戶們一道享用早餐。

因為誰也不知道這一仗到底要打多長時間，所以眾人吃得都很慢，並且盡可能選擇肉食和乳酪等物，以便能讓自己體力不會出現難以為繼的狀況，而平素上下級間同席用餐的繁文縟節，則都盡數丟在一旁，誰都不會再去注意。

大夥心裡都很明白，這是**關鍵一戰**，如果僥倖得勝，則三年之內，朱賊將沒有力氣捲土重來；而若是戰敗，從滄州到大都將再無敢戰之兵，大元朝即便沒有立刻亡國，想要在太子的掌控下重整河山，恐怕也是十年後的事情了。

而太子愛猷識理達臘又不是個有心胸的雄主，大夥先前奉妥歡帖木兒之命殺了那麼多太子一系的人，今後如果去投奔冀寧，少不得會落個身首異處的下場。

至於朱屠戶那邊，也不用多想，定柱、賀唯一都是大元丞相，連哈麻都知道保全臉面，選擇去塞外投奔阿魯輝帖木兒，他們兩個豈能甘為臣虜?!

李思齊和李思順兩個當年曾經是趙君用的心腹，自從捲了兵馬和火炮接受招安的那一天起，就已經沒有回頭路了。至於李漢卿，則更是朱屠戶的生死寇仇，彼此間不共戴天……

「滄州城四下都是一馬平川，本相將三十門重炮和一百二十門四斤炮擺在四面城牆上，還留了六十門備用。」見大夥神情凝重，定柱放下筷子，笑道：「除非徐達能原地變出座高山來，否則火器上，這次咱們肯定不會吃虧。」

「斥候也探明了吳賊良謀這幾天率部向東掃蕩地方去了，不會趕回來參戰。王宣的第六軍團，阿斯蘭的第九軍團，也沒出現在百里之內，以徐達的謹慎，他會留下一到兩個旅，沿著漳水警戒，以防月闊察兒背後捅刀，如此算來，實際上參戰的淮賊，只有第三軍團和第四軍團一部分，總人馬不會超過五萬！」賀唯一也列出一連串事證來鼓舞士氣。

淮安軍裝備了大量的火器，又以步卒為主，所以對底下各兄弟友鄰隊伍間的配合，要求極為嚴格，而越是要求配合默契，越需要中軍的命令能儘快清晰地被貫徹執行。故而徐達在一場戰鬥中所能投入的兵力就不可能太多，六萬幾乎已經是極限，超過這個數字，他根本無法保證能有效指揮。

兩位大元丞相所陳述的都是事實，並且個個於己方有利，但李思齊等人聽了，臉上卻絲毫沒有輕鬆之色，只是繼續木然地嚼著乾肉和乳酪，飲著奶茶，彷彿靈魂早已飛出軀殼一般。

「本相也想明白了。靠別人不如靠自己。」定柱更換思路，道：「如果此戰獲勝，本相絕不會帶著大夥回大都，也不會向太子屈膝，咱們乾脆就效仿唐末河北各鎮，從此每人佔領一塊地盤，關起門各自過各自的日子！」

這也是一句大實話，因為即便他能打贏徐達，依然不會被妥歡帖木兒父子所容，還不如索性真的擁兵自重，藩鎮一方，然後審時度勢再謀其他出路。

眾人聽在耳裡，臉上的表情終於比先前生動了些，陸續停下筷子，強笑道：「其實做藩鎮沒什麼不好，當年晉王李克用終生未曾辜負大唐。」

「是啊，天子聖明，我等自為良將；天子昏庸，我等也能保土安民！」

「那朱屠戶恰好姓朱，恰好比當年的朱溫！」

……

大夥讀過的書都不算少，很快就順著定柱的說辭，將眼前形勢與唐末黃巢之亂聯繫了起來。

當年黃巢的大齊也曾進入過長安，但兩年不到光景，黃巢就身敗名裂，倒是曾經敗於黃巢手下的各地節度使，後來活得都挺滋潤。想給朝廷送點錢糧，就送上一點兒；想不送就不送，關起門來，在自家地盤上搶男霸女，朝廷也沒膽子干涉太多，如此想著，倒也令人精神略為振奮。

就在此時，耳畔忽然傳來幾聲火炮轟鳴，「轟隆隆！」「轟隆隆」，宛若晴空霹靂，震得房檐處瑟瑟土落。

「徐賊背信棄義，提前開炮了！」李漢卿臉色一白，長身而起，就準備出門去掌控自家隊伍。

「是空炮，這廝耐不住性子，急著催老夫出去決戰呢！」賀唯一一把按住他的肩膀。

「轟隆隆！」緊跟著又有炮擊聲傳來，但沒有聽見人喊馬嘶的聲音，顯然賀唯一的判斷非常準確，徐賊在鳴炮催戰，而不是提前向滄州城發起了進攻。

「那老夫就去成全他！」定柱奮力站起。「按當初安排，忠義救國軍跟在中軍，歸老夫直接調遣，其他各軍緊隨賀丞相和兩位李大人。走，咱們今日與徐賊不死不休！」

「不死不休！」除了李思齊之外，其他眾將齊齊起身，咬牙切齒地怒吼。反正早晚都是拼命，又何必拖拖拉拉？很快，各路兵馬就集結完畢，沿著滄州城的東、南兩座城門蜂湧而出，用後軍抵住城東南角，斜斜地排出一個倒壘字大陣。

這是定柱與賀唯一兩個在沙盤上反覆推演才確定出來的列陣方案，可以最大程度上利用到南牆和東牆以及幾處馬臉上的火炮壓制敵軍。而徐達的營盤，原本就紮在滄州城東南方十里左右位置，從那個方向領兵過來，恰好可以與元軍這邊正面相對。

「轟隆隆！」淮安軍依舊在對空開炮，節奏緩慢，彼此間遙相呼應。

他們並不是在鳴炮催戰，而是利用火炮聲響亮的效果傳播某種緊急，或者重要消息；前來參戰的各支隊伍間，距離拉得也有些遠，憑著旗幟和鼓角，很難讓每個士卒都聽得清楚。

「**徐賊打的是什麼主意？**」賀唯一心中湧起一抹不祥之感，忙將後軍暫時交給自己的副手、中書左丞特爾慕統帶，親自策馬去中軍提醒定柱。

「好像不止是徐賊的第三軍團和吳永淳的第四軍團來了。」李思齊、李思順兩兄弟的直覺也非常敏銳，幾乎與賀唯一同時趕到中軍，帶著幾分忐忑道。

「的確不是！吳良謀可能也回來了。不，不是吳良謀的第五軍團，旗幟不太一樣，人數也少了很多，你們往東面看！」

定柱舉著一架重金求購來的大號望遠鏡，努力分辨對手的旗號。

「肯定不是吳良謀！」李漢卿關注淮安軍多年，清楚地記得每一個軍團的特色認旗。

吳良謀年輕膽大，思路天馬行空，所以他的第五軍團除了標準番號認旗之外，通常還會舉起數十面插著翅膀的老虎旗，以炫耀自家武力強悍。而徐達和吳永淳就比他低調得多，特色認旗一個為淮安軍中標準的盾牌，另外一個則是交叉起來的雙劍。

透過高價淘弄來的望遠鏡，賀唯一、李思順和李漢卿等人，可以非常輕鬆地分辨出徐達拿出了第三軍團的全部力量，吳永淳麾下來了大約有六個旅，兩家兵馬此刻正緩緩從西南、東南兩個方向，朝滄州城下集結。而正東方來的那支隊伍，卻打著另外一種旗號，**一輪明月，一輪旭日，一面廣袤無際的大地和海洋。日月同升，永照華夏。**

「轟隆隆！」又是一聲號炮，定柱、賀唯一、李思齊、李思順等人身體同時一晃，臉色個個都變得極為凝重。

「**是朱屠戶的第一軍團**，他可能親自來了！」李漢卿的反應比任何人都強烈，牙齒咬得咯咯作響。

那面認旗他印象太深刻了，當年，朱屠戶的座艦上就插著同樣的旗幟，跨河履行與脫脫的約定。結果他精心準備的火藥船分毫沒派上用場。脫脫丞相卻當場吐血，不久氣絕而亡。

他恨，恨那個人，那面旗幟，恨那個人活活氣死了他的東主，恨那面旗幟毀了他出將入相的美夢。如果不是朱賊造反，他相信自己在脫脫的引領下，足夠走上跟賀唯一同樣位置。即便不順利，至少也能跟中書左丞韓元善比肩，現在，他卻只能在定柱手下搖尾乞憐，還被人像防賊一樣提防。

一瞬間，李漢卿甚至忘記了自己心中問鼎逐鹿的雄圖壯志，很想點起隊伍撲過去，將日月旗下的那個傢伙，無論其是不是朱屠戶本人碎屍萬段。

然而，他的胳膊卻被走過來的兩名蒙古武士死死扣住，不論如何掙扎，都難以向前再移動分毫。

「李將軍病了，胡言亂語，來人，把他給我送回城中去，找郎中診治！」賀唯一鐵青著臉，向李漢卿身後的怯薛命令。

「來人，傳老夫命令，即刻起，忠義救國軍交給沙喇班代掌。直到李將軍痊癒！」根本不給李漢卿反抗的機會，定柱下令道。

「是！」幾名怯薛齊聲答應，架起李漢卿，就往城門方向拖去，任憑此人如何掙扎、叫喊，都不放鬆。

忠義救國軍副萬戶沙喇班，則如同鬼魅一樣從人堆裡鑽了出來，與李漢卿擦肩而過，衝著定柱躬身施禮，「末將在，末將必不負右相所託。」

「你……」李漢卿雙眼圓睜，拖拉在地上的兩條腿瞬間失去了所有力氣，苦心積慮謀劃了這麼長時間，**他一直謀劃著如何背叛別人，卻沒想到，自己身邊也有人早已背叛，謀劃著要取而代之！**

「拖下去！如果他敢亂我軍心，就立刻斬了！」定柱頭也不回，大聲催促，隨即又舉起望遠鏡，繼續朝著正東方仔細察看。

李漢卿這個人雖然狼子野心，但其見識卻不差。從正東方緩緩靠過來的那面戰旗，的確是第一軍團所有。戰旗下的隊伍規模不大，頂多只是一個騎兵旅，兩千人出頭。但隊伍中每個人身上，卻都披著一件銀絲軟甲，鐵盔上的閃光耀眼生寒。

「是第一軍團近衛旅！」定柱聽見賀唯一在自己耳邊用顫抖的聲音道：「徐洪三的將旗在隊伍正中偏左位置，旁邊那面日月旗下那個身材魁梧的傢伙，應該就是朱重九！」

「是朱重九，除了朱重九沒別人，我當年在徐州見過他。」李思齊的聲音聽起來隱隱帶著顫音。

朱重九來了，他自海上而來。

吳良謀前幾天殺向了東方，不僅僅是為了掃蕩那些豪強世侯的堡寨，還肩負著去接應朱重九，替近衛旅開路的任務。

朱重九來了，他居然拋下了淮揚，離開徐州，偷偷來到了戰場最前方，**他要親自指揮這場戰鬥，親手埋葬大元**。

朱重九來了，他離開時，淮揚安然無恙，張士誠居然沒有出兵，張士誠居然放棄了這輩子最好的機會，甘心永遠被他踩在腳下！

剎那間，定柱簡直無法相信自己的眼睛，只看著遠處那支隊伍越來越近，越來越近。**隊伍中的那名鐵甲黑臉將軍宛若天神降臨，身後湧滿跳動的日光。**

「**驅逐韃虜，光復山河！**」不知道是誰帶的頭，在明媚的春日下緩緩響起。起初還有些單薄，但是轉瞬就變得極為響亮，**宛若沉睡多年的巨龍，猛然從深淵中躍起，發出醒來後第一聲長吟。**

「驅逐韃虜，光復山河！」

……

嘹亮的「龍吟」聲中，前來參戰的淮安軍隊伍迅速向彼此間靠攏，一面面戰旗在風中獵獵飛舞。

不見南師久，這是自建炎南渡以來，漢家軍隊的腳步第一次踏上燕趙大地，在此之前，華夏遺民已經在重重胡塵中苦苦忍受了二百三十餘年。**謾說北群空**。華夏不是沒有豪傑，只是豪傑成長的時間稍微長了些，但是終究會一飛沖霄。

當場隻手，畢竟還我萬夫雄。但凡漢家男兒，有幾個會忘了靖康之恥，忘了武穆遺志，忘了長江以北，長城內外，祖輩先賢披荊斬棘，從猛獸毒蛇嘴裡奪回來的萬里河山？

此乃「**堯之都，舜之壤，禹之封**」，從來不容外來者竊據，也不容文明的敵人玷污，哪怕猛獸毒蛇在漢奸的勾結下得逞於一時，哪怕是黑雲遮住天幕，哪怕是屍橫遍野，血海滔滔，終究有一天，日月將重新升上天空，照亮這片驕傲之土。

此非某個大能寫在書上的宿命，也非民族與民族之間的碰撞仇殺。而是**文明必須戰勝野蠻，創造者必須戰勝劫掠者**。

否則，人類都將永遠墜入黑暗的深淵。

「驅逐韃虜，光復山河！」

「驅逐韃虜，光復山河！」

……

聽著那驚天動地的吶喊，定柱忽然覺得一陣陣心虛，側目張望，發現賀唯一、李思齊等人也是個個額頭見漢，臉色蒼白如紙。

「我大元自世祖立鼎，一統宇內，德被萬民……」他扯開嗓子，試圖帶領親兵們一起鼓舞士氣，卻發現喊出來的聲音，是那樣的孱弱無力。

當年大元以殺戮立國，屠完了草原屠燕趙，屠完了汴梁屠兩淮，將契丹、女真、黨項、漢人屠得十室九空，將華夏北方沃土屠得多年不見炊煙，有什麼臉面說自己德被萬民?!

如果說將萬萬百姓屠殺掉六成以上都可稱為德政的話，那天下豺狼虎豹豈不個個都是茹毛菩薩，飲血生佛？

至於立國之後，民分四等，坊里連坐，廢科舉，包稅務，以紙換金，寸鐵不准落入民間，如是種種，**哪一樣，哪一樁不是率獸食人，倒行逆施？**

連定柱自己都說服不了自己，又拿什麼去鼓舞士氣去用祖輩父輩的「文治武功」，折服對手，曉諭天下？

「開炮，開炮示威！通知城上，立刻給我開炮示威！」聽定柱越說聲音越小，賀唯一不敢耽擱，從主將的親衛手裡搶過一面黑色的令旗，高高舉過頭頂，奮力晃動。

「轟轟轟轟！」「轟轟轟轟！」正東和正南兩面城牆，上百門大小火炮陸續發出了惱羞成怒的咆哮，黑漆漆的彈丸飛出去，砸得地面上煙塵滾滾。

距離太遠，四斤炮根本搆不到淮安軍的腳尖，重炮也根本不可能打得追，此番狂轟濫炸純粹就是為了打斷曠野裡那令人慚愧莫名的吶喊。

效果相當不錯，當第一聲炮擊響起，淮安軍的吶喊聲戛然而止，但是很快，便有嘹亮的軍號聲替代了吶喊聲，再度如龍吟般穿過城上城下所有蒙元將士的耳朵。

伴著嘹亮的軍號，淮安將士的移動速度也猛然加快，各支隊伍以旅為單位，在行進間加快向徐達的中軍帥旗附近集結，徐達本人，則策馬奔向正東方，奔向那面高高挑起的日月河山大旗，隔著老遠就向朱重九舉手施禮：

「報，主公，第三軍團全部，第四軍團四零一、四零二、四零三、四零四、四零五旅已經奉命集結完畢，請主公示下！」

「弟兄們辛苦了！」朱重九舉手於額頭，還了個標準的軍禮，然後一邊策馬高速奔行，一邊大聲命令：「此戰依舊由你指揮，該怎麼打就繼續怎麼打，我過來替你吶喊助威，觀敵掠陣！」

「遵命！」徐達旋即一拉戰馬韁繩，疾馳回帥旗之下。未幾，中軍處便傳出又一陣慷慨激越的嗩吶聲。

「噠噠噠噠噠噠，噠噠噠噠噠噠……」各旅的將旗下陸續有嗩吶聲遙遙地回應，隊伍行進的節奏瞬間又是一變，除了炮兵之外，每個旅都一分為三，每個團都像鮮花一樣在翠綠的田野中綻開，變成一個個中等規模的空心方陣。

一個個空心方陣互相靠近，肩膀靠著肩膀，犄角靠著犄角，在距離元軍三里之外緩緩停住了腳步。

城牆上的重炮已經可以打到這個位置，但重炮對於空心方陣的破壞力幾乎可以忽略不計，除非碰巧正砸在某個人身上，否則炮彈落地處，都是徒勞地竄起一團團塵煙。

光挨打不還手，向來不是淮安軍的作風，轉眼間，第四、第五軍團的直屬炮團就向城頭發起了遠距離壓制。他們的車載八斤炮，內部與六斤炮一樣刻著膛線，準頭和威力都遠勝之，只要把拉車的駑馬卸開了牽走，車身末端下壓，與專用的定位炮錨以螺栓相接，就可以翹起炮口，調整射角，發射出復仇的火焰。

「砰！」一枚巨大的開花彈飛出炮口，掠過碧藍的天空，砸進了滄州城內。

「轟隆！」整個滄州城被震得搖搖晃晃，濃煙滾滾，直沖半空。

「轟隆！」「轟隆！」緊跟著，更多的八斤開花彈砸向了滄州城牆，馬臉、敵樓、垛口，磚石橫飛，殘肢碎肉濺落如雨。

擺在敵樓、馬臉等處的蒙元重炮不得不調整方向，與淮安軍的八斤炮展開對射。然而，無論是從火炮的精度方面，還是操炮者的水準方面，雙方都完全不是一個檔次。

剽竊者就是剽竊者，一旦遇到正主，就迅速被打回了原形，簡單模仿出來的東西，可得其皮毛，卻不能得其精髓，更何況這些年來，嘗到了甜頭的淮揚商號不斷加大對科學院的投入，造炮工藝不停地提高改進。

「轟隆隆隆！」大約半個時辰後，隨著一陣巨響，滄州城的東南側馬臉數十桶火藥中彈殉爆，將無數血肉模糊的屍體和兩門重炮同時送上了半空。

馬臉正面和兩側的城牆隨即開始顫抖，像化了凍的積雪般，以肉眼可見的速度緩緩垮塌，暗黃色的濃煙上下翻滾，將躲避不及的元兵挨個吞沒。被定柱擺在那裡作為後軍的兩個萬人隊不得不向前擠壓躲閃，將大陣瞬間擠得支離破碎。

「全體向前，一決生死！」定柱不敢指望炮戰的結果了，高高舉起彎刀，面目猙獰。

人數上，他依舊佔著優勢，敵方的主將朱重九也到了對面的軍陣當中，**如果能將此人殺死，結果必然是乾坤倒轉。**

「嗚嗚嗚嗚，嗚嗚嗚，嗚嗚嗚嗚……」絕望的吹角聲在元軍各部間響起。左軍，右軍，中軍，後軍，四個方陣齊齊前壓，迅速吞噬與淮安軍之間的距離，努力去展示最後的野蠻。

他們要去殺死那個人！

他們要努力改變即將從頭頂壓下來的命運。

他們可以清晰地看到，朱重九身上金色的鎧甲和胯下黑色的戰馬。

他們可以清晰地看到，朱重九打著馬，在自家隊伍前往來盤旋，手舉鐵皮喇叭做交戰前的最後動員。

「自打徐州舉義那一刻起，朱某就不停地問，**我究竟是為何而戰？**」

他緩緩策動著戰馬，目光看著整齊的隊伍，看著隊伍中那一張張熟悉或者陌生的面孔，徐達、吳永淳、徐洪三、連老黑……

「如果僅僅是為了報仇，在徐州被拿下的那一刻已經足夠了，我的仇人已經死絕了，但是，**朱某卻不能放下刀！**」

他將目光轉向眾人身後，**半空中，站著芝麻李、孫三十一、張氏三兄弟，還有一個又一個倒在戰場上的英魂。他們都在看著他，看著他從徐州一步步走到現**

在，從一個殺豬的屠戶一步步走到萬夫之雄。

「因為只要朱某放下刀，元兵就會殺過來，殺掉朱某，殺掉朱某周圍的同伴，殺掉從徐州到汴梁到揚州的億萬無辜！」

「他們肯定會這麼做，朱某知道。因為朱某知道他們曾經做過的事情，他們以屠戮為樂，以野蠻為榮。他們從沒將我等視作同類，只想把我等和我等子孫永遠當作牲口任其宰割！」

「他們曾經從塞外草原殺向了遙遠的西方，將沿途數十個國家全部毀滅。他們自北向南，滅女真、滅西夏，把屠刀探向大宋，將數千萬無辜百姓像野草一樣割倒宰殺！」

「他們每到一地必將焚毀宗廟，破壞學堂，將祖輩先賢們留下來的文字典籍付之一炬！」

「他們將農田變作荒野，將城市變作瓦礫堆，將村莊變作亂葬崗。他們走一路殺一路，從來沒有停止，除非他們被反抗者砍翻在地。所以，**在他們沒有被趕走之前，朱某永遠不會放下刀！**」

馬打盤旋，他從隊伍一側緩緩走向另外一側。

「非但如此，朱某希望你們也永遠不要放下手中的刀，跟朱某一道趕走他們，光復祖先舊土！」

「此戰，不是為了我，也不是為了你們自己，而是為了我們的先輩，為了那幾千萬被當作牲畜宰殺的無辜者，為了那上百個被彎刀和馬蹄毀滅的文明！」

「的確，我們自己有缺陷，但這卻不是我們活該做奴隸的理由！」

「的確，我們自己不夠完美，但這同樣不是我們活該被毀滅的藉口！生而為人，我們的肩膀和世間所有民族一樣高矮。」

他再度將目光投向遠方，投向江南。胡大海忽然遇刺，張士誠迫近鎮江，陳友定降而復叛，試圖割據福建，朱元璋掉頭東來，目的不明。那裡，還有更多的戰鬥在等著他，他必須儘快結束眼前這場。

「此戰，**不是為了征服，也不是為了報復。而是為了捍衛你我作為人的尊嚴，捍衛文明不被野蠻征服的權力。**如果勝利，你我就不但保護了自己，保護了身後的妻子兒女，並且保護整個華夏。而你我的子子孫孫，也**必將永遠記得你我今日所為，永遠在野蠻面前抬起驕傲的頭顱，永遠不會再被任何人奴役，永遠不會再陷黑暗！**」

「你我前赴後繼，終究有一天不會被敵人奴役，也不會被自己人奴役，讓世間所有人永獲平等和自由！」

「**平等和自由是我們每個人與生俱來的權力**，而虎狼之輩卻念念不忘奴役和掠奪，我們如果不去戰鬥，就必然會喪失作為人類所擁有的一切。所以，今天，我請求你們，跟著我，舉起你們手中的武器！」

猛地丟下鐵皮喇叭，他側轉戰馬，對正蜂擁而來的敵軍抽出腰間殺豬刀，高高地舉起，「好男兒，前進！」

「前進！」徐達奮力揮動令旗，數萬將士仰起頭驕傲地回應，同時奮力邁開腳步。數萬好男兒迎著敵軍的炮火和刀槍，洪流一般滾滾向前，滌蕩沿途任何阻擋！

【全書終】

敬請期待即將出版的《滄狼行》1瀚海對決 2驚天突變

燕歌行 卷16 乾坤倒轉(大結局)

作者：酒徒
發行人：陳曉林
出版所：風雲時代出版股份有限公司
地址：10576台北市民生東路五段178號7樓之3
電話：(02) 2756-0949
傳真：(02) 2765-3799
執行主編：朱墨菲
美術設計：許惠芳
行銷企劃：林安莉
業務總監：張瑋鳳

初版日期：2020年11月
版權授權：蔡雷平
ISBN ：978-986-352-882-1
風雲書網：http://www.eastbooks.com.tw
官方部落格：http://eastbooks.pixnet.net/blog
Facebook：http://www.facebook.com/h7560949
E-mail：h7560949@ms15.hinet.net
劃撥帳號：12043291
戶名：風雲時代出版股份有限公司

風雲發行所：33373桃園市龜山區公西村2鄰復興街304巷96號
電話：(03) 318-1378
傳真：(03) 318-1378
法律顧問：永然法律事務所 李永然律師
北辰著作權事務所 蕭雄淋律師

行政院新聞局局版台業字第3595號 營利事業統一編號22759935

定價：270元

國家圖書館出版品預行編目資料

燕歌行 ／ 酒徒 著. -- 初版 -- 臺北市：風雲時代，2020.04- 冊；公分

ISBN 978-986-352-882-1（第16冊；平裝）

857.7 109000129